古典文學研究輯刊

九　編

曾永義　主編

第25冊

諸葛亮民間造型之研究（第三冊）

張谷良　著

國家圖書館出版品預行編目資料

諸葛亮民間造型之研究（第三冊）／張谷良 著—初版—新
北市：花木蘭文化出版社，2014〔民103〕
目 6+192 面；19×26 公分
（古典文學研究輯刊　九編：第 25 冊）
ISBN：978-986-322-557-7（精裝）
1. 民間文學 2. 文學評論
820.8　　　　　　　　　　　　　　　　　103000764

ISBN-978-986-322-557-7

9 789863 225577

古典文學研究輯刊
九　編　第二五冊　　　　　　ISBN：978-986-322-557-7

諸葛亮民間造型之研究（第三冊）

作　　者　張谷良
主　　編　曾永義
總 編 輯　杜潔祥
副總編輯　楊嘉樂
編　　輯　許郁翎
出　　版　花木蘭文化出版社
社　　長　高小娟
聯絡地址　235 新北市中和區中安街七二號十三樓
　　　　　電話：02-2923-1455／傳眞：02-2923-1452
網　　址　http://www.huamulan.tw 信箱 hml810518@gmail.com
印　　刷　普羅文化出版廣告事業
初　　版　2014 年 3 月
定　　價　九編 27 冊（精裝）新台幣 48,000 元

諸葛亮民間造型之研究（第三冊）

張谷良　著

目次

附　錄

一、民國以來諸葛亮研究「專著」與「論文」索引初編（以出版年為序）

壹、專著目錄 339 種（西元 1919～2005 年）

【文獻資料】（41 種，佔 41／339＝12.1%）

（一）年譜方志（6 種，佔 6／41＝14.6%；6／339＝1.7%）

0001* 古直：《諸葛忠武侯年譜》（一卷）（北京：中華書局，1919 年仿宋聚珍版）。

0002* （明）鄭賢撰：《古今人物論》（三）（台北：廣文書局，1974 年）。

0003* （清）羅景星輯：《臥龍岡志》（台北：廣文書局，1976 年 8 月初版）。

0004* （清）張鵬翮輯：《三國蜀諸葛忠武侯亮年表》（台北：台灣商務印書館，1978 年）。

0005* 袁本清：《隆中志》（襄樊：襄樊市隆中風景區管理處，1989 年）。

0006* （晉）習鑿齒撰；黃惠賢校補：《校補襄陽耆舊記》（鄭州：中州古籍出版社，1997 年 3 月第 1 版）。

（二）詩文選集（28 種，佔 28／41＝68.3%；28／339＝8.3%）

0007* （蜀漢）諸葛孔明：《諸葛亮全集》（台北：自力出版社，1959 年）。

0008* （蜀漢）諸葛孔明：《諸葛亮全集》（台北：萬國出版社，1959 年）。

0009* （蜀漢）諸葛亮：《諸葛亮集》（二十二卷）（台北：自力出版社，1959 年）。

0010* （蜀漢）諸葛亮：《諸葛亮集》（北京：中華書局，1960 年）。

0011* （蜀漢）諸葛亮：《諸葛亮集》（北京：中華書局，1960 年）。

0012* （蜀漢）諸葛亮著、楊家駱編：《新校諸葛亮全集》（台北：世界書局，1964 年）。

0013* （蜀漢）諸葛亮著、（清）張澍輯：《新校諸葛亮全集》（台北：世界書局，1964 年）。

0014* （蜀漢）諸葛亮、段熙仲校：《諸葛亮集》（北京：中華書局，1965 年）。

0015* 段熙仲、聞旭初編校：《諸葛亮集》（香港：中華書局，1972 年）。

0016* （蜀漢）諸葛亮撰、（清）張澍輯：《諸葛亮集》（文集四卷，附錄二卷，故事五卷）（台北：河洛圖書出版社，1974 年）。

0017* （蜀漢）諸葛亮撰、（清）張澍輯：《諸葛亮集》（台北：天山出版社，1979 年）。

0018* （蜀漢）諸葛亮撰、（清）張澍輯：《諸葛亮集》（台北：鼎文書局，1979 年）。

0019* 成都市武侯祠博物館：《諸葛亮文選譯》（成都：巴蜀書社，1985 年第 3 版）。

0020* 李伯勛：《詠諸葛亮詩歌選》（西安：陝西人民出版社，1987 年）。

0021* 譚良嘯選注：《歷代詠贊諸葛亮詩選注》（成都：四川人民出版社，1988 年 1 月第 1 版）。

0022* 于右任：《諸葛亮前出師表》（台北：華正書局，1988 年）。

0023* 梁玉文、李兆成、吳天畏：《諸葛亮文譯註》（成都：巴蜀書社，1988 年）。

0024* 梁兆天：《諸葛亮文譯註》（台南：大行出版社，1990 年）。

0025* 袁鐘仁：《諸葛亮文選譯》（成都：巴蜀書社，1990 年）。

0026* 袁鐘仁：《諸葛亮文》（台北：錦繡出版社，1992 年）。

0027* 鍾生友、胡立華主編：《歷代詠諸葛亮詩選》（谷城：谷城報社，1993 年 9 月）。

0028* （蜀漢）諸葛亮著、袁鐘仁編：《諸葛亮文》（台北：錦繡出版社，1993 年）。

0029* （明）諸葛羲、諸葛倬輯：《諸葛孔明全集》（附評傳）（北京：中國書店，1996 年 9 月第 1 版）。

0030* 吳偉烈行書：《諸葛亮前出師表》（台北：衛康藝苑，1996 年）。

0031* 房立中：《諸葛亮全書》（北京：學苑出版社，1996 年）。

0032* （清）張澍輯、萬家常譯注：《諸葛亮文集全釋》（貴陽：貴州人民出版社，1997 年）。

0033* 汪福建：《諸葛亮全書》（上、下卷）（不詳：中國世界語出版社，1998 年）。

0034* 袁鐘仁：《諸葛亮文》（台中：暢談國際文化，2003 年）。

（三）資料彙編（7 種，佔 7 / 41＝17.1%；7 / 339＝2.1%）

0035* 朱傳譽主編：《諸葛亮傳記資料》（台北：天一，1985 年初版）。

0036* 《諸葛亮傳記資料》（上海：上海師大圖書館，1986 年）。

0037* 王瑞功主編：《諸葛亮研究集成》（濟南：齊魯書社，1997 年 9 月第 1 版）。

0038* 陳翔華：《諸葛亮傳記集》（北京：中華全國圖書館文獻縮微複制中心，1998 年）。

0039* 成都市武侯區政協文史資料委員會編：《武侯文史集萃》（成都：四川人民出版社，2000 年 11 月第 1 版）。

0040* 韓非本等撰：《諸葛亮》（《中國古典小說研究資料彙編》）（出版項不詳）。

0041* 梁兆天譯註：《諸葛亮傳記資料》（出版項不詳）。

【各類專書】（含影音資料）（265 種，佔 265 / 339＝78.2%）

（一）人物評傳（88 種，佔 88 / 265＝33.2%；88 / 339＝26%）

0042* 孫毓修：《諸葛亮》（上海：商務印書館，1913 年）。

0042* 徐道軒：《諸葛孔明生活》（不詳：世界書局，1929 年）。

0043* 呂金泉、杜遲存：《諸葛亮》（上海：上海商務印書館，1934 年）。

0044* 韓非木：《諸葛亮》（後附《諸葛亮大事年表》）（上海：中華書局，1935 年）。

0045* 王緇塵：《諸葛忠武侯評傳》（上海：國學正理社，1936 年）。

0046* 徐楚樵：《諸葛亮》（《非常時期之模範人物》叢書之一）（不詳：中華書局，1937 年第 1 版）。

0047* 朱傑勤：《諸葛亮》（昆明：空軍軍官學校政治部，1941 年）。

0048* 祝秀俠：《諸葛亮》（重慶：勝利出版社，1944 年）。

0049* 王芸生：《諸葛亮新論》（重慶：讀者之友社，1945 年）。

0050* 王崇敬：《諸葛亮新論》（遵義：著者刊，1945 年）。

0051*《諸葛亮新論》（不詳：近代書局，1946 年）。

0052* 周佐治：《諸葛亮》（南京：青年出版社，1946 年再版）。

0053* 國防部總政部：《諸葛亮》（台北：國防部總政部，1953 年）。

0054* 祝秀俠：《諸葛亮》（台北：勝利出版社，1954 年）。

0055* 兒童書局編輯部：《諸葛亮》（台北：兒童書局，1956 年）。

0056* 王永生改寫：《諸葛亮》（上海：少兒出版社，1957 年 4 月）。

0057* 馬植杰：《諸葛亮》（上海：上海人民出版社，1957 年）。

0058* 徐亮之：《張良與諸葛亮》（香港：個人，1959 年）。

0059* 徐亮之：《張良與諸葛亮》（台北：亞洲，1959 年）。

0060* 徐素：《諸葛亮》（香港：中華書局，1959 年）。

0061* 陳秋帆：《諸葛亮》（台北：東方出版社，1961 年）。

0062* 柳春藩：《諸葛亮》（後附《諸葛亮大事年表》）（北京：中國青年出版社，1962 年第 1 版）。

0063* 章依萍：《諸葛亮》（上海：兒童書局，1964 年）。

0064* 呂金祿：《諸葛亮》（台北：台灣商務印書館，1966 年）。

0065* 狩野直禎：《諸葛孔明：中國英雄傳》（東京：新人物往來社，1969 年）。

0066* 詹溢津：《諸葛亮》（台北：台灣學生書局，1970 年）。

0067* 人文出版社編輯委員會：《諸葛亮》（台中：人文出版社，1971 年）。

0068* 植村清二著、李君奭譯：《諸葛亮》（彰化：專心企業有限公司，1973 年 3 月初版）。

0069* 四川人民出版社編輯：《諸葛亮》（《法家代表人物介紹》（一））（成都：四川人民出版社，1974 年）。

0070* 徐亮之：《張良與諸葛亮》（台北：華世出版社，1975 年）。

0071* 吉林大學歷史系：《諸葛亮》（附《諸葛亮大事年表》）（吉林：吉林人民出版社，1976 年 1 月）。

0072* 中共南陽市委宣傳部編：《諸葛亮小傳》（附《年表》）（河南：河南人民出版社，1976 年 5 月）。

0073* 昆明師院史地系編：《諸葛亮》（附《年表》）（雲南：雲南人民出版社，1976 年 5 月）。

0074* 劉祐知：《諸葛亮》（台北：台灣商務印書館，1976 年）。

0075* 吳我：《諸葛亮》（台北：台灣商務印書館，1977 年第 3 版）。

0076* （日）宮川尚志：《諸葛亮》（附《年表》）（桃社，1978 年（昭和 53 年））。

0077* （日）宮川尚志：《諸葛孔明——「三國志」とその時代》（東京：桃源，1978 年）。

0078* 紀明仁：《諸葛孔明》（台北：常春樹出版社，1979 年初版）。

0079* 李永熾：《諸葛亮傳》（台北：國語日報社附設出版部，1980 年）。

0080* 楊錦郁：《諸葛亮》（台北：名人出版社，1980 年）。

0081* 路志霄、牛得權注、王立中、唐凌、劉亞利譯：《曹操‧諸葛亮‧周瑜傳譯注》（河南：中州書畫社，1983 年 7 月）。

0082* 鄭孝時：《諸葛亮》（南京：江蘇人民出版社，1983 年 12 月）。

0083* 章映閣：《諸葛亮新傳》（上海：上海人民出版社，1984 年 9 月）。

0084* 曹余章：《一代名相諸葛亮》（上海：上海人民出版社，1984 年）。

0085* 戚宜君：《諸葛亮評傳》（南投：台灣省訓練團，1985 年）。

0086* 曾嘯時：《諸葛亮傳》（台北：國際文化事業，1985 年）。

0087* 柳春藩：《諸葛亮傳》（北京：中國青年出版社，1986 年 7 月第 1 版）。

0088* 林懷卿：《諸葛亮》（台南：西北出版社，1986 年）。

0089* 郁新偉：《諸葛亮》（台北：暖流出版社，1986 年初版）。

0090* 陳蒼杰：《諸葛亮傳》（台北：益群出版社，1986 年）。

0091* （日）林田愼之助：《諸葛孔明：泣いて馬謖を斬る》（東京：集英社，1987 年）。

0092* 邱雨新：《諸葛亮傳》（台北：益群出版社，1988 年再版）。

0093* 徐富昌：《諸葛亮：忠貞與智慧的典型》（台北：幼獅文化事業有限公司，1988 年）。

0094* （日）林田愼之助著、李天送等譯：《諸葛亮：三顧茅廬舌戰群儒》（西安：三秦出版社，1989 年 4 月）。

0095* 曾曉時：《諸葛亮》（台北：國際文化事業，1989 年）。

0096* 晉宏忠：《臥龍深處話孔明——關於諸葛亮的新評說》（北京：經濟日報出版社，1989 年）。

0097* 林小昭：《諸葛亮》（台北：牛頓出版社，1990 年）。

0098* 章映閣：《諸葛亮新傳》（台北：雲龍出版社，1990 年）。

0099* 曾琴蓮、吳福漳：《諸葛亮》（台北：牛頓出版社，1990 年）。

0100* 劉君祖：《諸葛亮》（台北：牛頓出版社，1991 年）。

0101* 曹海東：《諸葛亮：智聖人生》（武漢：長江文藝出版社，1993 年）。

0102* 章映閣：《諸葛亮新傳》（台北：桂冠出版社，1993 年）。

0103* 蔡瑞鄉：《諸葛亮》（台北：國豐文化出版社，1993 年再版）。

0104* 羅宏曾：《諸葛亮》（天津：新蕾出版社，1993 年）。

0105* 羅志仲：《諸葛亮：智謀過人的大謀略家》（台中：好讀出版社，1993 年）。

0106* 陳文德：《諸葛亮大傳：策略規劃家》（北京：九洲圖書公司，1994年）。

0107* 鄭士珪：《諸葛亮與關公》（台北：平嵐出版社，1994年）。

0108* 章映閣：《諸葛亮》（台北：知書房出版社，1995年2月第1版）。

0109* 王丕震：《諸葛亮》（台北：秋海棠出版社，1995年）。

0110* 余明俠：《諸葛亮評傳》（南京：南京大學出版社，1996年1月第1版）。

0111* 任遠：《制勝必鑒——諸葛亮的成敗得失》（寶雞：西北大學出版社，1997年6月）。

0112* 張崇琛：《武侯鼎蜀：諸葛亮世家》（吉林：吉林人民出版社，1997年8月）。

0113* 李伯勛：《諸葛亮箋論》（西安：陝西人民出版社，1997年12月第1版）。

0114* 柳春藩：《諸葛亮評傳》（北京：中國青年出版社，1997年）。

0115* 李兆成：《一代賢相諸葛亮》（成都：四川人民出版社，1998年5月第1版）。

0116* 周殿富：《諸葛孔明》（台北：沛來出版社，1999年8月）。

0117* 林建德：《諸葛亮》（台南：光田出版社，1998年）。

0118* 林擇明：《諸葛亮》（台南：光田出版社，1998年）。

0119* 王偉雯：《諸葛亮》（台北：風車圖書公司，2000年）。

0120* 朱大渭：《鞠躬盡瘁一忠臣：諸葛亮》（台北：萬卷樓出版社，2000年）。

0121* 田慎助：《諸葛亮》（台北：一橋出版社，2001年）。

0122* 林田慎之助：《諸葛亮：三顧茅廬舌戰群儒》（台北：一橋出版社，2001年）。

0123* 冉雲飛、李奎：《一代名相：諸葛亮》（台北：驛站文化出版社，2002年）。

0124* 冉雲飛、李奎：《諸葛亮》（成都：巴蜀書社，2002年）。

0125* 浩宇：《智聖：諸葛亮》（台南：勝景文化公司，2002年）。

0126* 陳文德：《策略規劃家：諸葛亮大傳》（台北：遠流出版事業公司，2004年）。

0127* 郭震唐：《諸葛亮》（台中：暢談國際文化，2005 年）。

0128* 姚季農：《諸葛亮》（本書不著出版年及出版者）。

0129* 將門文物出版社編輯部：《諸葛亮》（台北：將門文物，出版年不詳）。

（二）文物古蹟（23 種，佔 23 / 265＝8.7%；23 / 339＝6.8%）

0130* 黃惠賢主編、《諸葛亮與武侯祠》編寫組：《諸葛亮與武侯祠》（北京：
文物出版社，1977 年 6 月第 1 版）。

0131* 章映閣等：《成都武候祠》（成都：四川人民出版社，1980 年）。

0132* 湖北人民出版社編輯：《古隆中》（武漢：湖北人民出版社，1980 年）。

0133* 吳天畏、劉京華：《武侯祠》（北京；文物出版社，1982 年）。

0134* 章映閣、譚良嘯、梁玉文：《諸葛亮與武侯祠》（北京：文物出版社，
1982 年）。

0135* 諸葛亮與武侯祠編寫組編、成都武侯祠文管所修訂：《諸葛亮與武侯
祠》（北京：文物出版社，1982 年）。

0136* 汪大寶：《古隆中》（武漢：湖北人民出版社，1984 年 10 月）。

0137* 譚良嘯：《訪古話孔明》（北京：文物出版社，1987 年）。

0138* 成都武侯祠館物館編：《武侯祠大觀》（成都：四川人民出版社，1988
年）。

0139* 歐德祿等：《諸葛亮與武侯墓》（寶雞：西北大學出版社，1990 年 10
月）。

0140* 襄樊隆中管理處編：《古隆中楹聯注釋》（北京：中國工人出版社，1992
年）。

0141* 顏炳耀：《孔明燈》（台北：華園出版社，1992 年）。

0142* 晉宏忠主編：《溯古話襄樊》（香港：新世紀出版社，1993 年 4 月第 1
版）。

0143* 譚良嘯、張宗榮：《武侯祠》（成都：成都出版社，1993 年）。

0144* 楊曉寧、潘民中、楊尚德主編：《少年諸葛亮與平山武侯祠》（香港：
天馬圖書有限公司，1996 年 10 月初版）。

0145* 李兆成等編著：《武侯祠史話》（成都：四川人民出版社，1998 年 5 月
第 1 版）。

0146* 楊代欣編著：《武侯祠碑刻與匾聯》（成都：四川人民出版社，1998 年
5 月第 1 版）。

0147* 丁寶齋主編：《諸葛亮躬耕何處——有關史料和考證》（武漢：武漢大學出版社，1998 年 9 月第 1 版）。

0148* 金卡多媒體科技股份有限公司：《孔明故居探訪 VCD》（台北：金卡多媒體科技股份有限公司，1999 年）。

0149* 郭清華；侯素柏：《諸葛亮與中國武侯祠》（西安：陝西旅遊出版社，1999 年 8 月第 1 版）。

0150* 徐日輝：《街亭叢考》（甘肅：甘肅人民出版社，2000 年）。

0151* 趙淑文撰文、嚴永淵繪圖：《隆中詩情》（湖北：襄樊隆中風景名勝區管理處，2000 年）。

0152* 羅貫中原著、張青史文字改寫、巨象工作室繪圖：《孔明故居探訪》（台北：博學館圖書，2004 年第二版）。

（三）故事演說（67 種，佔 67 / 265＝25.3%；67 / 339＝19.8%）

0153* 北平通俗讀物編刊社：《（校正真詞）舌戰群儒》（又名《孔明過江》）（北平：北平通俗讀物編刊社，1934 年）。

0154* 劉玄：《諸葛亮狂想曲》（台北：騰雲出版社，1970 年）。

0155* 光田出版社：《中國名人故事：諸葛亮、屈原》（台北：光田出版社，1981 年 6 刷）。

0156* 張國良：《三顧茅廬》（長篇評話《三國》之二）（上海：上海文藝出版社，1984 年 6 月）。

0157* 張國良：《孔明初用兵》（長篇評話《三國》之三）（上海：上海文藝出版社，1984 年 10 月）。

0158* 康重華口述、李真、張棣華整理：《火燒赤壁》（揚州評話）（杭州：江蘇人民出版社，1985 年 1 月）。

0159* 張楚北整理：《諸葛亮拜師》（《河南民間故事叢書》之一）（河南：河南少年兒童出版社，1985 年 6 月）。

0160* 張國良：《火燒赤壁》（長篇評話《三國》之七）（上海：上海文藝出版社，1985 年 10 月）。

0161* 張國良：《草船借箭》（長篇評話《三國》之六）（上海：上海文藝出版社，1985 年 10 月）。

0162* 張國良：《群英會》（長篇評話《三國》之五）（上海：上海文藝出版社，1985 年 10 月）。

0163* 鄭孝時：《諸葛亮的故事》（不詳：少年兒童出版社，1985 年）。

0164* 胡三香編劇、孫光明導演：《諸葛亮》（十四集電視連續劇）（貴州：貴州東方音像出版社，1985 年）。

0165* 張國良：《三氣周瑜》（長篇評話《三國》之八）（上海：上海文藝出版社，1986 年 2 月）。

0166* 張國良：《孔明進川》（長篇評話《三國》之十）（上海：上海文藝出版社，1986 年 6 月）。

0167* 程景林、李秀春：《諸葛亮的傳說》（蘭州：甘肅人民出版社，1986 年）。

0168* 張定亞編選：《諸葛亮傳說故事》（西安：陝西人民美術出版社，1987 年 2 月）。

0169* 陳文道編：《諸葛亮的傳說》（《襄樊民間故事叢書》之一）（武漢：湖北人民出版社，1987 年 11 月）。

0170* 唐耿良演出、唐耿良、辜彬彬整理：《三國群英會》（北京：中國曲藝出版社，1988 年 8 月）。

0171* 中國電視藝術家協會編：《電視連續劇《諸葛亮》創評文集》（北京：中國文聯出版公司，1988 年 11 月）。

0172* 明統出版社：《孔明與桃園三結義》（嘉義：明統出版社，1988 年）。

0173* 華一書局有限公司編輯委員會：《食物的故事：諸葛亮做饅頭》（台北：華一書局，1988 年）。

0174* 鄭佩香：《孔明與三國志：三國鼎立的時代》（百科文化，1988 年再版）。

0175* 于力：《幾度夕陽》（三國志影視故事之四）（福州：海峽文藝出版社，1989 年 5 月）。

0176* 張笑天：《浪捲大江》（三國志影視故事之二）（福州：海峽文藝出版社，1989 年 5 月）。

0177* 畢必成：《問鼎中原》（三國志影視故事之三）（福州：海峽文藝出版社，1989 年 5 月）。

0178* 汪雄飛、劉操南整理：《諸葛亮出山》（浙江：浙江文藝出版社，1989 年 7 月）。

0179* 李元悌：《諸葛亮傳奇》（西安：陝西人民美術出版社，1989 年 9 月）。

0180* 莊季德、滿叔道改編、史建期、陸華繪畫：《諸葛下山》（兒童版・彩畫之三）（上海：少年兒童出版社，1990 年 10 月）。

0181* 莊季德、滿叔道改編、楊秋寶、陸華、徐毅繪畫：《赤壁大戰》（兒童版・彩畫之四）（上海：少年兒童出版社，1990 年 10 月）。

0182* 莊季德、滿叔道改編、陸華、徐谷安、徐毅繪畫：《三氣周瑜》（兒童版・彩畫之五）（上海：少年兒童出版社，1990 年 10 月）。

0183* 莊季德、滿叔道改編、史建期、陸華、侯春洋繪畫：《七擒孟獲》（兒童版・彩畫之八）（上海：少年兒童出版社，1990 年 12 月）。

0184* 莊季德、滿叔道改編、史建期、劉澤岱、陸華繪畫：《六出祁山》（兒童版・彩畫之九）（上海：少年兒童出版社，1990 年 12 月）。

0185* 大眾書局編輯部：《孔明和三國志：三國鼎立的時代》（台南：大眾書局，1990 年）。（漫畫與卡通）

0186* 《Who is the real Liu Bong? Kong borrows the east wind》（Cerritos, CA: Wonder Kids，1991 年）。

0187* 蔡志忠：《三國志——忠肝義膽群英會》（古典幽默漫畫）（三聯書店，1992 年 8 月）。

0188* 陳文道：《諸葛亮傳奇》（北京：人民中國出版，1992 年 11 月第 1 版）。

0189* 張振華：《諸葛亮故事選》（台北：業強出版社，1992 年）。

0190* 橫山光輝：《三國誌：三顧茅廬、孔明用奇謀借箭》（台中：金倫影視，1992 年）。

0191* 橫山光輝著、莊久慧譯：《三國志：孔明燈滅》（台北：故鄉出版社，1992 年）。

0192* 橫山光輝著、鄧玉榮譯：《三國志：孔明北伐》（台北：故鄉出版社，1992 年）。

0193* 橫山光輝著、鄧玉榮譯：《三國志：孔明征南蠻》（台北：故鄉出版社，1992 年）。（漫畫與卡通）

0194* 橫山光輝著、鄧玉榮譯：《三國志：孔明展神通》（台北：故鄉出版社，1992 年）。（漫畫與卡通）

0195* 陳文道：《智慧之星：諸葛亮》（台北：漢欣文化事業公司，1993 年）。

0196* 史瓊文編著、童介眉繪圖：《神話世界叢書：孔明借箭》（台南：世一出版社，1994 年）。

0197* 張豐榮編譯、西村達馬繪：《三國誌：孔明揮淚斬馬謖》（台北：育昇出版社，1996 年再版）。

0198* 張豐榮編譯、西村達馬繪：《三國誌：孔明智取漢中》（台北：育昇出版社，1996 年再版）。

0199* 張豐榮編譯、西村達馬繪：《孔明七擒孟獲》（台北：育昇出版社，1996 年再版）。

0200* 張豐榮編譯、西村達馬繪：《孔明三氣周瑜》（台北：育昇出版社，1996 年再版）。

0201* 張豐榮編譯、西村達馬繪：《孔明大展神通》（台北：育昇出版社，1996 年再版）。

0202* 張豐榮編譯、西村達馬繪：《孔明巧布八陣圖》（台北：育昇出版社，1996 年再版）。

0203* 賀嘉選編、徐德元繪圖：《諸葛亮求婚》（台南：紅樹林出版社，1996 年）。（童話）

0204* 弓長、默瑤：《諸葛亮演義》（北京：知識出版社，1997 年）。

0205* 永強：《諸葛亮與周瑜：兩英隔江睹生死》（台北：三豐出版社，1997 年）。

0206* 永強：《諸葛亮與周瑜：兩英隔江睹生死》（台北：華園出版社，1997 年）。

0207* 袁本清編寫、丁寶齋審訂：《隆中軼事》（襄樊：襄樊市隆中管理處，1997 年）。

0208* 永強：《諸葛亮與周瑜：兩英隔江睹生死》（台中：華曜出版社，1998 年）。

0209* 上人文化編輯委員會：《孔明借箭》（台北：上人文化事業公司，1998 年）。

0210* 弓長、默瑤：《諸葛亮演義》（台北：大立出版社，1998 年）。

0211* 安樂生：《諸葛亮傳奇》（台南：世一出版社，1998 年）。

0212* 朱大渭、梁滿倉：《武侯春秋》（北京：團結出版社，1998 年）。

0213* 姚讓利：《諸葛亮的傳說》（通遼：內蒙古少年兒童出版社，1999 年 8 月第 1 版）。

0214* 雅韻藝術傳播有限公司：《蘇州評彈藝術團表演藝術：諸葛亮》（台北：

傳統藝術中心籌備處，1999 年）。

0215* 侯文詠、蔡康永開講：《歡樂三國志：諸葛亮的復活惡作劇》（台北：平安出版社，2001 年）。

0216* 劉方：《諸葛武鄉侯》（瀋陽：瀋陽出版社，2001 年 10 月第 1 版）。

0217* 江武昌：《孔明借箭：陳俊然布袋戲》（台北：國家文化藝術基金會，2002 年）。

0218* 永強：《諸葛亮鬥周瑜》（台北：小山樓，2005 年）。

0219* （日）NHK：《三國誌：臥龍藏虎、三請孔明、如魚得水、孔明借東風》（台北：權威，出版年不詳）。

（四）軍事謀略（45 種，佔 45 / 265＝17%；45 / 339＝13.3%）

0220* 衛聚賢：《諸葛亮征八莫》（重慶：說部社出版部，1944 年）。

0221* 紀庸：《諸葛亮六出祁山》（上海：大中國圖書局，1947 年）。

0222* 陳策：《諸葛亮兵法：處世致勝秘訣》（附《年表》）（台北：武陵出版社，1980 年）。

0223* 韜隱：《諸葛亮兵法》（台北：國家出版社，1980 年）。

0224* 聯亞出版社兵法研究組主編、姜亦青校訂：《中國兵法：孔明兵法》（台北：聯亞出版社，1981 年）。

0225* 倪振金：《諸葛亮聯吳制魏戰略之研究》（台北：撰者，1985 年）。

0226* 國豐文化出版社編輯部：《孔明兵法》（台北：國豐文化出版社，1987 年）。

0227* 《孔明出祁山》（台北：中視文化，1989 年）。

0228* 諸葛亮原著、姜亦青總校訂：《孔明兵法》（台北：東門出版社，1990 年）。

0229* 王臣：《諸葛武侯兵法今譯》（西安：陝西師大出版社，1991 年 9 月）。

0230* 尹名、金川、榮慶：《白話諸葛謀略全書》（鄭州：中州古籍出版社，1991 年 11 月）。

0231* 宇光：《諸葛亮兵法謀略》（西安：陝西旅遊出版社，1991 年）。

0232* 侯洪焰：《諸葛亮謀略寶典》（濟南：山東大學出版社，1991 年）。

0233* 高畠穰著、林淑堯編譯：《孔明兵法》（台南：漢風出版社，1991 年）。

0234* 章理佳：《諸葛亮兵書《心書》新編譯評》（北京：解放軍文藝出版社，1991 年）。

0235* 劉漢華：《孔明兵法》（台北：滿庭芳出版社，1992 年）。

0236* 何兆吉、任眞：《諸葛亮兵法》（南昌：江西人民出版社，1993 年）。

0237* 周葆峰：《諸葛亮的才能與謀略》（北京：學苑出版社，1993 年）。

0238* 劉倩萍：《諸葛亮與經營智慧》（台北：漢湘文化出版社，1994 年）。

0239* 諸葛亮著、毛元佑譯注：《白話諸葛亮兵法》（長沙：岳麓書社，1995
年）。

0240* 普穎華：《諸葛亮兵法：中國智慧之神》（台北：昭文社，1995 年）。

0241* 劉濟昆：《諸葛亮經世兵法：向三國時代最富智謀的人物學習智慧》
（台北：海風出版社，1995 年）。

0242* 袁宙宗：《諸葛武侯的素養與戰略》（台北：台灣商務印書館，1996 年
3 月第 2 版）。

0243* 畢誠：《諸葛亮百戰奇謀》（海口：海南出版社，1996 年）。

0244* 蔡佩茹：《諸葛亮兵法》（台南：文國出版社，1996 年）。

0245* （蜀漢）諸葛亮著、普穎華、鄭吟韜譯注：《白話諸葛亮兵法》（北京：
時事出版社，1997 年）。

0246* 羅吉甫：《諸葛亮領導兵法：《將苑》菁華錄》（台北：遠流出版社，1997
年）。

0247* 伍道棟：《孔明兵法與商戰謀略》（台北：亞慶國際出版社，1999 年）。

0248* 殷雄：《諸葛亮心書探微》（長春：長春出版社，1999 年）。

0249* 袁樞原著、柏楊編譯：《諸葛亮北代挫敗》（柏楊版通鑑紀事本末第 9
冊）（台北：遠流出版社，1999 年）。

0250* 鄭文金：《空城計：諸葛亮逗司馬懿》（台北：實學社，2000 年）。

0251* 靈光：《諸葛亮文韜武略：智慧今用》（台北：詠春圖書文化，2001 年）。

0252* 朱憶源：《慧眼：諸葛亮的用人術》（台北：培育文化事業公司，2001
年）。

0253* 孔干：《諸葛亮兵法古今談》（北京：中國經濟出版社，2002 年）。

0254* 伊力：《諸葛亮智謀全書》（鄭州：中州古籍出版社，2002 年）。

0255* 朱憶源：《三國商學院之孔明開講》（台北：培育文化事業公司，2002
年）。

0256* 朱憶源：《謀略：諸葛亮的鬼點子》（台北：培育文化事業公司，2002
年）。

0257* 沈傑、萬彤：《諸葛亮兵法》（台北：華文網，2002 年）。

0258* 陳鈺：《諸葛亮掠陣：孔明妙計 46 典古法今用》（台北：星定石文化，2002 年）。

0259* 應涵：《諸葛亮神算兵法》（台北：大展出版社，2002 年）。

0260* 張南編著、盧光陽繪圖：《圖說兵法：諸葛亮謀略說》（北京：金城出版社，2004 年 1 月第 1 版）。

0261* 張南編著、盧光陽繪圖：《圖說兵法：諸葛亮謀略說》（台北：新潮社，2004 年）。

0262* 劉倩萍：《諸葛亮商用兵法：兵法中提煉出的經營智慧》（台北：培眞文化事業公司，2004 年）。

0263* 羅貫中原著、張青史文字改寫：《孔明巧施空城計》（台北：博學館圖書公司，2004 年第二版）。

0264* 林慧連：《三國鼎立：諸葛亮與天下三分之計》（台北：華園出版社，出版年不詳）。

（五）相命術數（14 種，佔 14／265＝5.3%；14／339＝4.1%）

0265* 泰明子：《孔明神卦》（台中：創譯出版社，1966 年）。

0266* 陳斯倫：《諸葛亮相術傳眞》（台北：祥生出版社，1975 年）。

0267*（宋）劉伯溫原著、左騰龍釋編：《諸葛亮命運八字判斷學》（台北：育幼圖書公司，1977 年）。

0268*《諸葛亮相術》（台北：石室出版社，1981 年）。

0269*（蜀漢）諸葛孔明原著、劉范蘇重編：《武侯神課鐵算盤》（花蓮：道林書苑，1982 年）。（附註：本書作者覈按諸史藝文志諸葛亮名下均無該書著錄疑爲僞託）

0270*（蜀漢）諸葛武侯著、（宋）邵康節演：《未來預知術》（台北：老古文化事業公司，1990 年 8 月再版）。

0271* 徐于：《孔明神相、卦、數》（台北：宋林出版社，1993 年第 2 刷）。

0272* 鄭國金：《諸葛亮管輅相術傳眞》（北京：育林出版社，1995 年）。

0273* 天滴子：《諸葛神算》（台北：龍吟文化事業股份有限公司，1997 年 1 月）。

0274* 諸葛不二：《諸葛亮的占卜魔法書：諸葛亮獨創的自助算命秘笈》（台北：未知館，1998 年）。

0275* 阮呂仁傑、晨曦居士：《孔明識人術：十二宮相法》（台北：阮呂阿陂，1999 年）。

0276* 隆中客：《孔明神算》（台北：玉樹圖書公司，2003 年）。

0277* 鮮于文柱：《孔明大易神數》（桃園：鮮于文柱，2003 年）。

0278* 陳冠宇：《孔明神數之神算一路發》（台北：鴻運知識科技出版，2004 年）。

（六）**人生哲學**（14 種，佔 14／265＝5.3%；14／339＝4.1%）

0279* 蔡麟：《諸葛亮的管理哲學與藝術》（新竹：竹一出版社，1977 年）。

0280* 毛仲強主講：《諸葛亮的管理哲學》（台北：中國生產力中心教育資源組，1992 年）。

0281* 廣電基金：《諸葛亮的煩惱》（台北：廣電基金，1993 年）。

0282* 曹海東：《諸葛亮的人生哲學：智聖人生》（台北：揚智文化，1994 年）。

0283* 劉倩萍：《諸葛亮與經營智慧》（台北：漢湘出版社，1994 年）。

0284* 陳文德主講：《諸葛亮的經營智慧》（台北：社會大學出版部，1995 年）。

0285* 劉峨基：《應權通變──諸葛亮的管理藝術》（台北：建宏出版社，1995 年 7 月）。

0286* Brahm, Laurence J.《Zhu Ge Liang's art of crisis management for China joint ventures》（Hong Kong: Naga，1998 年）。

0287* 焦韜隱：《諸葛亮的智慧》（台北：國家出版社，1999 年）。

0288* 岑石：《諸葛亮，你在說什麼？》（台北：葉子出版社，2003 年）。

0289* 東方智：《諸葛亮的十堂哲學課》（台北：台灣先智出版事業公司，2004 年）。

0290* 遲雙明：《諸葛亮日記：三個臭皮匠教給我的大學問》（北京：九州出版社，2004 年）。

0291* 遲雙明：《諸葛亮日記》（台北：金銀樹出版文化，2004 年）。

0292* 姚磊：《諸葛亮的七堂課》（台北：吉根出版社，2005 年）。

（七）**其他**（14 種，佔 14／265＝5.3%；14／339＝4.1%）

0293* 李恭尉：《諸葛亮研究》（高雄：復文圖書公司，1983 年）。

0294* 譚良嘯：《諸葛亮治蜀》（成都：四川人民出版社，1986 年 5 月）。

0295* 余鵬飛：《諸葛亮在襄陽》（武漢：湖北人民出版社，1987 年 2 月）。

0296* 陳翔華：《諸葛亮形象演變史論綱》（《古典文學論叢》第五輯）（濟南：齊魯書社，1989 年）。

0297* 陳翔華：《諸葛亮形象史研究》（杭州：浙江古籍出版社，1990 年 12 月第 1 版）。

0298* 王溢嘉：《古典今看——從孔明到潘金蓮》（台北：野鵝出版社，1991 年）。

0299* 李殿元：《諸葛亮之謎 100 題》（重慶：重慶出版社，1992 年）。

0300* 錢曉雲：《三國志與三國演義人物形象塑造的比較研究：以劉備、曹操、諸葛亮、關羽、張飛五位中心人物為對象》（台北：成龍出版社，1994 年）。

0301* 譚良嘯：《臥龍輔霸：諸葛亮成功之謎》（成都：四川人民出版社，1994 年第 1 版）。

0302* 宗樹敏：《諸葛亮治蜀之研究》（台北：台灣書店，1994 年 6 月初版）。

0303* 李殿元、李紹先：《三國演義懸案之三：木牛流馬之謎》（台北：翌耕圖書事業有限公司，1995 年 4 月初版）。

0304* 李恭尉：《諸葛亮研究》（高雄：春暉出版社，2001 年）。

0305* 晉宏忠、丁寶齋：《諸葛亮之謎》（北京：新華出版社，2001 年 5 月第 1 版）。

0306* 《諸葛亮研究》（九龍：百靈出版社，出版年不詳）。

【學位論文】（9 種，佔 9／339＝2.7%）

0307* 楊萬昌：《諸葛武侯及其論著》（台北：台灣師範大學國文研究所碩士論文，1981 年 6 月）。

0308* 王忠孝：《諸葛亮政治戰略之研究》（台北：政治作戰學校政治研究所碩士論文，1988 年 6 月）。

0309* 王佳煌：《諸葛亮的戰略研究》（台北：淡江大學國際事務與戰略研究所碩士論文，1989 年 6 月）。

0310* 林素吟：《傳統小說中軍師類型之研究：以《三國演義》中的諸葛亮為代表》（台中：逢甲大學中國文學研究所碩士論文，1993 年 5 月）。

0311* 張清文：《諸葛亮傳說研究》（台北：政治大學中國文學研究所碩士論文，1995 年 6 月）。

0312* 張谷良：《諸葛亮戲曲造型之研究》（台北：台灣大學中國文學研究所碩士論文，2000 年 4 月）。

0313* 薛玉冰：《諸葛亮的軍事心理學思想研究》（河北：河北師範大學碩士論文，2000 年 4 月）。

0314* 夏旻：《論《三國演義》中諸葛亮的作戰指揮藝術》（湖北：華中科技大學碩士論文，2003 年 5 月）。

0315* 蘇惠玲：《《三國演義》中男子服飾的角色刻劃效應——以曹操、關羽、諸葛亮為中心的比較研究》（宜蘭：佛光人文社會學院藝術學研究所碩士論文，2004 年 6 月）。

【期刊論文集】（24 種，佔 24／339＝7.1%）

0316* 黃惠賢、《諸葛亮與三國》編輯組：《諸葛亮與三國》（第一輯）（湖北：《諸葛亮與三國》編輯組，1983 年 10 月）。

0317*《諸葛亮與三國》編輯組：《諸葛亮與三國》（第二輯）（成都：《諸葛亮與三國》編輯組，1984 年 5 月）。

0318* 漢中地區文教局編：《諸葛亮研究文集》（漢中：漢中地區文教局，1985 年 3 月）。

0319*《諸葛亮與三國》編輯組：《諸葛亮與三國》（第三輯）（漢中：《諸葛亮與三國》編輯組，1985 年 8 月第 1 版）。

0320* 成都市諸葛亮研究會編：《諸葛亮研究》（成都：巴蜀書社，1985 年 10 月第 1 版）。

0321* 黃惠賢、丁寶齋主編：《諸葛亮研究新編》（武漢：湖北人民出版社，1986 年 12 月第 1 版）。

0322* 王汝濤、于聯凱、王瑞功主編：《諸葛亮研究三編》（濟南：山東文藝出版社，1988 年 11 月第 1 版）。

0323* 高士楚、龔強華、丁寶齋、劉克勤主編：《諸葛亮躬耕地望論文集》（北京：東方出版社，1991 年 3 月第 1 版）。

0324* 李兆鈞主編：《諸葛亮躬耕地新考》（北京：社會科學文獻出版社，1992 年 8 月第 1 版）。

0325* 譚良嘯主編：《諸葛亮與三國文化》（成都：成都出版社，1993 年 9 月第 1 版）。

0326* 包瑞田主編：《諸葛亮及其後裔研究》（浙江：新華出版社，1994 年 8 月第 1 版）。

0327* 李兆鈞主編：《草廬對研究新編》（天津：百花文藝出版社，1995 年 5 月第 1 版）。

0328* 王汝濤、薛寧東、陳玉霞、李遵剛主編：《金秋陽都論諸葛》（山東：軍事科學出版社，1995 年 8 月第 1 版）。

0329* 成都武侯祠博物館、成都市諸葛亮研究會編：《諸葛亮與三國文化》（卷一）（成都：四川大學出版社，1996 年 9 月）。

0330* 譚良嘯著：《八陣圖與木牛流馬——諸葛亮與三國研究文集》（成都：巴蜀書社，1996 年 11 月第 1 版）。

0331* 甘永福、左峰、徐日輝、鄒軒主編：《羲皇故里論孔明》（甘肅：甘肅文化出版社，1997 年 9 月第 1 版）。

0332* 成都武侯祠博物館、成都市諸葛亮研究會編：《諸葛亮與三國文化》（卷二）（成都：四川大學出版社，1997 年 9 月）。

0333* 包瑞田主編：《十論武侯在蘭溪》（浙江：浙江大學出版社，1998 年 8 月第 1 版）。

0334* 成都武侯祠博物館、成都市諸葛亮研究會編：《諸葛亮與三國文化》（卷三）（成都：四川大學出版社，1998 年 9 月）。

0335* 成都武侯祠博物館、成都市諸葛亮研究會編：《諸葛亮與三國文化》（卷四）（成都：四川大學出版社，1999 年 9 月）。

0336* 丁寶齋主編：《諸葛亮成才之路》（武漢：武漢大學出版社，2000 年 8 月第 1 版）。

0337* 成都武侯祠博物館、成都市諸葛亮研究會編：《諸葛亮與三國文化》（卷五）（成都：四川大學出版社，2000 年 9 月）。

0338* 成都武侯祠博物館、成都市諸葛亮研究會編：《諸葛亮與三國文化》（一）（成都：四川大學出版社，2001 年 7 月）。

0339* 晉宏忠、劉克勤、王界敏主編：《論諸葛亮文化》（香港：香港新世紀出版社，2003 年 1 月初版）。

貳、論文目錄 1568 種（西元 1922～2003 年）

（含「期刊論文」、「報紙刊文」與「學術交流論集論文」）

（一）一九二二年～一九四〇年期（11 種，佔 11／1568＝0.7%）

〔1922 年〕（1 種，佔 1／11＝9.1%）

0001* 束世澂：〈蜀漢開闢南蠻考〉，《史地學報》（1：3、4），1922 年 5 月。

〔1930 年〕（1 種，佔 1／11＝9.1%）

0002* 白眉初：〈諸葛亮出師六次路線考略〉，《地學雜誌》（18：4），1930 年。

〔1932 年〕（1 種，佔 1／11＝9.1%）

0003* 王墨園：〈諸葛亮之社會學的分析〉，《社會學雜誌》（5：2），1932 年 9 月。

〔1933 年〕（2 種，佔 2／11＝18.2%）

0004* 謝富禮：〈《後出師表》辨偽〉，《現代史學》（1：1），1933 年 1 月。

0005* 公礨：〈善於運用領袖權力的諸葛亮〉，《汗血月刊》（2：1），1933 年 10 月。

〔1934 年〕（1 種，佔 1／11＝9.1%）

0006* 趙大煊：〈諸葛武侯南征故道考〉，《華西學報》（2），1934 年 6 月。

〔1935 年〕（1 種，佔 1／11＝9.1%）

0007* 曲興誠：〈諸葛亮之實幹精神與實幹政治〉，《汗血月刊》（5：6），1935 年 9 月。

〔1937 年〕（1 種，佔 1／11＝9.1%）

0008* 鄭倪慈：〈諸葛亮〉，《大眾知識》（1：8），1937 年 6 月。

〔1939 年〕（2 種，佔 2／11＝18.2%）

0009* 霖蒼：〈孔明八陣圖考〉，《新民報》（1：12），1939 年 11 月。

0010* 陸德懋：〈漢中各縣諸葛武侯遺跡考〉，《西北論衡》（7：24），1939 年 12 月。

〔1940 年〕（1 種，佔 1／11＝9.1%）

0011* （日）剡川野客：〈諸葛亮論〉，《大陸》（1：1），1940 年 9 月。

（二）一九四一年～一九五〇年期（26 種，佔 26／1568＝1.7%）

〔1941 年〕（2 種，佔 2／26＝7.7%）

0012* 王紹曾：〈諸葛武侯南征始末〉，《新寧遠》（1：6、7），1941 年 3 月。

0013* 傅孟眞：〈誰是《後出師表》之作者〉，《文史》（1：8），1941 年 7 月。

〔1942 年〕（1 種，佔 1／26＝3.9%）

0014* 趙西陸：〈《三國志・諸葛亮傳》集證〉，《國文月刊》（12～15），1942 年 3～6 月。

〔1943 年〕（4 種，佔 4／26＝15.4%）

0015* 金毓黻：〈《出師表》脫文〉（千華山館讀史札記）《文史哲季刊》（1：1），1943 年 1 月。

0016* 王健民：〈諸葛亮之嘉言懿行〉，《中央周刊》（5：46），1943 年 7 月。

0017* 郭化若：〈孔明兵法之一斑〉，《群眾周刊》（8：16），1943 年 9 月。

0018* 程兆熊：〈諸葛武侯在雲南〉，《旅行雜誌》（17：10），1943 年 10 月。

〔1944 年〕（4 種，佔 4／26＝15.4%）

0019* 任訪秋：〈諸葛武侯的學術〉，《力行月刊》（9：3、4），1944 年 4 月。

0020* 衛大法師：〈諸葛武侯征八莫〉，《說文月刊》（5：1、2），1944 年 11 月。

0021* 衛聚賢：〈“五月渡瀘深入不毛”考〉，《說文月刊》（5：1、2），1944 年 11 月。

0022* 南遷：〈八莫非不毛辨〉，《東方雜誌》（40：24），1944 年 12 月。

〔1945 年〕（4 種，佔 4／26＝15.4%）

0023* 吳鼎南：〈武侯祠考〉，《風土雜誌》（1：5），1945 年 4 月。

0024* 王恩洋：〈從做人態度論諸葛武侯〉，《文教叢刊》（1：2），1945 年 5 月。

0025* 易君佐：〈諸葛亮論〉，《軍事與政治》（8：1），1945 年 5 月。

0026* 史久光：〈關於諸葛亮《心書》之研究〉，《新中國》（3、4、5），1945 年 7、8、9 月。

〔1946 年〕（7 種，佔 7／26＝26.9%）

0027* 〈諸葛亮年譜〉，《諸葛亮新論》，近代書局，1946 年。

0028* 王芸生：〈論諸葛亮〉，《諸葛亮新論》，近代書局，1946 年。

0029* 徐德磷：〈論諸葛亮之學養及其苦衷〉，《諸葛亮新論》，近代書局，1946年。

0030* 祝秀俠：〈諸葛亮新論〉，《諸葛亮新論》，近代書局，1946年。

0031* 祝秀俠：〈讀《諸葛亮新論》以後〉，《諸葛亮新論》，近代書局，1946年。

0032* 蔣君璋：〈從三國的大勢看諸葛亮的用人〉，《諸葛亮新論》，近代書局，1946年。

0033* 張民權：〈諸葛亮的生平思想及其事業〉，《建國青年》（2：5），1946年8月。

〔1947年〕（1種，佔1／26＝3.9%）

0034* 胡念貽：〈諸葛亮"梁父吟"考辨〉，《中央日報》，1947年8月4日。

〔1948年〕（3種，佔3／26＝11.5%）

0035* 江應梁：〈諸葛武侯與南蠻〉，《西南邊疆民族論叢》，1948年。

0036* 史念海：〈諸葛亮之攻守策略〉，《文史雜誌》（6：2），1948年5月。

0037* 王之容：〈諸葛亮與蜀國外交〉，《人物雜誌》（1：7），1948年8月。

（三）一九五一年～一九六〇年期（39種，佔39／1568＝2.5%）

〔1952年〕（2種，佔2／39＝5.1%）

0038* 張遂青：〈諸葛亮是怎樣受到崇拜的〉，《新史學通訊》（11），1952年。

0039* 左舜生：〈略談諸葛亮〉，《自由報》（168～170），香港：自由報社，1952年10月，頁4。

〔1953年〕（1種，佔1／39＝2.6%）

0040* 林治平：〈論諸葛亮〉，《反攻》（87），台北：反攻出版社，1953年7月，頁13～15。

〔1954年〕（5種，佔5／39＝12.8%）

0041* 周一良：〈論諸葛亮〉，《歷史研究》（3），1954年。

0042* 特力：〈諸葛亮的用人之道〉，《考銓月刊》（93），1954年。

0043* 胡逸民：〈諸葛亮是怎樣出山的？〉，《暢流》（9：1），台北：暢流半月刊社，1954年2月，頁2～3。

0044* 林治平：〈大政治家諸葛亮〉，《反攻》（119），台北：反攻出版社，1954

年 11 月，頁 11～15。

0045* 蔣君章：〈諸葛亮的人事政策〉，《人事行政》（5），台北：中國人事行
政學會，1954 年 11 月 1 日，頁 10～16。

〔1955 年〕（2 種，佔 2／39＝5.1%）

0046* 何加陵：〈《隆中對》的分析〉，《語文學習》（5），1955 年。

0047* 顧學頡：〈諸葛亮的神機妙算〉，《新觀察》，1955 年 10 月。

〔1956 年〕（3 種，佔 3／39＝7.7%）

0048* 柳春藩：〈關於諸葛亮平定 "南中之亂" 的評價問題〉，《史學集刊》
（1），1956 年。

0049* 馬植杰：〈諸葛亮論〉，《新史學通訊》（8），1956 年。

0050* 耳東：〈武侯祠〉，《成都日報》，1956 年 7 月 1 日。

〔1957 年〕（11 種，佔 11／39＝28.2%）

0051* 季爲章：〈讀〈諸葛亮〉論〉，《史學月刊》（7），1957 年。

0052* 馬植杰：〈答季爲章〈讀〈諸葛亮〉論〉〉，《史學月刊》（9），1957 年。

0053* 張思恩：〈諸葛亮在 "南中" 的用兵及統治政策〉，《西北大學學報》
（3），1957 年。

0054* 張思恩：〈關於諸葛亮留兵 "南中" 的研究〉，《人文雜誌》（2），1957
年。

0055* 潘泰封：〈諸葛亮故居〉，《旅行家》（6），1957 年。

0056* 韓嘉德：〈試論諸葛亮〉，《蘭州大學學生科學論文集》（4），1957 年。

0057* 吳宗嶽：〈諸葛孔明之治國與用人〉，《人事行政》（9），台北：中國人
事行政學會，1957 年 4 月 1 日，頁 104～106。

0058* 陸雲龍：〈諸葛亮故居究竟在何處？〉，《光明日報》，1957 年 4 月 2 日。

0059* 孫文青：〈諸葛亮故居確在襄陽〉，《光明日報》，1957 年 4 月 13 日。

0060* 江應梁：〈諸葛亮與孟獲〉，《雲南日報》，1957 年 4 月 26 日。

0061* 華娥等：〈諸葛亮爲什麼要南征——對〈諸葛亮與孟獲〉一文的商榷〉，
《雲南日報》，1957 年 5 月 24 日。

〔1958 年〕（9 種，佔 9／39＝23.1%）

0062* 李西成：〈論諸葛亮在歷史上的地位和作用〉，《山西師院學報》（2），
1958 年。

0063* 戴良佐：〈諸葛亮治蜀時期的經濟情況及"南中"之征〉,《教學與研究匯刊》（3）,1958 年。

0064* 陳學：〈諸葛亮與徐庶——三國人物新譚〉,《中國時報》,台北：中國時報社,1958 年 10 月 12 日,頁 6。

0065* 陳學：〈諸葛亮的出山——三國人物新譚〉,《中國時報》,台北：中國時報社,1958 年 10 月 13 日,頁 6。

0066* 陳學：〈諸葛亮的隱居生活——三國人物新譚〉,《中國時報》,台北：中國時報社,1958 年 10 月 21 日,頁 6。

0067* 陳學：〈司馬懿和諸葛亮——三國人物新譚〉,《中國時報》,台北：中國時報社,1958 年 10 月 23 日,頁 6。

0068* 陳學：〈諸葛亮的家庭——三國人物新譚〉,《中國時報》,台北：中國時報社,1958 年 10 月 25 日,頁 6。

0069* 陳學：〈諸葛亮「隆中對」——三國人物新譚〉,《中國時報》,台北：中國時報社,1958 年 10 月 26 日,頁 6。

0070* 陳學：〈諸葛亮雜記——三國人物新譚〉,《中國時報》,台北：中國時報社,1958 年 10 月 31 日,頁 6。

〔1959 年〕（2 種,佔 2／39＝5.1%）

0071* 特力：〈諸葛亮的用人之道〉,《考銓月刊》（93）,台北：考試險,1959 年 1 月,頁 28～31。

0072* 陳學：〈談孔明的「八陣圖」——三國人物新譚〉,《中國時報》,台北：中國時報社,1959 年 3 月 9 日,頁 6。

〔1960 年〕（4 種,佔 4／39＝10.3%）

0073* 吳晗：〈論赤壁之戰裡的周瑜、諸葛亮、張昭〉,《燈下集》,北京：三聯書店,1960 年,頁 111～114。

0074* 劉裕略：〈諸葛亮評傳〉（一～四）《再生》（3：5～9）,1960 年 1～5 月。

0075* 弢襌：〈台灣諸葛亮陳永華〉,《中央日報》,台北：中央日報社,1960 年 2 月 13 日,頁 7。

0076* 李希凡：〈談談歷史人物和藝術形象的諸葛亮〉,《光明日報》,1960 年 7 月 30 日。

（四）一九六一年～一九七〇年期（53 種，佔 53／1568＝3.4%）

〔1961 年〕（10 種，佔 10／53＝18.9%）

0077* 孫達伍：〈試論關於評述諸葛亮的幾個問題〉，《揚州師院學報》（12），
　　　1961 年。

0078* 愚溪：〈四個八陣圖〉，《成都晚報》，1061 年 11 月 22 日。

0079* 何明：〈諸葛亮和三顧茅廬〉，《光明日報》，1961 年 3 月 18 日。

0080* 〈諸葛亮文一篇〉，《黑龍江日報》，1961 年 4 月 23 日。

0081* 劉劍剛：〈諸葛亮爲什麼能引起我們的共鳴〉，《黑龍江日報》，1961 年
　　　4 月 25 日。

0082* 張永明：〈後出師表眞僞的辨證〉，《大陸雜誌》（22：10），1961 年 5
　　　月。

0083* 人杰：〈孔明的讀書方法〉，《解放日報》，1961 年 8 月 16 日。

0084* 韋仲公：〈諸葛大名垂宇宙〉，《國魂》（196），1961 年 9 月。

0085* 繆鉞：〈陳壽與諸葛亮〉，《成都晚報》，1961 年 10 月 18 日。

0086* 馬曉野：〈諸葛亮《誡子書》〉，《河北日報》，1961 年 12 月 14 日。

〔1962 年〕（12 種，佔 12／53＝22.6%）

0087* 白壽彝：〈諸葛亮的軍事才能〉，《北京師大學報》（4），1962 年。

0088* 朱大渭：〈“隆中對”與“夷陵之戰”〉，《江漢學報》（9），1962 年。

0089* 周寅賓：〈談《三國演義》對諸葛亮的典型塑造〉，《江漢學報》（10），
　　　1962 年。

0090* 〈關於諸葛亮的評述〉，《文匯報》，1962 年 6 月 16 日。

0091* 張國康：〈漫話“八陣圖”〉，《光明日報》，1962 年 6 月 16 日。

0092* 繆鉞：〈成都設置錦官始於蜀漢〉，《成都晚報》，1962 年 7 月 12 日。

0093* 凡夫：〈孔明與張飛〉，《青海日報》，1962 年 7 月 17 日。

0094* 蒙文通、李友明：〈論諸葛亮南征〉，《光明日報》，1962 年 8 月 1 日。

0095* 柳春藩：〈諸葛亮的軍事才能〉，《吉林日報》，1962 年 9 月 8 日。

0096* 劉乃和：〈三國兩孔明〉，《光明日報》，1962 年 9 月 12 日。

0097* 魏嗣久：〈再說八陣圖〉，《成都晚報》，1962 年 9 月 12 日。

0098* 陳定山：〈孔明六出祁山〉，《中國時報》，台北：中國時報社，1962 年
　　　11 月 3 日，頁 7。

〔1963 年〕（4 種，佔 4／53＝7.6%）

0099* 史念海：〈論諸葛亮的攻守策略〉，《山河集》，北京：三聯書店，1963
　　　　年，頁 280～301。

0100* 史蘇苑：〈傑出的政治家和軍事家諸葛亮〉，《中國歷史人物簡論》（續
　　　　集），鄭州：河南人民出版社，1963 年，頁 1～16。

0101* 雅儒：〈諸葛亮的八陣圖〉，《中國時報》，台北：中國時報社，1963 年
　　　　3 月 31 日，頁 8。

0102* 山高：〈孔明守過的西城〉，《成都晚報》，1963 年 8 月 28 日。

〔1964 年〕（5 種，佔 5／53＝9.4%）

0103* 胡頌平：〈一個小小的考證──關於諸葛亮前出師表的闕文和補正〉，
　　　　《銘傳學報》（1），台北：私立銘傳女子商業專科學校，1964 年 3 月，
　　　　頁 297～299。

0104* 〈陳壽與諸葛亮〉，《成都晚報》，1964 年 3 月 22 日。

0105* 譚宗義：〈諸葛亮南征考〉，《文史學報》（2），1964 年 7 月。

0106* 方國瑜：〈諸葛亮南征路線考說〉，《文史學報》（3），1964 年 9 月。

0107* 李則芬：〈諸葛亮伐魏戰史〉，《軍事雜誌》（33：7），1964 年 11 月。

〔1965 年〕（7 種，佔 7／53＝13.2%）

0108* 馬智修：〈諸葛亮之北伐策略〉，《香港大學中文系學會年刊》，1965～
　　　　66 年。

0109* 禚夢庵：〈諸葛亮的志節及其師友〉，《人生》（29：4），台北：人文月
　　　　刊社，1965 年 1 月，頁 13～15。

0110* 徐韜：〈論諸葛亮（三國演義人物之 1）〉，《文壇》（241），香港：文壇
　　　　出版社，1965 年 4 月，頁 217～219。

0111* 傅斯年：〈諸葛亮的青年時期〉，《台大青年》，台北：國立台灣大學台
　　　　大青年社，1965 年 6 月，頁 2～3。

0112* 譚宗義：〈諸葛亮南征考〉，《文史學報》（2），香港：珠海學院文史學
　　　　會，1965 年 7 月，頁 5～50。

0113* 姚季農：〈我對諸葛亮的認識〉，《中央日報》，台北：中央日報社，1965
　　　　年 9 月 3～6 日，頁 6。

0114* 王渡：〈諸葛亮的生活風範〉，《中央日報》，台北：中央日報社，1965

年 11 月 24 日，頁 6。

〔1966 年〕（3 種，佔 3／53＝5.7%）

0115* 禚夢庵：〈諸葛武侯的公誠與風教〉，《人生》（31：4），台北：人文月
刊社，1966 年 8 月。

0116* 林繼平：〈論諸葛亮構想興復漢室的原則及其限制〉，《人生》（31：6），
台北：人文月刊社，1966 年 10 月，頁 8～17。

0117* 周燕謀：〈諸葛亮的著作考〉，《自由報》（611；615），香港：自由報社，
1965 年 12 月～1966 年 1 月，頁 4。

〔1967 年〕（5 種，佔 5／53＝9.4%）

0118* 祝秀俠：〈諸葛亮〉，《青年戰士報》，台北：青年戰士報社，1967 年 3
月 8～13 日，頁 7。

0119* 姚秀彥：〈略評諸葛亮與關羽〉，《中央日報》，台北：中央日報社，1967
年 5 月 2～4 日，頁 10。

0120* 陳定山：〈諸葛亮與戲劇〉，《暢流》（35：7），台北：暢流半月刊社，
1967 年 5 月 16 日，頁 29～30。

0121* 周燕謀：〈試談偏愛的諸葛亮與神化的關雲長——讀姚秀彥〈略評諸葛
亮與關羽〉〉，《自由報》（761～770），香港：自由報社，1967 年 6～7
月，頁 4。

0122* 河漢：〈大政治家諸葛亮〉，《自由報》（789／800），香港：自由報社，
1967 年 9～10 月，頁 4。

〔1968 年〕（3 種，佔 3／53＝5.7%）

0123* 蘇塏基：〈劉備何以不中用孔明〉，《暢流》（36：11），台北：暢流半月
刊社，1968 年 1 月，頁 6。

0124* 恩昶：〈高風亮節的諸葛亮〉，《自由報》（824～826），香港：自由報
社，1968 年 1～2 月，頁 3。

0125* 陳芳草：〈諸葛亮評傳〉，《學園》（3：8～10），台北：學園月刊社，1968
年 4～6 月，頁 4。

〔1969 年〕（3 種，佔 3／53＝5.7%）

0126* 姚季農：〈諸葛亮傳〉，《中央月刊》（1：4），台北：中央月刊社，1969
年 2 月，頁 155～164。

0127* 尹定國：〈諸葛亮與梁甫吟〉，《新境界》（4），台北：私立輔仁大學，
1969 年 6 月，頁 33～34。

0128* 濤南：〈蜀漢四賢相（諸葛亮、蔣琬、費禕、董允）〉，《大華晚報》，台
北：大華晚報社，1969 年 10 月 31 日，頁 8。

〔1970 年〕（1 種，佔 1／53＝1.9%）

0129* 南橋：〈諸葛亮的做人和對後世的影響〉，《建設》（19：5），台北：建
設雜誌社，1970 年 10 月，頁 24。

（五）一九七一年～一九八〇年期（168 種，佔 168／1568＝10.7%）

〔1971 年〕（6 種，佔 6／168＝3.6%）

0130* 惜秋：〈諸葛亮——人格的典型治國的表率〉，《台灣新生報》，台北：
台灣新生報社，1971 年 1 月 1～21 日，頁 15。

0131* 學之：〈諸葛亮的官職〉，《台灣新生報》，台北：台灣新生報社，1971
年 1 月 19 日，頁 10。

0132* 學之：〈諸葛亮的封爵〉，《台灣新生報》，台北：台灣新生報社，1971
年 1 月 25 日，頁 10。

0133* 學之：〈諸葛亮的軍職〉，《台灣新生報》，台北：台灣新生報社，1971
年 2 月 16 日，頁 10。

0134* 莊練：〈諸葛亮征蠻〉，《大華晚報》，台北：大華晚報社，1971 年 7 月
14 日，頁 9。

0135* 吳春山：〈談“三國演義”看“三顧草廬”〉，《現代文學》（45），1971
年 12 月，頁 62～76。

〔1972 年〕（10 種，佔 10／168＝6%）

0136* 萬繪：〈諸葛亮並無空城計〉，《台灣新生報》，台北：台灣新生報社，
1972 年 1 月 17 日，頁 10。

0137* 鍾正君：〈諸葛志業中的兩大疏失〉，《暢流》（45：1），1972 年 2 月，
頁 20～21。

0138* 萬繪：〈孔明未出隆中即已為人畫策〉，《台灣新生報》，台北：台灣新
生報社，1972 年 3 月 5 日，頁 10。

0139* 經離：〈孔明出隆中的年代考〉，《台灣新生報》，台北：台灣新生報社，

1972 年 4 月 12 日，頁 10。

0140* 經離：〈孔明原籍「琅邪陽都」考〉，《台灣新生報》，台北：台灣新生
報社，1972 年 5 月 5 日，頁 10。

0141* 經離：〈孔明的姐夫「龐德公」考〉，《台灣新生報》，台北：台灣新生
報社，1972 年 5 月 17 日，頁 10。

0142* 蜀人：〈諸葛亮忠君愛國〉，《青年戰士報》，台北：青年戰士報社，1972
年 5 月 27 日，頁 9。

0143* 曲江：〈諸葛亮評傳〉，《新中國評論》（42：6），台北：新中國評論社，
1972 年 6 月，頁 13～18。

0144* 吳春山：〈讀三國演義看三顧草廬〉，《中國文選》（65），1972 年 9 月，
頁 213～229。

0145* 謝志剛：〈處變不驚莊敬自強的諸葛亮〉，《黃埔月刊》（245），高雄：
陸軍軍官學校黃埔出版社，1972 年 9 月，頁 16～19。

〔1973 年〕（4 種，佔 4／168＝2.4%）

0146* 柳定生：〈諸葛孔明——四川的歷史之七〉，《四川文獻》（127），台北：
四川文獻社，1973 年 3 月，頁 4～7。

0147* 劉令輿：〈諸葛武侯用刑的平恕精神〉，《華岡法粹》（5），1973 年 6 月，
頁 87～94。

0148* 夢庵：〈諸葛亮的木牛流馬與八陣圖〉，《聯合報》，台北：聯合報社，
1973 年 7 月 21 日，頁 14。

0149* 陶希聖：〈諸葛亮、王導、謝安〉，《食貨》（3：7），台北：食貨月刊社，
1973 年 10 月，頁 43～45。

〔1974 年〕（54 種，佔 54／168＝32.1%）

0150* 中文系：〈諸葛亮《前出師表》注釋〉，《北京師院學報》（社）（3），1974
年。

0151* 中文系：《諸葛亮集注》編輯組〈諸葛亮《出師表》注釋〉，《開封師院
學報》（3），1974 年。

0152* 中文系七三級一班三組：〈論諸葛亮的法家路線〉，《南京師院學報》
（4），1974 年。

0153* 中文系二年級一班第三小組：〈諸葛亮《答法正書》注釋〉，《揚州師院

學報》（1），1974 年。

0154* 中文系二年級一班第三小組：〈諸葛亮《隆中對》注釋〉，《揚州師院學報》（1），1974 年。

0155* 六五四三部隊四連理論小組：〈評諸葛亮的戰略戰術〉，《江蘇師院學報》（2），1974 年。

0156* 王炳南：〈路線正確與否決定一切──淺談諸葛亮的法家思想〉，《福建師大學報》（4），1974 年。

0157* 四川人民出版社編輯：〈諸葛亮〉，《法家代表人物介紹》（一），四川人民出版社，1974 年，頁 164～173。

0158* 四川師範學院大批判組：〈諸葛亮矯東漢之弊對我國西南的開發〉，《四川通訊》（8），1974 年。

0159* 有諒：〈諸葛亮《前出師表》譯注〉，《河南省歷史研究所集刊》（2），1974 年。

0160* 秀峰等：〈三國時期傑出的政治家和軍事家──諸葛亮〉，《山西師院學報》（4），1974 年。

0161* 周一良：〈諸葛亮和法家路線〉，《歷史研究》（1），1974 年。

0162* 初學：〈論諸葛亮的法家路線〉，《四川通訊》（12），1974 年。

0163* 政治系七一級三組部分工農兵學員：〈《隆中對》注釋〉，《中央民族學院學報》（2），1974 年。

0164* 政治系師生寫作組：〈諸葛亮《答法正書》譯注〉，《北京師大學報》（社）（4），1974 年。

0165* 洛陽鐵路局工人理論小組：〈堅持統一反對分裂──讀諸葛亮的隆中對〉，《開封師院學報》（社）（1），1974 年。

0166* 倪文白：〈法家諸葛亮對待少數民族的進步主張〉，《中央民族學院學報》（2），1974 年。

0167* 唐明邦：〈諸葛亮評傳〉，《武漢大學學報》（哲社）（3），1974 年。

0168* 哲學系七一級學員：〈諸葛亮《隆中對》《答法正書》《出師表》注釋〉，《武漢大學學報》（哲社）（3），1974 年。

0169* 師平：〈論諸葛亮〉，《北京師大學報》（4），1974 年。

0170* 師訓班理論學習小組：〈三國時期傑出的法家──諸葛亮〉，《北京師院學報》（社）（3），1974 年。

0171* 馬曜：〈諸葛亮的法家政治與民族政策〉，《雲南大學學報》（社）（3），1974 年。

0172* 崔春華：〈諸葛亮的法家思想〉，《論法家和儒法鬥爭》，人民出版社編輯部，1974 年，頁 182～193。

0173* 崔春華：〈諸葛亮的法家思想〉，《遼寧大學學報》（1），1974 年。

0174* 理論組：〈三國時期傑出的法家──諸葛亮〉，《北京師院學報》（3），1974 年。

0175* 第一冶金建設公司工人理論組、華中師院中文系法家著作注釋組：〈諸葛亮《出師表》注釋〉，《華中師院學報》（社）（3），1974 年。

0176* 都淦：〈論諸葛亮"南征"〉，《資料》（2），1974 年。

0177* 楊子堅：〈試論諸葛亮──兼駁儒家對諸葛亮的歪曲和誣蔑〉，《南京大學學報》（哲社）（5～6），1974 年。

0178* 劉侖澤、李之千：〈諸葛亮《隆中對》《答法正書》譯注〉，《四川大學學報》（社）（2），1974 年。

0179* 藩亞一等：〈諸葛亮的法家路線與蜀漢生產的發展〉，《四川大學學報》（2），1974 年。

0180* 龔恩生：〈試論諸葛亮在歷史上的作用〉，《揚州師院學報》（1），1974 年。

0181* 李公治：〈三國人物之一──諸葛亮〉，《軍事雜誌》（42：8），台北：國防部軍事雜誌社，1974 年 5 月，頁 77～84。

0182* 〈諸葛亮〉，《天津日報》，1974 年 6 月 23 日。

0183* 李之源：〈諸葛亮的出師表〉，《中國語文》（35：1），台北：中國語文月刊社，1974 年 7 月，頁 29～32。

0184* 史凡：〈諸葛亮的法家思想〉，《黑龍江日報》，1974 年 7 月 3 日。

0185* 林藜：〈南陽諸葛廬〉，《中原文獻》（6：8），1974 年 8 月，頁 32～34。

0186* 〈諸葛亮〉，《黑龍江日報》，1974 年 8 月 20 日。

0187* 向宏：〈略論諸葛亮的法家思想〉，《雲南日報》，1974 年 8 月 28 日。

0188* 槐鍾：〈評諸葛亮的法家思想〉，《新華日報》，1974 年 8 月 31 日。

0189* 厚璞：〈諸葛亮的法家思想〉，《廣州日報》，1974 年 9 月 2 日。

0190* 厚璞：〈諸葛亮《勸將士勤攻己闕教》〉，《南方日報》，1974 年 9 月 6 日。

0191* 〈諸葛亮的"法治"思想〉,《河南日報》,1974 年 9 月 9 日。

0192* 成都武侯祠文物管理所、四川大學中文系:〈三國時期的法家政治家諸葛亮〉,《四川日報》,1974 年 9 月 13 日。

0193* 施忭:〈諸葛亮〉,《包頭日報》,1974 年 9 月 20 日。

0194* 襄樊市第一機床廠理論學習班:〈諸葛亮的《隆中對》〉,《湖北日報》,1974 年 9 月 20 日。

0195* 陳涉基等:〈三國時期法家諸葛亮〉,《成都日報》,1974 年 10 月 13 日。

0196* 唐明邦:〈諸葛亮評傳〉,《長江日報》,1974 年 11 月 29 日。

0197* 蘭州化學工業公司化肥廠理論小組:〈諸葛亮《隆中對》的法家路線與蜀漢政權的建立〉,《甘肅日報》,1974 年 11 月 30 日。

0198* 李素珍:〈諸葛亮〉,《吉林日報》,1974 年 12 月 2 日。

0199* 錢潤林:〈淺談諸葛亮的法治思想〉,《南昌日報》,1974 年 12 月 5 日。

0200* 盧開萬:〈諸葛亮〉,《湖北日報》,1974 年 12 月 9 日。

0201* 師鍾:〈諸葛亮的《出師表》〉,《湖北日報》,1974 年 12 月 11 日。

0202* 海明:〈諸葛亮的尊法反儒思想〉,《大眾日報》,1974 年 12 月 18 日。

0203* 李新魁:〈讀諸葛亮的《前出師表》〉,《光明日報》,1974 年 12 月 31 日。

〔1975 年〕(27 種,佔 27 / 168＝16.1%)

0204* 七七〇七部隊等《諸葛亮傳》編寫小組:〈諸葛亮治理「南中」〉,《教育革命》(3),1975 年。

0205* 中文系《三國演義》評論組:〈諸葛亮——傑出的封建政治軍事家的藝術形象〉,《中山大學學報》(哲社)(4),1975 年。

0206* 六九信箱寫作組武侯祠文管所、中文系七三級二班工農兵學員:〈諸葛亮的法家軍事路線〉,《四川大學學報》(1),1975 年。

0207* 如連縣工農理論學習班:〈淺談諸葛亮的用人路線〉,《工農兵評論》(2),1975 年。

0208* 注釋小組:〈諸葛亮是"生而知之"的天才嗎——讀諸葛亮的《隆中對》〉,《廣西民族學院學報》(1),1975 年。

0209* 南寧市鑄造廠等法家著作注釋小組:〈《隆中對》注釋〉,《廣西民族學院學報》(1),1975 年。

0210* 南寧市鑄造廠等法家著作注釋小組:〈諸葛亮《答法正書》注釋〉,《廣西民族學院學報》（2），1975 年。

0211* 南寧市鑄造廠等法家著作注釋小組：〈諸葛亮《答諸子書》注釋〉，《廣西民族學院學報》（2），1975 年。

0212* 徐州軍分區、蘇州軍分區：〈諸葛亮軍事言論選注〉，《江蘇師院學報》（2），1975 年。

0213* 陝西師大政教系二年級一班工農兵學員：〈法治而興、儒蠹而亡──評劉備、諸葛亮的法家路線〉，《陝西師大學報》（1），1975 年。

0214* 馬曜：〈諸葛亮安定南中和團結少數民族的歷史功績〉，《思想戰線》（3），1975 年。

0215* 馬曜：〈論諸葛亮安定南中〉，《歷史研究》（4），1975 年。

0216* 理論組：〈諸葛亮論法文選注〉，《鄭州大學學報》（哲社）增刊，1975 年。

0217* 賀鳳蘭：〈《失街亭》淺析〉，《南京師範學報》（1），1975 年。

0218* 煙台師專《諸葛亮文選編》小組：〈論諸葛亮統一、前進的法家路線〉，《破與立》（哲社）（3），1975 年。

0219* 趙懌伯：〈論諸葛亮的法家路線〉，《四川大學學報》（2），1975 年。

0220* 潘友材：〈諸葛亮明法斬馬謖〉，《山東師院學報》（1），1975 年。

0221* 諸葛亮著作選注小組：〈撥開《三國演義》蒙在諸葛亮身上的迷霧〉，《甘肅師大學報》（3），1975 年。

0222* 鄭州鐵路局洛陽分局工人理論組等：〈諸葛亮《隆中對》《出師表》注釋〉，《鄭州大學學報》（哲社）增刊，1975 年。

0223* 魏文清：〈論諸葛亮的法家路線〉，《哈爾濱師院學報》（哲社）（4），1975 年。

0224* 鄭天昊：〈諸葛亮〉，《民主憲政》（46：10），台北：民主憲政雜誌社，1975 年 2 月，頁 28～31。

0225* 石嘴山第一礦務局水電所工人理論小組：〈諸葛亮的法家路線〉，《寧夏日報》，1975 年 4 月 10 日。

0226* 張玉安：〈諸葛亮的唯物論思想〉，《寧夏日報》，1975 年 4 月 10 日。

0227* 宋力等：〈諸葛亮的法家形象不容歪曲──讀諸葛亮的《前出師表》〉，《天津日報》，1975 年 4 月 14 日。

0228* 文實：〈諸葛亮的法治和蜀漢政權的演變〉，《長沙日報》，1975 年 4 月

25 日。

0229* 劉金昕等：〈淺談諸葛亮的法治思想——讀《前出師表》〉，《陝西日報》，1975 年 5 月 29 日。

0230* 劉福元等：〈安定內部發展生產——諸葛亮統一活動中的治蜀措施〉，《河北日報》，1975 年 12 月 17 日。

〔1976 年〕（6 種，佔 6／168＝3.6%）

0231* 成都武侯祠文物保管所：〈從諸葛亮在雲南的遺跡試談他的民族政策〉，《文物》（4），1976 年。

0232* 成都無縫鋼管廠工人理論組等：〈成都武侯祠反映的歷史上的儒法鬥爭〉，《文物》（4），1976 年。

0233* 沈仲常：〈蜀漢銅弩機〉，《文物》（4），1976 年。

0234* 劉子清：〈天才橫溢文經武略可比管樂的諸葛亮〉，《中國歷史人物評傳》，台北：黎明文化事業股份有限公司，1976 年。

0235* 陳壽恆：〈諸葛亮眼中的吳起〉，《大華晚報》，台北：大華晚報社，1976 年 8 月 1 日，頁 7。

0236* 祝秀俠：〈諸葛孔明、劉備、曹操——三國人物新論之一〉，《中外雜誌》（20：5），台北：中外雜誌社，1976 年 11 月，頁 63～69。

〔1977 年〕（5 種，佔 5／168＝3%）

0237* 該書：〈諸葛亮安定南中〉，《雲南各族古代史略》，雲南：雲南人民出版社，1977 年。

0238* 鄧澂濤：〈《三國人物新論》（祝秀俠著）評介〉，《中外雜誌》（21：3），1977 年 3 月，頁 74。

0239* 蔡學忠：〈諸葛亮〉，《科學月刊》（8：4），台北：科學月刊社，1977 年 4 月，頁 46～48。

0240* 四川省哲學社會科學研究所、四川省工藝美術研究所、成都市蜀錦廠編寫：〈諸葛亮和蜀錦〉，《蜀錦史話》，1977 年 7 月。

0241* 張火慶：〈兩朝開濟老臣心——三國演義中的諸葛亮〉，《鵝湖》（3：4），台北：鵝湖月刊社，1977 年 10 月，頁 35～40。

〔1978 年〕（18 種，佔 18／168＝10.7%）

0242* 史念海：〈論諸葛亮的攻守策略〉，《河山集》，三聯書店，1978 年。

0243* 田居儉：〈助“幫”爲虐的“諸葛亮研究”——評“梁效”某教授的《諸葛亮和法家路線》〉，《歷史研究》（4），1978 年。

0244* 朱武平：〈《隆中對》簡析〉，《山東師院學報》（4），1978 年。

0245* 衣殿臣：〈鞠躬盡瘁，死而後已——讀杜甫的《蜀相》〉，《黑龍江文藝》（6），1978 年。

0246* 姜光斗、管武帶：〈《隆中對》串講〉，《語文教學》（江西師院）（6），1978 年。

0247* 范奇龍：〈略論諸葛亮的作風〉，《四川師院學報》（4），1978 年。

0248* 徐佩應、周涪泉：〈《隆中對》串講〉，《四川師院學報》（4），1978 年。

0249* 陳寧安：〈《出師表》試析〉，《教學參考》（4～5），1978 年。

0250* 萬繩楠：〈論諸葛亮的「治實」精神〉，《安徽師大學報》（3），1978 年。

0251* 趙慶元：〈試論諸葛亮形象的意義〉，《安徽師範大學學報》（哲社）（4）／人大複印資料轉載，1978 年，頁 61～65。

0252* 禚恩昶：〈諸葛亮的志節與抱負〉，《古今談》（150～152），台北：古今雜誌社，1978 年 1 月，頁 14～16。

0253* 呂凱：〈諸葛亮文如其人〉，《中央日報》，台北：中央日報社，1978 年 5 月 9 日，頁 11。

0254* 向曙：〈諸葛亮不僅是一文人〉，《中央日報》，台北：中央日報社，1978 年 7 月 4 日，頁 11。

0255* 乙人：〈諸葛亮的三大失策〉，《古今談》（159），1978 年 8 月，頁 25。

0256* 張思俊：〈惠陵與漢昭烈廟、武侯祠〉，《成都日報》，1978 年 8 月 16 日。

0257* 張思俊：〈武侯祠裡的唐碑〉，《成都日報》，1978 年 8 月 31 日。

0258* 黎英：〈“勤攻吾之闕”——諸葛亮的智慧和他的謙虛〉，《人民日報》，1978 年 10 月 23 日。

0259* 王成聖譯：〈中國宰相列傳（8）——諸葛亮的志業〉，《中外雜誌》（23：6／24：1），台北：中外雜誌社，1978 年 6～7 月，頁 13。

〔1979 年〕（14 種，佔 14／168＝8.3%）

0260* 尤旭：〈出師一表眞名世，千載誰堪伯仲間——讀《出師表》〉，《中學語文》（6），1979 年。

0261* 成都武侯祠文管所：〈武侯祠〉，《文物》（9），1979 年。

0262* 吳功正：〈《失街亭》分析〉，《昆明師院學報》（5），1979 年。

0263* 吳功臣：〈“隆中對”“三顧茅廬”及其他〉，《山花》（4），1979 年。

0264* 吳萬剛：〈身居草廬，胸懷天下——《隆中對》析〉，《破與立》（5），1979 年。

0265* 洪橋：〈論《失街亭》〉，《書評》（4），1979 年。

0266* 黃岳洲：〈《隆中對》語文疏解〉，《天津師院學報》（3），1979 年。

0267* 葉哲明：〈“三顧茅廬”——劉備和諸葛亮合作初探〉，《教與學》（台州師專）（2），1979 年。

0268* 羅繼祖：〈空城計〉，《吉林大學學報》（社）（4），1979 年。

0269* 紀俊臣：〈評蔡麟筆著〈諸葛亮之管理哲學與藝術〉〉，《中國行政》（29），1979 年 5 月，頁 116～119。

0270* 曹仕邦：〈孔明借箭故事的來源——讀史茹退〉，《中國學會三十週年紀念刊》，新加坡：中國學會，1979 年 10 月，頁 75～76。

0271* 董金裕：〈從出師表看諸葛亮的生平志事〉，《明道文藝》（44），1979 年 11 月，頁 109～118。

0272* 林宣生：〈論諸葛武侯（孔明）的儒帥風範〉，《中央日報》，台北：中央日報社，1979 年 11 月 20 日，頁 11。

0273* 陳漢楚：〈對子女嚴格要求——讀諸葛亮《誡子書》〉，《光明日報》，1979 年 11 月 29 日。

〔1980 年〕（24 種，佔 24／168＝14.3%）

0274* 三奇：〈《隆中對》與《論持久戰》——未來研究史例對比分析〉，《未來與發展》（2），1980 年。

0275* 方國瑜：〈諸葛亮南征的路線考說〉，《思想戰線》（2），1980 年。

0276* 方德昭：〈論諸葛武侯的出山——訪成都武侯祠有感〉，《思想戰線》（2），1980 年。

0277* 朱大渭：〈諸葛亮軍事思想略論〉，《史學月刊》（2），1980 年。

0278* 李慕如：〈學仕官名類釋〉（2）——（漢朝：劉安、韓嬰、司馬相如、司馬遷、劉向、班固、張衡、許慎、鄭玄、蔡邕、諸葛亮）《今日中國》（108），1980 年 4 月，頁 160～171。

0279* 范奇龍：〈諸葛亮的風格〉，《人物》（2），1980 年。

0280* 馬德眞、劉琳：〈嚴法、任賢、正身——略論諸葛亮治蜀〉，《社會科學研究》（2），1980 年。

0281* 張國康：〈孔明巧佈八陣圖〉，《歷史知識》（1），1980 年。

0282* 郭挺之：〈漫談《後出師表》的眞實性〉，《湘潭師專學報》（2），1980
年。

0283* 陳翔華：〈唐代詠懷諸葛亮的詩歌〉，《文獻》（叢刊）（3），1980 年。

0284* 傅普生：〈從諸葛亮自貶三等說起〉，《新湘評論》（3），1980 年。

0285* 漆澤邦：〈論諸葛亮〉，《西南師範學院學報》（2）／人大複印資料轉載，
1980 年，頁 75～84。

0286* 薛國中：〈諸葛亮與《隆中對》〉，《江漢論壇》（1），1980 年。

0287* 謝國良：〈古代軍事家──諸葛亮〉，《解放軍畫報》（9），1980 年。

0288* 王秀藏：〈《後出師表》眞僞辨〉，《台州師專學報》，1980 年 1 月。

0289* 李金彝：〈武侯祠的長聯〉，《成都日報》，1980 年 2 月 7 日。

0290* 徐連達：〈諸葛亮的修身與治家〉，《文匯報》，1980 年 2 月 25 日。

0291* 杜黎均：〈諸葛亮形象的創造方法〉，《北京文化》，1980 年 5 月。

0292* 程忠元：〈諸葛武侯兵法管窺〉，《中國國學》（8），1980 年 7 月，頁 179
～191。

0293* 王澤枋：〈桑樹叢中丞相家──諸葛亮在成都故居考〉，《成都日報》，
1980 年 8 月 7 日。

0294* 章映閣：〈諸葛亮和銅鼓〉，《成都日報》，1980 年 8 月 7 日。

0295* 樂中：〈劉備何年識諸葛〉，《北京日報》，1980 年 10 月 2 日。

0296* 李林河、李哲夫：〈諸葛亮如何執法〉，《光明日報》，1980 年 10 月 14
日。

0297* 林頓：〈劉備究竟何年識諸葛〉，《北京日報》，1980 年 10 月 31 日。

（六）一九八一年～一九九〇年期（517 種，佔 517／1568＝33%）

〔1981 年〕（53 種，佔 53／517＝10.3%）

0298* 王文彬：〈諸葛亮〉，《歷史教學》（12），1981 年。

0299* 王世蓮：〈諸葛亮是怎樣成為“天下奇才”的〉，《北方論叢》（2），1981
年。

0300* 田居儉：〈從《隆中對》漫談諸葛亮〉，《百科知識》（7），1981 年。

0301* 田餘慶：〈李嚴興廢和諸葛亮的用人〉，《中華學術文集》，中華書局，
1981 年。

0302* 朱大渭：〈馬謖被殺的眞相〉，《學林漫錄》（4），中華書局，1981 年。

0303* 朱大渭：〈論諸葛亮治蜀——兼論諸葛亮是儒法合流的典型人物〉，《魏晉隋唐史論》（1），中國社會科學出版社，1981 年。

0304* 吳潔生：〈論諸葛亮的錯誤和失策〉，《學術月刊》（12）／人大複印資料轉載，1981 年。

0305* 君才：〈諸葛亮治蜀〉，《新長征》（1），1981 年。

0306* 李兆成：〈“能攻心”聯析〉，《文明》（1），1981 年。

0307* 李炳華：〈隆中行〉，《旅行家》（3），1981 年。

0308* 李淳、新材：〈諸葛亮的重大失誤〉，《晉陽學刊》（1），1981 年。

0309* 汪潛：〈武侯祠古柏〉，《文明》（1），1981 年。

0310* 阿君：〈從諸葛亮之死的描述談起〉，《當代文學研究叢刊》（2），1981 年。

0311* 馬鼎盛：〈“六出祁山”淺說〉，《歷史知識》（4），1981 年。

0312* 張大可：〈諸葛亮並非“重益輕荆”〉，《江漢論壇》（2），1981 年。

0313* 張占斌：〈關於諸葛亮的“重大失誤”問題——與李淳、新材二同志商榷〉，《四川師院學報》（哲社）（4），1981 年。

0314* 張雲橋：〈試評諸葛亮的正身、用人和執法〉，《四川師院學報》（哲社）（1），1981 年。

0315* 梁中效：〈蜀道上的諸葛亮文化〉，《成都大學學報》（3）／人大複印資料轉載，1981 年。

0316* 連武：〈諸葛亮隱居處考析〉，《南陽師專學報》（2），1981 年。

0317* 郭清華：〈諸葛亮眞墓和最早的武侯祠〉，《文化與生活》（1），1981 年。

0318* 陳可畏：〈街亭考〉，《地名知識》（4～5），1981 年。

0319* 陳翔華：〈論諸葛亮典型及其複雜性〉，《文藝論叢》，1981 年。

0320* 陳翔華：〈魏晉南北朝時期的諸葛亮故事傳說〉，《河北大學學報》（哲社）（2），1981 年。

0321* 陳懋炳：〈陳壽曲筆說辨誣〉，《史學史研究》（3），1981 年。

0322* 陳鵬生：〈略論諸葛亮的法治觀〉，《法學》復刊號，1981 年。

0323* 陳顯遠：〈武侯“眞墓”不眞〉，《陝西師大學報》（1），1981 年。

0324* 陳顯遠：〈馬謖失守街亭在今何處〉，《歷史知識》（2），1981 年。

0325* 陶懋炳：〈陳壽曲筆說辨誣〉，《史學史研究》（3），1981 年。

0326* 惠全義：〈定軍山〉，《旅遊》（1），1981 年。

0327* 惠全義、李新民：〈五丈原〉，《旅遊》（2），1981 年。

0328* 焦傳斌：〈諸葛亮的繼位者──蔣琬〉，《新湘評論》（4），1981 年。

0329* 萊蕪：〈白帝城〉，《旅遊》（2），1981 年。

0330* 馮學敏：〈籌筆驛與諸葛亮〉，《旅遊天地》（4），1981 年。

0331* 楊延福：〈傑出的政略家諸葛亮〉，《百科知識》（7），1981 年。

0332* 鄒本順：〈略論三國時代用人的長短得失〉，《晉陽學刊》（4），1981 年。

0333* 寧超：〈諸葛亮"南征"的若干問題〉，《雲南社會科學》（2）／人大複印資料轉載，1981 年，頁 64～71。

0334* 歐陽惠筠：〈武侯祠、劉備廟〉，《旅遊》（1），1981 年。

0335* 質一力刃：〈諸葛九里堤〉，《旅遊天府》（3），1981 年。

0336* 羅秉英：〈諸葛亮行法的歷史地位〉，《思想戰線》（2）／人大複印資料轉載，1981 年，頁 17～22。

0337* 羅重璋：〈隆中山上訪諸葛〉，《旅遊》（1），1981 年。

0338* 譚良嘯：〈白帝城八陣圖遺址考〉，《四川大學學報》（1），1981 年。

0339* 譚良嘯：〈成都武侯祠史話〉，《歷史知識》（4），1981 年。

0340* 李則芬：〈評陳壽三國志〉，《東方雜誌》（14：7），1981 年 1 月，頁 19～24。

0341* 黎明：〈諸葛八陣圖的真相〉，《中華易學》（1：12／2：1），1981 年 2～3 月。

0342* 卓名翹：〈諸葛武侯心書平議〉，《黃埔月刊卷》（347～349），1981 年 3～5 月。

0343* 李則芬：〈諸葛亮論〉（1～3）《三軍聯合月刊》（19：1～3），1981 年 3～5 月。

0344* 章映閣：〈諸葛亮治家有術〉，《成都日報》，1981 年 3 月 2 日。

0345* 周廷賢：〈諸葛亮與雲南少數民族〉，《雲南日報》，1981 年 3 月 20 日。

0346* 杜若：〈諸葛武侯出師表〉，《台肥月刊》（22：4），1981 年 4 月，頁 31～38。

0347* 汪侖侖：〈諸葛亮的精神文明〉，《湖北日報》，1981 年 4 月 16 日。

0348* 程忠元：〈諸葛武侯兵法管窺〉，《中國國學》（9），1981 年 8 月，頁 256
　　　～265。

0349* 胡秋原：〈大人君子政治家諸葛亮──中國文化與中國知識份子中古篇
　　　第一章〉，《中華雜誌》（19：9），1981 年 9 月，頁 25～30。

0350* 胡秋原：〈諸葛亮在歷史上之影響及其現代意義〉，《中華雜誌》（19：
　　　10），1981 年 10 月，頁 43～50。

〔1982 年〕（45 種，佔 45／517＝8.7%）

0351* 于延泉等：〈諸葛亮北伐析疑〉，《北方論叢》（2），1982。

0352* 小竹：〈諸葛亮的七條用人之道〉，《文史知識》（12），1982 年。

0353* 尹韻公：〈論蜀國滅亡的原因〉，《文史哲》（5），1982 年。

0354* 方國瑜：〈南中地方勢力與蜀統治之爭奪及相互利用〉，《滇史論叢》
　　　（1），上海人民出版社，1982 年。

0355* 王珍：〈三國時期蜀國經濟的發展〉，《史學月刊》（3），1982 年。

0356* 田餘慶：〈諸葛亮《與兄諸葛瑾論白帝兵書》辨疑〉，《文史》（14），中
　　　華書局，1982 年。

0357* 余濤：〈諸葛亮與蜀錦〉，《旅遊天府》（4），1982 年。

0358* 別廷峰：〈《三國演義》中諸葛亮形象的主要性格特徵〉，《承德師專學
　　　報》（1），1982 年。

0359* 宋裕：〈諸葛亮不出兵子午谷的原因試說〉，《中國古代史論叢》（4），
　　　1982 年。

0360* 李兆成：〈關於諸葛亮的八陣圖〉，《西南師院學報》（2），1982 年。

0361* 林君雄：〈淺談三國用人〉，《人才》（4），1982 年。

0362* 金石：〈讀《諸葛亮隱居處考析》後──兼與連伍同志商榷〉，《南陽師
　　　專學報》（1），1982 年。

0363* 俞漢業：〈名篇今譯《隆中對》〉，《文史知識》（1），1982 年。

0364* 哈光韶：〈孔明何處擒孟獲〉，《旅遊天府》（2），1982 年。

0365* 胡申生：〈彭羕被殺、廖立遭廢是諸葛亮嫉才的結果嗎？──與《論諸
　　　葛亮的錯誤與失策》一文作者商榷〉，《阜陽師院學報》（4），1982 年。

0366* 范奇龍：〈諸葛亮的風格〉，《人物》（2），1982 年。

0367* 徐爭青：〈褒斜道為蜀道之始〉，《歷史知識》（1），1982 年。

0368* 海潮：〈諸葛亮忌恨魏延嗎〉，《旅遊天府》（2），1982 年。

0369* 馬大英：〈諸葛亮的財政思想〉，《財政研究資料》（總81），1982年。

0370* 馬大英：〈諸葛亮理財〉，《財政》（3），1982年。

0371* 尉豐久、楊春友：〈論諸葛亮對人才用而不教的歷史教訓〉，《東岳論叢》（5），1982年。

0372* 張克：〈"空城計"的演變——讀史札記〉，《克山師專學報》（3），1982年。

0373* 張崇琛：〈諸葛亮籍貫考〉，《地名知識》（6），1982年。

0374* 陳可畏：〈論諸葛亮——出祁山之戰〉，《中國古代史論叢》（3），1982年。

0375* 陳克華：〈諸葛亮北伐析疑〉，《爭鳴》（2），1982年。

0376* 喻光鉛：〈孔明何處擒孟獲〉，《旅遊天地》（2），1982年。

0377* 隆中碑文研究小組：〈隆中碑文研究〉，《教學與研究》（襄陽師專）（1），1982年。

0378* 楊秀傑：〈諸葛亮沒有用過空城計〉，《夜讀》（1），1982年。

0379* 葉哲明：〈政治家的形勢分析和諸葛亮、程昱、魯肅對漢末天下三分的預見〉，《台州師專學報》（2），1982年。

0380* 葉哲明：〈魯肅和東吳三國——兼評諸葛亮、周瑜的政治卓識與外交才能〉，《台州師專學報》（1），1982年。

0381* 魯錦寰：〈漢末荊州學派與三國政治〉，《中州學刊》（4），1982年。

0382* 錢星博：〈蜀漢敗亡不能歸咎於諸葛亮〉，《湘江文學》（6），1982年。

0383* 霍雨佳：〈諸葛亮嫉賢妒才嗎——與吳潔生同志商榷〉，《海南師專學報》（3），1982年。

0384* 謝求成：〈論諸葛亮的成敗得失〉，《江海學刊》（5），1982年。

0385* 徐廉明：〈諸葛擺八陣圖〉，《四川日報》，1982年1月30日。

0386* 蔣君章：〈諸葛亮的兵學〉，《東方雜誌》（15：8），1982年2月，頁31～37。

0387* 金體文：〈成功之領導者：諸葛亮〉，《軍事雜誌》（50：6），1982年3月，頁61～66。

0388* 汪抗：〈諸葛亮主張"罰不可不均"〉，《天津日報》，1982年3月2日。

0389* 祝秀俠：〈諸葛亮傳〉（1～4）《中外雜誌》（31：4／32：1），1982年4～7月。

0390* 曾敏之：〈關於對諸葛亮的評價〉，《南方日報》，1982 年 4 月 2 日。

0391* 梁庚堯：〈中國歷史與人物（15）：諸葛亮〉，《華文世界》（27），1982
年 7 月，頁 11～19。

0392* 黃志民：〈開誠心佈公道的諸葛亮〉，《孔孟月刊》（20：11），1982 年 7
月，頁 54。

0393* 葉子：〈諸葛亮《答法正書》的一點啓示〉，《人民日報》，1982 年 7 月
16 日。

0394* 蔣君章：〈諸葛亮的政教經軍建設〉，《東方雜誌》（16：3），1982 年 9
月，頁 33～38。

0395* 譚良嘯：〈成都舉行首次諸葛亮研究會聯會〉，《人民日報》，1982 年 11
月 12 日。

〔1983 年〕（74 種，佔 74／517＝14.3%）

0396* 于聯凱：〈諸葛亮與《梁父吟》〉，《歷史知識》（3），1983 年。

0397* 方赫：〈諸葛亮茅廬一顧記〉，《旅遊天府》（2），1983 年。

0398* 王西林：〈出師未捷身先死——五丈原的諸葛亮廟〉，《文化與生活》
（6），1983 年。

0399* 朱維權：〈《隆中對》簡論〉，《南充師院學報》（3），1983 年。

0400* 何瑋：〈諸葛亮與人生道路〉，《知識與生活》（1），1983 年。

0401* 吳天畏、劉京華：〈祁山古戰場巡禮〉，《旅遊天府》（4），1983 年。

0402* 吳天畏：〈漢昭烈陵廟考〉，《地名知識》（5），1983 年。

0403* 吳潔生：〈評諸葛亮斬馬謖〉，《中國古代史論叢》（7），1983 年。

0404* 李定與、龔培萱：〈諸葛亮深入的"不毛"指哪裡〉，《旅遊天地》（1），
1983 年。

0405* 李思禎：〈八陣圖在哪裡〉，《社會科學研究》（5），1983 年。

0406* 李星：〈《出師表》在文學史上應佔一席位〉，《文化與生活》（6），1983
年。

0407* 肖伍：〈司馬懿氣死諸葛亮〉，《文化與生活》（6），1983 年。

0408* 肖伍：〈南陽郡隆中簡介〉，《地名知識》（5），1983 年。

0409* 肖伍：〈諸葛亮三世忠貞〉，《旅遊》（6），1983 年。

0410* 武關葦：〈祁山考析〉，《地名知識》（5），1983 年。

0411* 冒炘、葉胥：〈諸葛孔明瑣談〉，《阜陽師院學報》（1），1983 年。

0412* 胡小池編著：〈三國史蹟在漢中〉，《大陸剪影》，台北：武陵出版社，
1983 年，頁 278～286。

0413* 徐日輝：〈街亭考〉，《蘭州大學學報》（3），1983 年。

0414* 徐無聞、譚良嘯、謝忠梁：〈"丞相諸葛令"碑不可信〉，《文物》（8），
1983 年。

0415* 海潮：〈千里迢迢訪街亭〉，《旅遊天府》（5），1983 年。

0416* 馬植杰：〈《後出師表》的作者問題〉，《文史》（17），1983 年。

0417* 高華：〈送給諸葛亮的"禮物"〉，《旅遊》（6），1983 年。

0418* 常征：〈從魏延的遭際議劉、葛用人〉，《北京史苑》（1），1983 年。

0419* 張雲軒：〈是"三顧"，不是"自薦"〉，《文化與生活》（6），1983 年。

0420* 張維訓：〈關於諸葛亮的評價〉，《史學情報》（4），1983 年。

0421* 張嘯虎：〈論諸葛亮散文的文學史地位〉，《中州學刊》（2）／人大複印
資料轉載，1983 年，頁 102～107。

0422* 張震澤：〈八陣小考〉，《遼寧大學學報》（2），1983 年。

0423* 陳翔華：〈孔明故事在我國少數民族地區與國外的傳播和影響〉，《社會
科學研究》（4），1983 年。

0424* 單功：〈"七擒孟獲"在何處〉，《地名知識》（5），1983 年。

0425* 楊重華：〈˝丞相諸葛令˝碑拓片〉，《文物》（5），1983 年。

0426* 楊楊：〈劍門關的由來〉，《地名知識》（5），1983 年。

0427* 葉哲明：〈"三顧茅廬"和劉備諸葛亮合作崛起荊州之研究——兼評劉
備和諸葛亮的政治卓識和才能〉，《台州師專學報》（1）／人大複印資
料轉載，1983 年，頁 59～71。

0428* 鄒錫江：〈瀘州發現的武侯祠遺跡及石刻〉，《歷史知識》（6），1983 年。

0429* 劉友竹：〈劉備怎樣識諸葛〉，《歷史知識》（3），1983 年。

0430* 劉京華：〈諸葛瞻父子墓與綿竹縣〉，《地名知識》（5），1983 年。

0431* 劉滿：〈從秦隴通道和祁山之戰的形勢探討街亭的地理位置〉，《蘭州大
學學報》（3），1983 年。

0432* 蔡千宏：〈談談《隆中對》的"對"〉，《文史知識》（8），1983 年。

0433* 談洋：〈孔明故宅何處尋〉，《地名知識》（5），1983 年。

0434* 黎尚誠：〈羌族名將姜維與諸葛亮的"和戎"政策〉，《西北史地》（1），
1983 年。

0435* 戴惠英：〈諸葛井街與諸葛井〉，《地名知識》（5），1983 年。

0436* 龐懷靖：〈論《後出師表》非偽作〉，《人文雜誌》（2），1983 年。

0437* 譚良嘯：〈木牛流馬製作地點考辨〉，《地名知識》（5），1983 年。

0438* 譚良嘯：〈成都武侯祠和它的匾聯〉，《旅行家》（5），1983 年。

0439* 譚良嘯：〈托孤時的"君可自取"析〉，《歷史知識》（3），1983 年。

0440* 譚良嘯：〈保山諸葛亮"遺跡"〉，《旅行家》（5），1983 年。

0441* 譚良嘯：〈試論諸葛亮的八陣圖〉，《甘肅社會科學》（5），1983 年。

0442* 譚良嘯：〈談杜甫對諸葛亮的詠贊〉，《草堂》（2），1983 年。

0443* 鍾肇鈞：〈諸葛亮兵法簡介〉，《軍事雜誌》（51：5），1983 年 2 月，頁 68～77。

0444* 沈定：〈陳從周、陸敬嚴力排眾議提觀點：木牛流馬是獨特的獨輪車，車形似牛似馬，具有特殊性能〉，《文匯報》，1983 年 5 月 22 日。

0445* 山石：〈諸葛亮論曹操〉，《團結報》／人大複印資料轉載，1983 年 5 月 28 日第 8 版。

0446* 王吉明：〈淺談諸葛亮的教育思想〉，《諸葛亮與三國》（1），湖北《諸葛亮與三國》編輯組，1983 年 10 月。

0447* 王復忱：〈"奇謀爲短"辨〉，《諸葛亮與三國》（1），湖北《諸葛亮與三國》編輯組，1983 年 10 月。

0448* 余鵬飛：〈《隆中對》後的劉備和諸葛亮〉，《諸葛亮與三國》（1），湖北《諸葛亮與三國》編輯組，1983 年 10 月。

0449* 吳天畏：〈略論諸葛亮的攻心術〉，《諸葛亮與三國》（1），湖北《諸葛亮與三國》編輯組，1983 年 10 月。

0450* 李兆成：〈八陣圖的戰術要點及相關問題〉，《諸葛亮與三國》（1），湖北《諸葛亮與三國》編輯組，1983 年 10 月。

0451* 李智忠：〈隆中勝迹永清幽〉，《諸葛亮與三國》（1），湖北《諸葛亮與三國》編輯組，1983 年 10 月。

0452* 肖伍：〈司馬懿氣死諸葛亮〉，《諸葛亮與三國》（1），湖北《諸葛亮與三國》編輯組，1983 年 10 月。

0453* 明高：〈武侯墓〉，《諸葛亮與三國》（1），湖北《諸葛亮與三國》編輯組，1983 年 10 月。

0454* 范吉升：〈三國的古戰場──定軍山〉，《諸葛亮與三國》（1），湖北《諸葛亮與三國》編輯組，1983 年 10 月。

0455* 范吉升：〈空城計與西域〉，《諸葛亮與三國》（1），湖北《諸葛亮與三國》編輯組，1983 年 10 月。

0456* 袁仁林：〈奉節八陣圖淺說〉，《諸葛亮與三國》（1），湖北《諸葛亮與三國》編輯組，1983 年 10 月。

0457* 張孝元：〈諸葛亮在襄陽人事關係初探〉，《諸葛亮與三國》（1），湖北《諸葛亮與三國》編輯組，1983 年 10 月。

0458* 張雲軒：〈是"三顧"，不是"自薦"〉，《諸葛亮與三國》（1），湖北《諸葛亮與三國》編輯組，1983 年 10 月。

0459* 梁玉文：〈成都武侯祠考〉，《諸葛亮與三國》（1），湖北《諸葛亮與三國》編輯組，1983 年 10 月。

0460* 黃惠賢：〈讀李興《諸葛丞相故宅碣表》書後〉，《諸葛亮與三國》（1），湖北《諸葛亮與三國》編輯組，1983 年 10 月。

0461* 劉京華：〈諸葛氏譜〉，《諸葛亮與三國》（1），湖北《諸葛亮與三國》編輯組，1983 年 10 月。

0462* 劉長源：〈諸葛亮出兵祁隴探微〉，《諸葛亮與三國》（1），湖北《諸葛亮與三國》編輯組，1983 年 10 月。

0463* 歐德泉：〈諸葛亮讀書台〉，《諸葛亮與三國》（1），湖北《諸葛亮與三國》編輯組，1983 年 10 月。

0464* 譚良嘯：〈"五月渡瀘"和"七擒孟獲"在何處〉，《諸葛亮與三國》（1），湖北《諸葛亮與三國》編輯組，1983 年 10 月。

0465* 楊植范：〈諸葛亮治蜀時期的民族政策〉，《貴州日報》，1983 年 10 月 29 日。

0466* 王利器：〈試論諸葛武侯的政治思想〉，《成都晚報》，1983 年 10 月 30 日。

0467* 李恩來：〈用人唯賢　知人善任〉，《成都晚報》，1983 年 10 月 30 日。

0468* 馮一下：〈重視科技，發展生產〉，《成都晚報》，1983 年 10 月 30 日。

0469* 繆鉞：〈漫談政治家諸葛亮〉，《成都晚報》，1983 年 10 月 30 日。

〔1984 年〕（42 種，佔 42 / 517＝8.1%）

0470* 王本元：〈試論諸葛亮的治國思想〉，《中學歷史教學參考》（6），1984 年。

0471* 余鵬飛：〈諸葛亮政治品格管窺〉，《襄陽師專學報》（1），1984 年。

0472* 吳天畏：〈成都武侯祠的三絕碑〉，《旅行家》（4），1984 年。

0473* 林校生：〈關於諸葛亮北伐的幾個問題〉，《寧德師專學報》（1），1984 年。

0474* 孫移泰：〈諸葛亮與五丈原〉，《教學與科研》（4），1984 年。

0475* 徐苹芳：〈三國兩晉南北朝的銅鏡〉，《考古》（6），1984 年。

0476* 張大可：〈論諸葛亮出師〉，《西北史地》（蘭州）（4）／人大複印資料轉載，1984 年，頁 59～68。

0477* 張仁鏡：〈談諸葛亮用人〉，《漢中師院學報》（哲社）（2），1984 年。

0478* 曹邦軍：〈諸葛亮使被罰者無怨言的原因何在〉，《歷史知識》（2），1984 年。

0479* 郭榮章：〈諸葛亮興兵攻魏所走的褒斜棧道〉，《漢中師院學報》（哲社）（2），1984 年。

0480* 陳新元：〈空城計考〉，《歷史知識》（5），1984 年。

0481* 陳顯遠：〈諸葛亮在漢中的活動遺跡考略〉，《漢中師院學報》（哲社）（2），1984 年。

0482* 閔傳超：〈諸葛亮的再評價〉，《歷史教學問題》（4），1984 年。

0483* 葉哲明：〈論魏延和南谷口火拼——兼評諸葛亮北伐曹魏的軍事戰略〉，《台州師專學報》（哲社）（2），1984 年。

0484* 劉迪明：〈諸葛亮與《隆中對》〉，《人物》（3），1984 年。

0485* 劉海寧：〈諸葛亮南征後南人反叛的原因及影響〉，《雲南師範大學函大中文學員論文選》，1984 年。

0486* 黎虎：〈蜀漢"南中"政策二三事〉，《歷史研究》（京）（4）／人大複印資料轉載，1984 年，頁 153～166。

0487* 黎洪：〈也談諸葛亮的澹泊：與黃裳同志商榷〉，《江淮論壇》（6），1984 年。

0488* 霍雨佳：〈諸葛亮與曹操、孫權用人優劣論〉，《海南大學學報》（3），1984 年。

0489* 霍雨佳：〈論《隆中對》〉，《海南大學學報》（2），1984 年。

0490* 韓新明：〈執行諸葛亮"南撫夷越"政策典範——張嶷〉，《漢中師院學報》（哲社）（2），1984 年。

0491* 龐懷靖：〈漫談岳飛書諸葛亮《出師表》石刻〉，《中原文物》（1），1984年。

0492* 譚良嘯：〈助諸葛亮擒孟獲的濟火〉，《歷史知識》（4），1984年。

0493* 譚良嘯：〈諸葛亮研究會成都年會概述〉，《社會科學研究》（3），1984年。

0494* 王本元：〈應變將略非其所長〉，《諸葛亮與三國》（2），成都《諸葛亮與三國》編輯組，1984年5月。

0495* 田旭中：〈武侯祠楹聯萃談〉，《諸葛亮與三國》（2），成都《諸葛亮與三國》編輯組，1984年5月。

0496* 余鵬飛：〈“南撫夷越”芻議〉，《諸葛亮與三國》（2），成都《諸葛亮與三國》編輯組，1984年5月。

0497* 李恩來：〈識人舉賢話孔明〉，《諸葛亮與三國》（2），成都《諸葛亮與三國》編輯組，1984年5月。

0498* 李淳信：〈立向斜陽說孔明〉，《諸葛亮與三國》（2），成都《諸葛亮與三國》編輯組，1984年5月。

0499* 肖伍：〈隆中三顧堂與武侯祠〉，《諸葛亮與三國》（2），成都《諸葛亮與三國》編輯組，1984年5月。

0500* 周達斌：〈淡泊明志堪爲師表〉，《諸葛亮與三國》（2），成都《諸葛亮與三國》編輯組，1984年5月。

0501* 侯素柏：〈死猶護蜀葬定軍〉，《諸葛亮與三國》（2），成都《諸葛亮與三國》編輯組，1984年5月。

0502* 勁松：〈勉縣武侯祠〉，《諸葛亮與三國》（2），成都《諸葛亮與三國》編輯組，1984年5月。

0503* 張宗榮：〈成都武侯祠的建築藝術〉，《諸葛亮與三國》（2），成都《諸葛亮與三國》編輯組，1984年5月。

0504* 郭榮章：〈“六出祁山”辨誤〉，《諸葛亮與三國》（2），成都《諸葛亮與三國》編輯組，1984年5月。

0505* 陳顯遠：〈死而無恨罰而不怨〉，《諸葛亮與三國》（2），成都《諸葛亮與三國》編輯組，1984年5月。

0506* 黃惠賢：〈諸葛襄陽故舊考〉，《諸葛亮與三國》（2），成都《諸葛亮與三國》編輯組，1984年5月。

0507* 榮章：〈法正諫"緩刑弛禁"不可靠〉，《諸葛亮與三國》（2），成都《諸葛亮與三國》編輯組，1984 年 5 月。

0508* 歐德泉：〈"中原逐鹿不由人"小析〉，《諸葛亮與三國》（2），成都《諸葛亮與三國》編輯組，1984 年 5 月。

0509* 譚良嘯：〈草船借箭出自孫權〉，《諸葛亮與三國》（2），成都《諸葛亮與三國》編輯組，1984 年 5 月。

0510* 沈敖大：〈試論諸葛亮的用人取材〉，《文匯報》，1984 年 8 月 27 日。

0511* 盧維宏：〈諸葛亮學術研討會在勉縣舉行〉，《陝西日報》，1984 年 10 月 25 日。

〔1985 年〕（80 種，佔 80／517＝15.5%）

0512* 〈諸葛亮德薄才平，過大於功〉，《新華文摘》（1），1985 年。

0513* 〈諸葛故居訪問記〉，《四川文物》（3），1985 年。

0514* 王振忠：〈"三顧茅廬"新探〉，《復旦學報》（社）（1），1985 年。

0515* 丘振聲、劉名濤：〈萬古雲霄一羽毛——諸葛亮藝術形象的生命力〉，《文學評論》（1）／人大複印資料轉載，1985 年，頁 123～131。

0516* 余音：〈諸葛亮到過南京〉，《旅遊天府》（2），1985 年。

0517* 吳潔生：〈《隆中對》與三國前期戰略戰爭〉，《社會科學》（蘭州）（4）／人大複印資料轉載，1985 年，頁 68～76。

0518* 李之勤：〈諸葛亮北出五丈原取道城固小河口說質疑〉，《西北大學學報》（哲社）（西安）（3）／人大複印資料轉載，1985 年，頁 108～112。

0519* 汪正章：〈諸葛亮的形象體現濟世安民的政治思想〉，《貴州文史叢刊》（3），1985 年。

0520* 林成西：〈論諸葛亮在北伐過程中的屯田〉，《中國史研究》（1），1985 年。

0521* 段培勛：〈試論諸葛亮的治蜀思想〉，《雲南師範大學學報》（哲社）（3），1985 年。

0522* 馬平安：〈諸葛亮在當時北伐曹魏是一大戰略失誤〉，《洛陽師專學報》（4），1985 年。

0523* 馬德眞：〈諸葛亮著作的流傳與考辨〉，《四川大學學報叢刊》（27），1985 年。

0524* 張仁鏡：〈談諸葛亮用人〉，《漢中師院學報》（2），1985 年。

0525* 張孝元：〈諸葛故居——古隆中〉，《四川文物》（5），1985 年。

0526* 郭榮章：〈諸葛亮興兵攻魏所走的褒斜棧道〉，《漢中師院學報》（2），1985 年。

0527* 陳顯遠：〈諸葛亮在漢中活動遺迹略考〉，《漢中師院學報》（2），1985 年。

0528* 賀游：〈諸葛亮與魏延、楊儀之死〉，《四川文物》（3），1985 年。

0529* 賀曉昶：〈諸葛亮何曾到金陵〉，《南京史志》（1），1985 年。

0530* 黃劍華：〈論諸葛亮的人才觀和人才政策〉，《社會科學》（2），1985 年。

0531* 楊伯明：〈諸葛亮招孟達爲外援的前前後後〉，《歷史知識》（6），1985 年。

0532* 葉利娜：〈唐諸葛亮碑考釋〉，《中國史研究》（4），1985 年。

0533* 趙寶奇：〈諸葛亮人才思想初探〉，《人才研究與交流》（7），1985 年。

0534* 劉修明：〈有血有肉寫人物——評章映閣《諸葛亮新傳》〉，《讀書》（10），1985 年。

0535* 劉海寧：〈諸葛亮南征後南人反叛的原因及影響〉，《雲南師範大學函大中文學員論文選》（1），1985 年。

0536* 潘民中：〈馬謖被斬的眞正原因〉，《歷史知識》（6），1985 年。

0537* 蔡耀武：〈略論諸葛亮北伐失敗的原因〉，《廣州師院學報》（社）（2），1985 年。

0538* 鄭廣南：〈諸葛亮在軍事上的貢獻〉，《南京師院學報》（4），1985 年。

0539* 韓新明：〈執行諸葛亮南撫吳越政策的典範〉，《漢中師院學報》（2），1985 年。

0540* 譚良嘯：〈諸葛亮"七擒孟獲"質疑〉，《歷史知識》（6），1985 年。

0541* 譚良嘯：〈諸葛亮"奇謀爲短"證〉，《社會科學》（3），1985 年。

0542* 余昂：〈諸葛亮有多少家產〉，《河南日報》，1985 年 1 月 26 日。

0543* 張泉雲：〈諸葛亮與蜀國法治〉，《中國法制報》，1985 年 2 月 11 日。

0544* 施行舟：〈《後出師表》的作者是諸葛亮嗎〉，《解放日報》，1985 年 6 月 12 日。

0545* 王本元：〈諸葛亮治國措施芻議〉，《諸葛亮與三國》（3），1985 年 8 月。

0546* 王林科、王滿全：〈出褒斜道、駐五丈原——正確的戰略決策〉，《諸葛亮與三國》（3），1985 年 8 月。

0547* 王復忱：〈"自比管樂"析〉，《諸葛亮與三國》（3），1985 年 8 月。

0548* 王復忱：〈八陣圖的科學性與神秘性〉，《諸葛亮與三國》（3），1985 年 8 月。

0549* 何瑋等：〈諸葛故里初考〉，《諸葛亮與三國》（3），1985 年 8 月。

0550* 余鵬飛：〈諸葛亮出山前的政治策略〉，《諸葛亮與三國》（3），1985 年 8 月。

0551* 吳鼎南：〈丞相田園何處是〉，《諸葛亮與三國》（3），1985 年 8 月。

0552* 李兆成：〈"啖食不至數升"何以"將死"〉，《諸葛亮與三國》（3），1985 年 8 月。

0553* 李恩來：〈諸葛仙風何所以——"萬古雲霄一羽毛"〉，《諸葛亮與三國》（3），1985 年 8 月。

0554* 周達斌：〈諸葛亮的文才和文章風格〉，《諸葛亮與三國》（3），1985 年 8 月。

0555* 岳軍：〈輔佐弱主見忠心〉，《諸葛亮與三國》（3），1985 年 8 月。

0556* 晉宏忠：〈淺論諸葛亮北伐〉，《諸葛亮與三國》（3），1985 年 8 月。

0557* 張仁鏡：〈諸葛亮用人失誤談〉，《諸葛亮與三國》（3），1985 年 8 月。

0558* 張孝元：〈諸葛亮的隱居生活〉，《諸葛亮與三國》（3），1985 年 8 月。

0559* 張雲軒：〈諸葛亮的羽毛扇〉，《諸葛亮與三國》（3），1985 年 8 月。

0560* 黃惠賢：〈習鑿齒《諸葛武侯宅銘》釋〉，《諸葛亮與三國》（3），1985 年 8 月。

0561* 戴惠英：〈朝鮮關於孔明妻子的傳說〉，《諸葛亮與三國》（3），1985 年 8 月。

0562* 鴻仲：〈虛心納言話孔明〉，《諸葛亮與三國》（3），1985 年 8 月。

0563* 王利器：〈試論諸葛亮的政治思想〉，《諸葛亮研究》，巴蜀書社，1985 年 10 月。

0564* 田旭中：〈歷代詩人筆下的諸葛亮〉，《諸葛亮研究》，巴蜀書社，1985 年 10 月。

0565* 朱大有：〈諸葛亮隱沒五事辨析〉，《諸葛亮研究》，巴蜀書社，1985 年 10 月。

0566* 吳潔生：〈從三國前期戰爭看《隆中對》的戰略〉，《諸葛亮研究》，巴蜀書社，1985 年 10 月。

0567* 李正清、陳玉屏：〈試論諸葛亮的軍事戰略思想〉，《諸葛亮研究》，巴蜀書社，1985 年 10 月。

0568* 李兆成：〈徭役和戰爭影響下的蜀漢社會經濟〉，《諸葛亮研究》，巴蜀書社，1985 年 10 月。

0569* 李吉興：〈隆中武侯祠沿革考〉，《諸葛亮研究》，巴蜀書社，1985 年 10 月。

0570* 李星、劉安昌：〈諸葛亮的教化之功〉，《諸葛亮研究》，巴蜀書社，1985 年 10 月。

0571* 周玉璋、梁玉文：〈諸葛亮品格與用人商兌〉，《諸葛亮研究》，巴蜀書社，1985 年 10 月。

0572* 周達斌：〈諸葛草廬在何處〉，《諸葛亮研究》，巴蜀書社，1985 年 10 月。

0573* 林成西：〈論諸葛亮在北伐過程中的屯田〉，《諸葛亮研究》，巴蜀書社，1985 年 10 月。

0574* 范奇龍：〈審勢、攻心──泛論諸葛亮的治國藝術〉，《諸葛亮研究》，巴蜀書社，1985 年 10 月。

0575* 唐金裕：〈姜維伐魏與諸葛亮的戰略思想〉，《諸葛亮研究》，巴蜀書社，1985 年 10 月。

0576* 張孝元：〈諸葛亮襄陽人事關係初探〉，《諸葛亮研究》，巴蜀書社，1985 年 10 月。

0577* 張秀熟：〈教化昭後世，盡瘁留楷模〉，《諸葛亮研究》，巴蜀書社，1985 年 10 月。

0578* 郭清華：〈諸葛亮屯軍漢中對北伐的意義〉，《諸葛亮研究》，巴蜀書社，1985 年 10 月。

0579* 陳紹乾、譚良嘯：〈諸葛亮研究資料目錄索引〉（1926～1983 年）《諸葛亮研究》，巴蜀書社，1985 年 10 月。

0580* 彭年、侯承：〈"五出祁山"述評〉，《諸葛亮研究》，巴蜀書社，1985 年 10 月。

0581* 賀游：〈諸葛亮與法正〉，《諸葛亮研究》，巴蜀書社，1985 年 10 月。

0582* 馮一下：〈諸葛亮與科技〉，《諸葛亮研究》，巴蜀書社，1985 年 10 月。

0583* 黃惠賢：〈建安十二年至十九年諸葛亮在荊州事跡考評〉，《諸葛亮研究》，巴蜀書社，1985 年 10 月。

0584* 黃劍華：〈諸葛亮的人才觀〉，《諸葛亮研究》，巴蜀書社，1985 年 10 月。

0585* 楊偉立：〈論諸葛亮北伐〉，《諸葛亮研究》，巴蜀書社，1985 年 10 月。

0586* 劉京華、惠英：〈陳壽評價諸葛亮曲筆辨〉，《諸葛亮研究》，巴蜀書社，1985 年 10 月。

0587* 劉金甲、于溶春：〈從經濟原因分析《隆中對》的戰略得失〉，《諸葛亮研究》，巴蜀書社，1985 年 10 月。

0588* 繆鉞：〈政治家諸葛亮散論〉，《諸葛亮研究》，巴蜀書社，1985 年 10 月。

0589* 譚良嘯、陳紹乾：〈近年來諸葛亮研究綜述〉，《諸葛亮研究》，巴蜀書社，1985 年 10 月。

0590* 譚良嘯：〈諸葛亮用人四論〉，《諸葛亮研究》，巴蜀書社，1985 年 10 月。

0591* 閻以炤：〈替諸葛亮照相〉，《國文天地》（6），1985 年 11 月，頁 81。

〔1986 年〕（70 種，佔 70 / 517＝13.5%）

0592* （日）守野直禎著、溫雲祥譯：〈論政治家諸葛亮〉，《成都大學學報》（3），1986 年。

0593* 丘振聲：〈從楹聯看諸葛亮〉，《語文園地》（2），1986 年。

0594* 何茲全：〈閑話諸葛亮〉，《文史知識》（4），1986 年。

0595* 吳天畏：〈諸葛亮之死〉，《成都大學學報》（3），1986 年。

0596* 吳佑和：〈諸葛亮"南撫夷越"辨〉，《南充師院學報》（哲社），1986 年增刊。

0597* 吳榮華：〈諸葛亮"南撫夷越"之我見〉，《西南民族學院學報》（2），1986 年。

0598* 李紹澤：〈君臣之至公、古今之盛軌——劉備與諸葛亮魚水關係評析〉，《成都大學學報》（3），1986 年。

0599* 胡莉：〈談諸葛亮的術學〉，《成都大學學報》（3），1986 年。

0600* 唐夢詩：〈諸葛亮法律思想初探〉，《雲南民族學院學報》（2），1986 年。

0601* 夏劍欽：〈也談諸葛亮——與胡剛、唐澤映同志商榷〉，《船山學報》
（5），1986 年。

0602* 馬強、馮述芳：〈近年來國內諸葛亮研究綜述〉，《中國史研究動態》（2）
／《文史知識》（3），1986 年。

0603* 馬強、馮述芳：〈近年來國內諸葛亮研究綜述〉，《中國史研究動態》
（2、3），1986 年。

0604* 常崇宜：〈近年來國內學術界對諸葛亮的“批判思維”〉，《成都大學學
報》（3），1986 年。

0605* 張大可：〈論諸葛亮〉，《社會科學》（甘肅）（1），1986 年。

0606* 張玉彬：〈從《出師表》看諸葛亮的治國之道〉，《長春師院學報》（1），
1986 年。

0607* 張海聲：〈諸葛亮的法治思想和執法實踐〉，《蘭州學刊》（2），1986
年。

0608* 張壽元：〈關於諸葛亮罷黜楊嚴的商榷〉，《成都大學學報》（3），1986
年。

0609* 梁至文：〈咸承諸葛成規的蔣琬、費禕〉，《成都大學學報》（3），1986
年。

0610* 梁福義：〈諸葛亮五次北伐路線及有關地名考訂〉，《寶雞師院學報》
（3），1986 年。

0611* 陳玉屏：〈試論諸葛亮的道德風範及其對蜀漢政治的影響〉，《西南民族
學院學報》（社），1986 年。

0612* 陳澤華：〈論六出祁山與諸葛亮心理〉，《孝感師專學報》（哲社）（2），
1986 年。

0613* 傅克輝：〈論《隆中對》的成功和失誤〉，《文史哲》（3），1986 年。

0614* 彭起躍：〈也談“三顧茅廬”、“白帝托孤”〉，《成都大學學報》（3），
1986 年。

0615* 景爾強：〈談馬謖與街亭之敗〉，《甘肅社會科學》（5），1986 年。

0616* 賀游：〈諸葛亮何以擇主劉備〉，《成都大學學報》（3），1986 年。

0617* 閔傳超：〈諸葛亮為何名垂千秋〉，《安慶師院學報》（3），1986 年。

0618* 馮述芳、馬強：〈五年來全國諸葛亮研究述補〉，《漢中師院學報》（哲
社）（1），1986 年。

0619* 楊福華：〈論諸葛亮“西和諸戎”的戰略地位〉，《西北大學學報》（哲社）（4），1986 年。

0620* 臧振：〈諸葛亮北伐失敗原因再探〉，《寶雞師範學報》（1），1986 年。

0621* 劉京華：〈諸葛亮與魯肅〉，《成都大學學報》（3），1986 年。

0622* 劉耀輝：〈諸葛亮的悲劇〉，《成都大學學報》（3），1986 年。

0623* 駱大賓：〈諸葛亮北伐是極其錯誤的決策〉，《求索》（4），1986 年。

0624* 簡修煒、葛壯：〈諸葛亮北伐略析〉，《歷史教學問題》（6），1986 年。

0625* 簡修煒、葛壯：〈諸葛亮北伐戰略〉，《歷史教學問題》（6），1986 年。

0626* 關榮華：〈諸葛亮“南撫夷越”之我見〉，《西南民族學院學報》（社）（2），1986 年。

0627* 賀恒仁：〈為諸葛亮歸宗認祖〉，《東方雜誌》（19：8），1986 年 2 月，頁 75～77。

0628* 宋樹源：〈三國演義裡的孔明〉，《中國地方文獻學會年刊》，1986 年 4 月，頁 164～167。

0629* 楊鴻銘：〈諸葛亮前出師表借代論〉，《孔孟月刊》（24：9＝285），1986 年 5 月，頁 45～46。

0630* 楊鴻銘：〈諸葛亮出師表構思論〉，《孔孟月刊》（25：2＝290），1986 年 10 月，頁 51～52。

0631* 王汝濤：〈論政治家諸葛亮〉，《諸葛亮研究新編》，湖北人民出版社，1986 年 12 月。

0632* 王復忱：〈對諸葛亮思想淵源的探索〉，《諸葛亮研究新編》，湖北人民出版社，1986 年 12 月。

0633* 白亦奠：〈諸葛亮《後出師表》辨析〉，《諸葛亮研究新編》，湖北人民出版社，1986 年 12 月。

0634* 余鵬飛：〈東漢末年的襄陽〉，《諸葛亮研究新編》，湖北人民出版社，1986 年 12 月。

0635* 李兆成：〈“諸葛亮達治知變”淺析〉，《諸葛亮研究新編》，湖北人民出版社，1986 年 12 月。

0636* 李恩來：〈繼承諸葛亮大業的蔣琬〉，《諸葛亮研究新編》，湖北人民出版社，1986 年 12 月。

0637* 周達斌：〈諸葛亮“好為《梁父吟》”辨——兼與譚繼和同志商榷〉，

《諸葛亮研究新編》，湖北人民出版社，1986 年 12 月。

0638* 姜開民、何瑋：〈琅琊諸葛亮家世初探〉，《諸葛亮研究新編》，湖北人民出版社，1986 年 12 月。

0639* 柳春藩：〈諸葛亮與荊州之爭〉，《諸葛亮研究新編》，湖北人民出版社，1986 年 12 月。

0640* 唐金裕：〈諸葛亮北伐時築漢、樂二城的軍事意義〉，《諸葛亮研究新編》，湖北人民出版社，1986 年 12 月。

0641* 晉宏忠：〈淺論諸葛亮擇婦兼及三國婚姻〉，《諸葛亮研究新編》，湖北人民出版社，1986 年 12 月。

0642* 殷克勤：〈出師未捷身先死，中原得鹿不由人——從北伐看諸葛亮戰略思想的得失〉，《諸葛亮研究新編》，湖北人民出版社，1986 年 12 月。

0643* 馬強、馮述芳：〈三屆諸葛亮研究聯會論文概述〉，《諸葛亮研究新編》，湖北人民出版社，1986 年 12 月。

0644* 常崇宜：〈近年國內學術界對諸葛亮的"批判思維"〉，《諸葛亮研究新編》，湖北人民出版社，1986 年 12 月。

0645* 張孝元：〈漢末襄陽的教育事業〉，《諸葛亮研究新編》，湖北人民出版社，1986 年 12 月。

0646* 許蓉生：〈諸葛亮和蜀漢政權的組織路線——兼論諸葛亮的用人〉，《諸葛亮研究新編》，湖北人民出版社，1986 年 12 月。

0647* 郭清華：〈從勉縣出土的蜀漢文物看諸葛亮在漢中的活動〉，《諸葛亮研究新編》，湖北人民出版社，1986 年 12 月。

0648* 郭善勤：〈根據舊方志考證諸葛亮的故鄉〉，《諸葛亮研究新編》，湖北人民出版社，1986 年 12 月。

0649* 郭榮章：〈司馬懿"畏蜀如虎"考辨〉，《諸葛亮研究新編》，湖北人民出版社，1986 年 12 月。

0650* 陳文道：〈從民間傳說看諸葛亮的形象〉，《諸葛亮研究新編》，湖北人民出版社，1986 年 12 月。

0651* 傅克輝：〈論《隆中對》的成功與失誤〉，《諸葛亮研究新編》，湖北人民出版社，1986 年 12 月。

0652* 彭年：〈理財家諸葛亮〉，《諸葛亮研究新編》，湖北人民出版社，1986 年 12 月。

0653* 賀游：〈諸葛擇主芻議〉，《諸葛亮研究新編》，湖北人民出版社，1986年12月。

0654* 黃泗亭：〈貴州習水發現的蜀漢岩墓和摩崖題記及岩畫〉，《諸葛亮研究新編》，湖北人民出版社，1986年12月。

0655* 黃惠賢：〈張輔論諸葛武侯——輯《名士優劣論》札記〉，《諸葛亮研究新編》，湖北人民出版社，1986年12月。

0656* 楊劍虹：〈如何評價諸葛亮的民族政策〉，《諸葛亮研究新編》，湖北人民出版社，1986年12月。

0657* 臧振：〈諸葛亮北伐失敗原因再探〉，《諸葛亮研究新編》，湖北人民出版社，1986年12月。

0658* 劉京華：〈諸葛亮與魯肅之比較〉，《諸葛亮研究新編》，湖北人民出版社，1986年12月。

0659* 劉鳴岡：〈試論諸葛亮的外交政策〉，《諸葛亮研究新編》，湖北人民出版社，1986年12月。

0660* 魯才全：〈簡論諸葛亮爲劉琦設謀〉，《諸葛亮研究新編》，湖北人民出版社，1986年12月。

0661* 譚良嘯：〈論諸葛亮的治人之術〉，《諸葛亮研究新編》，湖北人民出版社，1986年12月。

〔1987年〕（38種，佔38／517＝7.4%）

0662* 王汝濤：〈諸葛亮故里暨離陽都年代諸異說辨證〉，《成都大學學報》（3），1987年。

0663* 王留想：〈淺析諸葛亮的民族思想〉，《商丘師專學報》（1），1987年。

0664* 王瑞功：〈從歷史人物神話看諸葛亮的歷史地位〉，《東岳論叢》（6），1987年。

0665* 史航：〈從《隆中對》看諸葛亮的軍事思想〉，《貴州民族學院學報》（社）（4），1987年。

0666* 伍攀椿：〈評以法治國的諸葛亮〉，《萍鄉教育學院學報》（社）（3），1987年。

0667* 何光潔：〈也談"五月渡瀘，深入不毛"〉，《貴州民族學院學報》（社）（4），1987年。

0668* 余鵬飛：〈諸葛亮經濟思想初探〉，《襄陽師專學報》（哲社）（1），1987年。

0669* 李廷貴、陸顯祿：〈"七擒孟獲"可能眞有其事：兼與王保鈺同志商榷〉，《史學月刊》（5），1987 年。

0670* 李強：〈"長使英雄淚滿襟"——劉備與諸葛亮關係發微〉，《上海師範大學學報》（哲社）（2），1987 年。

0671* 施光明：〈諸葛亮北伐"以攻爲守"說質疑〉，《寶雞師院學報》（哲社）（3），1987 年。

0672* 胡剛、唐澤映：〈諸葛亮在人事上的苦惱與過失〉，《中南民族學院學報》（1），1987 年。

0673* 凌溪子：〈諸葛亮失敗的教訓〉，《智囊與物元分析》（3），1987 年。

0674* 唐峻：〈淺論諸葛亮的用人得失〉，《學術論壇》（文史哲版）（1），1987 年。

0675* 孫忠信：〈對諸葛亮"人謀"思想中哲學觀點的初步探討〉，《中國哲學史研究》（2），1987 年。

0676* 徐保衛：〈諸葛亮形象與中國古代賢人風〉，《鹽城師專學報》（社）（3），1987 年。

0677* 張思恩：〈諸葛亮的人才思想和用人實踐〉，《西北大學學報》（4），1987 年。

0678* 馮世斌：〈諸葛亮用人失誤散議〉，《百家論壇》（3），1987 年。

0679* 馮述芳、馬強：〈第三屆諸葛亮研究聯會論文概述〉，《成都大學學報》（1），1987 年。

0680* 楊文秀：〈試論諸葛亮的法治政策〉，《雲南師範大學學報》（1），1987 年。

0681* 楊德炳：〈從《隆中對》的形成看信息在漢末魏晉政治軍事生活中的重要作用〉，《武漢大學學報》（社）（6）／人大複印資料轉載，1987 年，頁 24～28。

0682* 臧振：〈略論諸葛亮在思想史上的地位〉，《河北師院學報》（2），1987 年。

0683* 趙溫：〈諸葛亮道家思想剖析〉，《齊魯學刊》（6），1987 年。

0684* 劉京華：〈諸葛亮史蹟陳列在日本展出〉，《四川文物》（2），1987 年。

0685* 劉家鈺、張揚：〈論諸葛亮的修身、用人與政治思想〉（下）《天津商學院學報》（2），1987 年。

0686* 劉家鈺、張揚：〈論諸葛亮的修身、用人與政治思想〉（上）《天津商學院學報》（1），1987年。

0687* 劉隆有：〈諸葛亮並未斬馬謖〉，《貴州文史叢刊》（2），1987年。

0688* 劍鋒：〈論孔明"攻心"戰略的妙用〉，《海南大學學報》（社）（1），1987年。

0689* 嶙光電：〈能攻心則反側自消：我對諸葛亮的看法〉，《文史雜誌》（2），1987年。

0690* 霍雨佳：〈論諸葛亮的情與法〉，《海南大學學報》（社）（4），1987年。

0691* 譚良嘯：〈厲行法治賞罰嚴明：談諸葛亮治國之道〉，《探索》（哲社）（3），1987年。

0692* 譚繼和：〈諸葛亮"好爲梁父吟"考析〉，《中國文化研究集刊》（4），1987年。

0693* 邊牛漢、張達昌：〈論諸葛亮的官吏考績法〉，《遼寧廣播電視大學學報》（社）（3），1987年。

0694* 達觀：〈"三顧茅廬"是否實有其事〉，《解放日報》，1987年1月21日。

0695* 楊鴻銘：〈諸葛亮出師表及顧炎武廉恥敘議論〉，《孔孟月刊》（25：6＝294），1987年2月，頁42～43。

0696* 程元敏：〈諸葛亮之儒學〉，《國立編譯館館刊》（16：1），1987年6月，頁1～9。

0697* 劉言之：〈諸葛亮與西南經濟〉，《經濟日報》，1987年8月3日。

0698* 水仲賢：〈諸葛亮隱居地碑文之我見〉，《河南日報》，1987年8月8日。

0699* 王學東：〈《出師表》研究中幾個有爭議的問題〉，《語文導報》（杭州大學中文系），1987年11月，頁34～37，北京：中國人民大學書報資料中心，複印報刊資料，1988·1－49～52。

〔1988年〕（59種，佔59／517＝11.4%）

0700* 丁保齋、張孝元：〈劉備三請諸葛亮的史事不容懷疑〉，《襄陽師專學報》（哲社）（1），1988年。

0701* 王正明：〈不隱惡，不虛美：諸葛亮政風淺議〉，《成都大學學報》（社）（1），1988年。

0702* 吳潔生:〈諸葛亮首出祁山之役考述——兼論街亭的地理位置〉,《社會科學》(4),1988 年。

0703* 李兆鈞、黃婉峰:〈諸葛亮躬耕地質疑〉,《中州今古》(4),1988 年。

0704* 杜建民:〈從失荊州看諸葛亮外交政策的僵化〉,《聊城師範學院學報》(哲社)(3),1988 年。

0705* 施光明:〈諸葛亮"西和諸戎"政策評析〉,《雲南教育學院學報》(3),1988 年。

0706* 徐日輝:〈由三國軍事論諸葛亮斬馬謖〉,《漢中師院學報》(1),1988 年。

0707* 徐鶴屏:〈試析蜀漢對少數民族的政策〉,《中南民族學院學報》(4),1988 年。

0708* 張大可:〈論諸葛亮〉,《三國史研究》,甘肅人民出版社,1988 年。

0709* 張大可:〈論諸葛亮出師〉,《三國史研究》,甘肅人民出版社,1988 年。

0710* 張強:〈軍師‧道化‧神化:兼論諸葛亮〉,《滁陽師專學報》(4),1988 年。

0711* 張雲鵬:〈諸葛亮南征經過越巂郡路線的再探討〉,《四川地理志》(6),1988 年。

0712* 梁福義:〈五丈原諸葛亮廟溯源〉,《寶雞師院學報》(哲社)(1),1988 年。

0713* 莊練:〈諸葛亮"平庸"嗎?〉,《歷史月刊》(11),1988 年,頁 140～144。

0714* 陳前進:〈試論諸葛亮卒後的蜀漢政權〉,《重慶師院學報》(哲社)(3),1988 年。

0715* 陳國生:〈諸葛亮哲學思想探析〉,《社會科學》(5),1988 年。

0716* 陳啓智:〈諸葛亮的悲劇所在:兼與常崇宜、劉曜輝同志商榷〉,《成都大學學報》(社)(3),1988 年。

0717* 陶喻之:〈諸葛亮讀書台考辨〉,《成都文物》(3),1988 年。

0718* 單長江:〈劉備悲劇的成因:兼論孔明的心機與權術〉,《湖北大學學報》(哲社)(5),1988 年。

0719* 翟如潛:〈論諸葛亮與曹操的歷史作用〉,《煙台師院學報》(1),1988 年。

0720* 裴傳永：〈《隆中對》別論〉，《山東社會科學》（5），1988 年。

0721* 趙昆生：〈試析諸葛亮研究中的幾個疑題〉，《重慶師院學報》（哲社）
（2），1988 年。

0722* 劉隆有：〈諸葛亮失敗原因探〉，《求是學刊》（5），1988 年。

0723* 羅榮泉：〈諸葛亮"五月渡瀘，深入不毛"辨——兼論對孟獲七擒七縱
之不可信及傳說失實之原因〉，《貴州文史叢刊》（貴陽）（1）／人大複
印資料轉載，1988 年，頁 46～54。

0724* 龔鵬九：〈《王夫之論諸葛亮》兩文評議〉，《船山學刊》（2），1988 年。

0725* 曹本立：〈從《隆中對》看諸葛亮的決策思想〉，《中國西部開發報》，
1988 年 3 月 2 日。

0726* 閔和順：〈《隆中對》寫作時間考辨〉，《湖南師大社科學報》，1988 年 5
月。

0727* 張福增、水仲賢：〈諸葛亮受三顧處答或人問〉，《活動月報》，1988 年
6 月。

0728* 丁保齋、張孝元：〈是"三顧茅廬"，不是"登門自見"——評一篇否
定"三顧茅廬"的文章〉，《諸葛亮研究三編》，山東文藝出版社，1988
年 11 月。

0729* 丁履標：〈諸葛亮與諸葛亮形象——讀《三國志》和《三國演義》札
記〉，《諸葛亮研究三編》，山東文藝出版社，1988 年 11 月。

0730* 么大中：〈從《隆中對》看諸葛亮的決策思想〉，《諸葛亮研究三編》，
山東文藝出版社，1988 年 11 月。

0731* 于聯凱：〈諸葛亮研究方法瑣議〉，《諸葛亮研究三編》，山東文藝出版
社，1988 年 11 月。

0732* 王汝濤：〈《全裔堂諸葛氏宗譜》之我見〉，《諸葛亮研究三編》，山東文
藝出版社，1988 年 11 月。

0733* 王汝濤：〈諸葛亮的政治思想與政治實踐〉，《諸葛亮研究三編》，山東
文藝出版社，1988 年 11 月。

0734* 王瑞功：〈諸葛二論〉，《諸葛亮研究三編》，山東文藝出版社，1988 年
11 月。

0735* 王滿全：〈五丈原古戰場初考〉，《諸葛亮研究三編》，山東文藝出版社，
1988 年 11 月。

0736* 白亦舅：〈諸葛亮佔荊州策略思想是非淺談〉，《諸葛亮研究三編》，山東文藝出版社，1988 年 11 月。

0737* 吳潔生：〈諸葛亮《後出師表》非僞作辨析〉，《諸葛亮研究三編》，山東文藝出版社，1988 年 11 月。

0738* 李兆成：〈《諸葛忠武侯文集卷首》考評〉，《諸葛亮研究三編》，山東文藝出版社，1988 年 11 月。

0739* 李季平：〈論諸葛亮所處歷史時代及其歷史作用〉，《諸葛亮研究三編》，山東文藝出版社，1988 年 11 月。

0740* 李恩來：〈淺論諸葛亮的政治策略〉，《諸葛亮研究三編》，山東文藝出版社，1988 年 11 月。

0741* 周達斌：〈古爲今用開拓前進——關於諸葛亮研究中的幾個問題〉，《諸葛亮研究三編》，山東文藝出版社，1988 年 11 月。

0742* 周穎：〈諸葛亮 “好爲《梁父吟》” 新解〉，《諸葛亮研究三編》，山東文藝出版社，1988 年 11 月。

0743* 姜開民：〈淺析諸葛亮的 “興復漢室” 〉，《諸葛亮研究三編》，山東文藝出版社，1988 年 11 月。

0744* 晉宏忠：〈略論諸葛亮的審時度勢與通權達變〉，《諸葛亮研究三編》，山東文藝出版社，1988 年 11 月。

0745* 崔學禮：〈《隆中對》與反饋調節律〉，《諸葛亮研究三編》，山東文藝出版社，1988 年 11 月。

0746* 常崇宜：〈諸葛亮與俾斯麥〉，《諸葛亮研究三編》，山東文藝出版社，1988 年 11 月。

0747* 張崇琛：〈諸葛　梁父　武鄉——讀《三國志・諸葛亮傳》札記〉，《諸葛亮研究三編》，山東文藝出版社，1988 年 11 月。

0748* 曹邦軍：〈論諸葛亮民族觀念與民族政策的矛盾性〉，《諸葛亮研究三編》，山東文藝出版社，1988 年 11 月。

0749* 許蓉生：〈蜀漢兵制初探〉，《諸葛亮研究三編》，山東文藝出版社，1988 年 11 月。

0750* 郭榮章：〈前後《出師表》芻議〉，《諸葛亮研究三編》，山東文藝出版社，1988 年 11 月。

0751* 陳啓智：〈諸葛亮的悲劇所在〉，《諸葛亮研究三編》，山東文藝出版社，

1988 年 11 月。

0752* 楊偉立：〈論劉禪〉，《諸葛亮研究三編》，山東文藝出版社，1988 年 11 月。

0753* 臧振：〈略論諸葛亮在思想史上的地位〉，《諸葛亮研究三編》，山東文藝出版社，1988 年 11 月。

0754* 趙炯：〈論諸葛亮的法治思想〉，《諸葛亮研究三編》，山東文藝出版社，1988 年 11 月。

0755* 劉家驥：〈臨沂諸葛先塋考〉，《諸葛亮研究三編》，山東文藝出版社，1988 年 11 月。

0756* 劉誠言：〈論《隆中對》──蜀漢立國的總綱領〉，《諸葛亮研究三編》，山東文藝出版社，1988 年 11 月。

0757* 劉鳴岡：〈諸葛亮研究之我見〉，《諸葛亮研究三編》，山東文藝出版社，1988 年 11 月。

0758* 譚良嘯：〈劉、葛關係析〉，《諸葛亮研究三編》，山東文藝出版社，1988 年 11 月。

〔1989 年〕（23 種，佔 23 ／ 517 ＝ 4.5%）

0759* 于朝貴、曹音：〈名士、賢相──道士、神仙──忠臣、賢相：諸葛亮人格的演變和諸葛亮形象的塑造〉，《黑龍江財專學報》（哈爾濱）（3）／人大複印資料轉載，1989 年，頁 99～109。

0760* 王枝忠：〈諸葛亮：傳統文化心理的產物〉，《寧夏社會科學》（銀川）（5）／人大複印資料轉載，1989 年，頁 58～64。

0761* 田餘慶：〈《隆中對》再認識〉，《歷史研究》（京）（5）／人大複印資料轉載，1989 年，頁 45～60。

0762* 余鵬飛：〈隆中對策實踐質疑〉，《歷史教學問題》（5），1989 年。

0763* 汪稚青：〈曹操與諸葛亮書質疑〉，《江淮論壇》（4），1989 年。

0764* 侯紹莊等：〈諸葛亮對“南中”寬緩和善的民族政策〉，《貴州文史叢刊》（3），1989 年。

0765* 施光明：〈諸葛亮軍事思想研究〉，《南都學壇》（社）（3），1989 年。

0766* 唐明禮：〈“諸葛亮隱居南陽說”質疑〉，《南都學刊》（1），1989 年。

0767* 張強：〈軍師、道化、神化：兼論諸葛亮〉，《淮陰師專學報》（哲社）（4），1989 年。

0768* 張雲波：〈比較魯肅與諸葛亮的戰略思想：兼談孫吳與劉蜀國策總旨之影響〉，《齊魯學刊》（1），1989年。

0769* 梁友堯、陳鴻琛：〈"三顧茅廬"辨：兼與達觀同志商榷〉，《上海社會科學院學術學刊》，1989年。

0770* 陳光表：〈蜀漢開國銅鏡初探〉，《成都文物》（3），1989年。

0771* 陳炳權：〈談諸葛亮試人七要訣〉，《行政與人事》（8），1989年。

0772* 陳翔華：〈諸葛亮形象演變史論綱〉，《古典文學論叢》（5）（濟南：齊魯書社，1989年）。

0773* 黃曉陽：〈諸葛亮用人得失評價〉，《實事求是》（6），1989年。

0774* 趙靖：〈諸葛亮《隆中對》和現代經營決策〉，《經濟科學》（1），1989年。

0775* 薛鳳飛：〈羅秀書與《諸葛亮八陣圖》刻石〉，《成都大學學報》（1），1989年。

0776* 嚴衡山：〈不應貶低諸葛亮的軍事才能〉，《湘潭大學學報》（社）（3），1989年。

0777* 嚴衡山：〈陳壽對諸葛亮的評價新議〉，《求索》（3），1989年。

0778* 顧文棟：〈諸葛亮不諫劉備伐吳的究竟〉，《貴州文史叢刊》（3），1989年。

0779* 徐公持：〈出師一表真名世——說諸葛亮的「出師表」〉，《國文天地》（5：1＝49），1989年6月，頁72～74。

0780* 丁肇強：〈從戰略觀點論諸葛亮的「隆中對」〉，《空軍學術月刊》（393），1989年8月，頁19～26。

0781* 張曉剛、王玉君：〈三顧茅廬不發生在襄陽隆中〉，《集郵》，1989年10月。

〔1990年〕（33種，佔33／517＝6.4%）

0782* （日）狩野直禎：〈西晉時期對諸葛亮的評價〉，《成都大學學報》（社科版）（4），1990年。

0783* 丁金泰：〈諸葛亮躬耕地望在襄陽隆中：湖北省史學界討論的觀點綜述〉，《江漢論壇》（2），1990年。

0784* 丁寶齋：〈一個史學界沒有公認的問題——北京、上海、成都、鄭州、開封等地史學工作者討論諸葛亮躬耕地望綜述〉，《襄樊大學學報》

（1），1990 年。

0785* 于威：〈"諸葛亮躬耕地"專題學術座談會簡介〉，《中國史研究動態》
（2），1990 年。

0786* 王汝濤：〈《隆中對》評議：《〈隆中對〉再認識》讀後〉，《臨沂師專學報》（社科版）（3），1990 年。

0787* 王瑞功：〈"自比管樂"辨——與王利器先生商榷〉，《臨沂師專學報》（社科版）（2），1990 年。

0788* 王曉眞：〈"三顧茅廬"發生在何處〉，《臨沂師專學報》（3）／人大複印資料轉載，1990 年。

0789* 安康：〈"諸葛草廬"今地之爭〉，《中國史研究動態》（2），1990 年。

0790* 朱文民：〈諸葛亮的家風〉，《臨沂師專學報》（社科版）（2），1990 年。

0791* 宋本竟：〈略論《三國志》中諸葛亮的人才觀〉，《黃海學壇》（2），1990年。

0792* 李興斌：〈《隆中對別論》質疑〉，《山東社會科學》（2），1990 年。

0793* 李興斌：〈馬謖之死辨疑〉，《聊城師範學院學報》（3），1990 年。

0794* 汪福寶：〈蜀漢統治南中歷史作用的再認識〉，《安徽師範大學學報》（3），1990 年。

0795* 辛正：〈從八陣圖說起〉，《軍事史林》（1），1990 年。

0796* 邱文、楊昃：〈《隆中對》質疑〉，《西南民族學院學報》（哲社版）（6），1990 年。

0797* 唐士文：〈諸葛亮的軍事戰略思想〉，《臨沂師專學報》（社科版）（2），1990 年。

0798* 徐淑彬：〈從陽都故城考古論證諸葛亮家族的新問題〉，《成都大學學報》（社）（1），1990 年。

0799* 張誠：〈諸葛亮躬耕地與遊學寓居處管見〉，《臥龍論壇》（南陽）（4），1990 年。

0800* 曹斌：〈今南陽、襄樊兩處的諸葛亮躬耕遺址皆爲後人假托說〉，《北京師範大學學報》（社科版）（4），1990 年。

0801* 盛巽昌：〈《隆中對》非諸葛亮一人之高見〉，《學術月刊》（4），1990年。

0802* 莊輝明：〈上海舉行"諸葛亮躬耕地"學術座談會〉，《中國史研究動態》(6),1990 年。

0803* 陳偉等:〈四川"三國史研究中心"成立暨"諸葛亮躬耕地"專題學術
討論會綜述〉,《成都大學學報》(4),1990 年。

0804* 彭建平等:〈"諸葛亮躬耕地"專題學術討論會觀點簡介〉,《四川社聯
通訊》(4),1990 年。

0805* 解學東:〈諸葛亮的經濟思想〉,《河南大學學報》(6),1990 年。

0806* 趙應宗:〈八陣圖的秘訣新探〉,《大眾心理學》(1),1990 年。

0807* 劉國石:〈劉備與諸葛亮的用人政策〉,《佳木斯師專學報》(2),1990
年。

0808* 黎虎:〈諸葛"草廬"究竟在何處〉,《文史知識》(京)(6),1990 年。

0809* 黎虎:〈論諸葛亮"躬耕"地在南陽鄧縣隆中〉,《北京師範大學學報》
(社)(4)/ 人大複印資料轉載,1990 年,頁 19~26。

0810* 簡修煒、彭建平、陳偉:〈諸葛亮躬耕地的定位要歷史全面地考察──
華東師範大學討論會觀點簡介〉,《四川社聯通訊》(4),1990 年。

0811* 簡修煒:〈諸葛亮躬耕地的定位要歷史地全面地考察〉,《華東師範大學
學報》(4),1990 年。

0812* 徐富昌:〈諸葛亮的最愛〉,《中原文獻》(22:1),1990 年 1 月,頁 105
~107。

0813* 馮玉輝:〈諸葛亮的學術思想與管子〉,《中國文化月刊》(125),1990
年 3 月,頁 64~72。

0814* 邱錫昉:〈諸葛亮搖的應是「毛扇」〉,《人民日報》(海外版)(京),1990
年 10 月 16 日第 8 版,北京:中國人民大學書報資料中心,複印報刊
資料,頁 256。

(七) 一九九一年~二○○○年期(639 種,佔 639 / 1568＝40.8%)

〔1991 年〕(83 種,佔 83 / 639＝13%)

0815* 于聯凱:〈簡論諸葛亮對各家思想的綜合〉,《臨沂師專學報》(社)
(4),1991 年。

0816* 王文寶:〈讀《諸葛亮形象史研究》〉,《民間文學論壇》(5),1991 年。

0817* 王欣欣等:〈簡評《諸葛亮形象藝術史研究》〉,《博覽群書》(4),1991
年。

0818* 王瑞平：〈劉備"三顧茅廬"原因之我見〉，《黃淮學刊》（社）（4），1991年。

0819* 王曉眞：〈"隆中對"思想探源〉，《臨沂師專學報》（社）（4），1991年。

0820* 史文：〈諸葛亮執法如山〉，《法律與社會》（6），1991年。

0821* 左明祥：〈諸葛亮的法治思想〉，《河北大學學報》（3），1991年。

0822* 白萬獻、張曉剛：〈從諸葛玄的葬地看諸葛茅廬之所在〉，《史學月刊》（開封）（3）／人大複印資料轉載，1991年，頁19～20。

0823* 任重：〈略論諸葛亮的北伐〉，《石油大學學報》（社）（4），1991年。

0824* 任崇岳：〈諸葛亮躬耕地考辨〉，《固原師專學報》（3），1991年。

0825* 任崇岳：〈諸葛亮學術討論會綜述〉，《社會科學述評》（4～5），1991年。

0826* 有爲、萬獻、曉剛：〈鄭州諸葛亮學術討論會概述〉，《臥龍論壇》（2），1991年。

0827* 朱文民：〈諸葛亮的領導思想淺議〉，《臨沂師專學報》（社）（4），1991年。

0828* 余明俠：〈關於諸葛亮"好爲《梁父吟》"一事的辨析〉，《徐州師範學院學報》（哲社版）（2）／人大複印資料轉載，1991年，頁52～57。

0829* 李泮：〈以諸葛亮治蜀爲鏡〉，《海南大學學報》（社）（海口）（2）／人大複印資料轉載，1991年，頁1～6。

0830* 李殿元：〈試論諸葛亮"興復漢室"的理想及其實踐〉，《天府新論》（7），1991年。

0831* 汪濟民：〈劉備三顧茅廬異議〉，《南昌職業技術師範學院報》（1），1991年。

0832* 辛渝：〈《《隆中對》質疑》的質疑：與邱文、楊昃同志商榷〉，《西南民族學院學報》（哲社）（3），1991年。

0833* 孟明漢：〈"諸葛亮躬耕地考辨"辨析〉，《陽山學刊》（2），1991年。

0834* 孟明漢：〈諸葛亮躬耕地辨析〉，《臥龍論壇》（4），1991年。

0835* 武新春：〈諸葛亮治理蜀漢的主要政策和管理藝術〉，《河北財經學院學報》（1），1991年。

0836* 邱少平：〈諸葛亮修身述論〉，《益陽師專學報》（4），1991年。

0837* 邱文、楊昃：〈淺談"三顧茅廬"時的諸葛亮〉，《西南民族學院學報》

（哲社）（3），1991 年。

0838* 侯廷章：〈諸葛故宅與劉備三顧處不在一地〉，《南都學壇》（社）（1），
1991 年。

0839* 唐士文：〈諸葛亮著作簡評〉，《臨沂師專學報》（社）（4），1991 年。

0840* 徐淑彬：〈諸葛亮與《孫子兵法》〉，《成都大學學報》（1），1991 年。

0841* 徐興海、陳東玉：〈諸葛亮的情報與決策思想〉，《臨沂師專學報》（社）
（4），1991 年。

0842* 殷克勤：〈《隆中對》與荊益得失〉，《漢中師範學報》（哲社）（2），1991
年。

0843* 殷克勤：〈淺論諸葛亮從"隆中對"到北伐戰略思想的得失〉，《成都大
學學報》（社）（1），1991 年。

0844* 秦彥士：〈關於諸葛亮形象的爭議問題〉，《四川師大學報》（6），1991
年。

0845* 梁宗奎、李桂奎：〈談諸葛亮服飾與道教影響〉，《臨沂師專學報》（社）
（4），1991 年。

0846* 梁宗奎：〈試論諸葛亮把握利用人們心理的藝術〉，《泰安師專學報》
（3），1991 年。

0847* 許峰：〈近十年《隆中對》研究述略〉，《臨沂師專學報》（社）（4）／
人大複印資料轉載，1991 年。

0848* 陳玉屏：〈孔明躬耕處釋疑答問〉，《西南民族學院學報》（哲社）（2），
1991 年。

0849* 鈕海燕：〈從"隆中對策"到"九伐中原"：蜀漢戰略探討〉，《山西大
學師範學院學報》（綜合版）（2），1991 年。

0850* 黃子瑞：〈諸葛亮躬耕地辨考述評〉，《史學月刊》（社）（3），1991 年。

0851* 楊代欣：〈儒學與諸葛亮治蜀〉，《文史雜誌》（4），1991 年。

0852* 楊德炳：〈《隆中對》實現過程中的條件和機遇〉，《魏晉南北朝隋唐史
資料》（11），1991 年。

0853* 趙炯：〈論諸葛亮逸群之才的成熟條件〉，《臨沂師專學報》（社）（4），
1991 年。

0854* 劉小龍：〈且說諸葛亮對蜀漢人才的摧殘〉，《青年思想家》（3），1991
年。

0855* 劉仲文：〈"諸葛亮斬馬謖"述考三題〉，《西北民族學院學報》（3），
　　　1991 年。

0856* 鄭宛：〈諸葛亮學術討論會述要〉，《高校社科情報》（石家莊）（2）／
　　　人大複印資料轉載，1991 年，頁 41〜42。

0857* 鄭梁：〈鄭州諸葛亮學術討論會綜述〉，《史學月刊》（4），1991 年。

0858* 魯陽：〈對"諸葛亮躬耕襄陽隆中"說形成過程的考察〉，《臥龍論壇》
　　　（1），1991 年。

0859* 盧華語：〈蜀國兵力與諸葛亮北伐用兵考〉，《北京師範大學學報》（社）
　　　（2），1991 年。

0860* 盧華語：〈論諸葛亮北伐的戰略目的：兼及"奇謀爲短"說〉，《史學月
　　　刊》（5），1991 年。

0861* 豫史：〈諸葛亮學術討論會綜述〉，《中國史研究動態》（7），1991 年。

0862* 嚴耀中：〈跋《諸葛亮與張魯書》〉，《上海師範大學學報》（3），1991
　　　年。

0863* 〈譚其驤論諸葛亮躬耕地〉，《諸葛亮躬耕地望論文集》，東方出版社，
　　　1991 年 3 月。

0864* 丁寶齋：〈"三顧茅廬"發生在襄陽隆中〉，《諸葛亮躬耕地望論文集》，
　　　東方出版社，1991 年 3 月。

0865* 王汝濤：〈關於諸葛亮躬耕地的一封信〉，《諸葛亮躬耕地望論文集》，
　　　東方出版社，1991 年 3 月。

0866* 石泉、徐少華：〈諸葛亮躬耕地望辨析〉，《諸葛亮躬耕地望論文集》，
　　　東方出版社，1991 年 3 月。

0867* 朱大渭：〈諸葛亮躬耕地析疑〉，《諸葛亮躬耕地望論文集》，東方出版
　　　社，1991 年 3 月。

0868* 朱紹侯：〈李興與《諸葛亮故宅銘》〉，《諸葛亮躬耕地望論文集》，東方
　　　出版社，1991 年 3 月。

0869* 何茲全：〈諸葛亮隆中草廬何在〉，《諸葛亮躬耕地望論文集》，東方出
　　　版社，1991 年 3 月。

0870* 吳量愷：〈萬山西北古隆中──諸葛亮躬耕地應在襄陽〉，《諸葛亮躬耕
　　　地望論文集》，東方出版社，1991 年 3 月。

0871* 李培棟：〈諸葛亮躬耕地考辨〉，《諸葛亮躬耕地望論文集》，東方出版

社，1991 年 3 月。

0872* 唐明禮：〈"諸葛亮隱居南陽說"質疑——兼與水仲賢先生商榷〉，《諸葛亮躬耕地望論文集》，東方出版社，1991 年 3 月。

0873* 孫文青：〈諸葛亮故居確在襄陽〉，《諸葛亮躬耕地望論文集》，東方出版社，1991 年 3 月。

0874* 徐俊：〈襄陽隆中是諸葛亮"藏修發跡"之地〉，《諸葛亮躬耕地望論文集》，東方出版社，1991 年 3 月。

0875* 徐揚傑：〈諸葛亮躬耕地在今襄陽隆中〉，《諸葛亮躬耕地望論文集》，東方出版社，1991 年 3 月。

0876* 高敏：〈就諸葛亮躬耕地問題與"南陽說"主張者商榷〉，《諸葛亮躬耕地望論文集》，東方出版社，1991 年 3 月。

0877* 黃惠賢：〈重讀李興《諸葛亮丞相故宅碣表》書後——兼證諸葛亮躬耕地在襄陽隆中〉，《諸葛亮躬耕地望論文集》，東方出版社，1991 年 3 月。

0878* 張傳璽：〈諸葛亮隱居襄陽，未去南陽（宛）〉，《諸葛亮躬耕地望論文集》，東方出版社，1991 年 3 月。

0879* 張澤咸：〈淺談諸葛亮隱居地的舊屬〉，《諸葛亮躬耕地望論文集》，東方出版社，1991 年 3 月。

0880* 陳可畏：〈諸葛亮隱居地考〉，《諸葛亮躬耕地望論文集》，東方出版社，1991 年 3 月。

0881* 陳玉屏：〈諸葛亮躬耕處到底是南陽還是襄陽〉，《諸葛亮躬耕地望論文集》，東方出版社，1991 年 3 月。

0882* 陳國爛：〈諸葛亮躬耕地及故宅考〉，《諸葛亮躬耕地望論文集》，東方出版社，1991 年 3 月。

0883* 陸雲龍：〈諸葛亮故居究竟在何處〉，《諸葛亮躬耕地望論文集》，東方出版社，1991 年 3 月。

0884* 彭神保：〈讀"亮躬耕隴畝"後〉，《諸葛亮躬耕地望論文集》，東方出版社，1991 年 3 月。

0885* 程喜霖：〈碑志所載諸葛亮躬耕南陽臥龍岡疑辨〉，《諸葛亮躬耕地望論文集》，東方出版社，1991 年 3 月。

0886* 楊德炳：〈諸葛號"臥龍"，不居"臥龍岡"〉，《諸葛亮躬耕地望論文集》，東方出版社，1991 年 3 月。

0887* 楊耀坤：〈諸葛亮故居在地辨析〉，《諸葛亮躬耕地望論文集》，東方出版社，1991 年 3 月。

0888* 劉心長：〈對諸葛亮躬耕遺址的幾點看法〉，《諸葛亮躬耕地望論文集》，東方出版社，1991 年 3 月。

0889* 劉精誠：〈讀《諸葛亮集・遺跡篇》書後〉，《諸葛亮躬耕地望論文集》，東方出版社，1991 年 3 月。

0890* 魯才全：〈從諸葛亮的人際關係看其躬耕處〉，《諸葛亮躬耕地望論文集》，東方出版社，1991 年 3 月。

0891* 黎虎：〈論諸葛亮躬耕地在南陽鄧縣隆中〉，《諸葛亮躬耕地望論文集》，東方出版社，1991 年 3 月。

0892* 繆鉞：〈關於諸葛亮躬耕地究竟在何處一點意見〉，《諸葛亮躬耕地望論文集》，東方出版社，1991 年 3 月。

0893* 譚良嘯：〈從《三國演義》看諸葛亮的隱居地〉，《諸葛亮躬耕地望論文集》，東方出版社，1991 年 3 月。

0894* 嚴耀中：〈諸葛亮家族與襄陽〉，《諸葛亮躬耕地望論文集》，東方出版社，1991 年 3 月。

0895* 南峰：〈漢中武侯墓〉，《人民日報》（海外版），1991 年 3 月 1 日第 8 版，北京：中國人民大學書報資料中心，複印報刊資料，頁 228。

0896* 李孝堂：〈七擒七縱與伏波顯聖──《三國演義》戰例分析之一〉，《齊齊哈爾師範學院學報》（哲社版），1991 年 6 月，頁 63～68，北京：中國人民大學書報資料中心，複印報刊資料，1991・3－186～191。

0897* 孫峻亭：〈諸葛亮躬耕地之爭始末〉，《中國社會報》，1991 年 7 月 19 日。

〔1992 年〕（54 種，佔 54／639＝8.5%）

0898* 尤明智：〈三國鼎立蜀魏的關隴抗爭〉，《蘭州學刊》（5），1992 年。

0899* 王齊洲：〈論諸葛亮形象的文化意義〉，《荊州師專學報》（4），1992 年。

0900* 朱紹侯：〈“借荊州”淺議〉，《許昌師專學報》（社）（4），1992 年。

0901* 吳潔生：〈再論《隆中對》：兼與田餘慶先生商榷〉，《甘肅社會科學》（3），1992 年。

0902* 李喬：〈"攻心"未必平定南中〉，《楚雄師專學報》（社）（1），1992年。

0903* 岳玉璽：〈評諸葛亮北伐的戰略錯誤〉，《聊城師範學院學報》（哲社）（4），1992年。

0904* 徐國平：〈諸葛亮後裔家族文化〉，《東南文化》（2），1992年，頁106～110。

0905* 寇養厚：〈孫劉荊州之爭中蜀的失誤〉，《唐都學刊》（1），1992年。

0906* 張兆凱：〈論吳蜀荊州之爭〉，《求索》（5），1992年。

0907* 張有智：〈諸葛亮的倡廉風範〉，《晉陽學刊》（5），1992年。

0908* 郭漢林：〈雲南諸葛亮的傳說及其崇拜現象〉，《雲南民族學院學報》（3），1992年。

0909* 陳玉屏：〈論諸葛亮的將略〉，《貴州師大學報》（3），1992年。

0910* 程有爲：〈諸葛亮躬耕隆中說獻疑〉，《南都學壇》（哲社）（12）／人大複印資料轉載，1992年。

0911* 黃曉陽：〈蜀漢涼州"和戎"策略探析〉，《成都大學學報》（社）（3），1992年。

0912* 楊剩虹：〈諸葛亮隱居襄陽隆中原因探析〉，《武漢大學學報》（6），1992年。

0913* 楊德炳：〈失街亭斬馬謖與蜀軍的戰鬥力〉，《武漢大學學報》（社）（2）／人大複印資料轉載，1992年。

0914* 劉東：〈"讀"武侯祠〉，《讀書》（6），1992年。

0915* 劉隆有：〈漢末魏晉人眼中的諸葛亮〉，《歷史大觀園》（1），1992年。

0916* 劉隆有：〈應變將略確非其長：諸葛亮軍事才能漫議〉，《天津師大學報》（社）（1），1992年。

0917* 劉詩平：〈諸葛亮襄陽的姻親關係〉，《歷史大觀園》（1），1992年。

0918* 龐德謙：〈論諸葛亮政治地理思想〉，《寶雞師專學報》（1），1992年。

0919* 羅修貴：〈試談諸葛亮治蜀〉，《寧夏教育學院銀川師專學報》（2），1992年。

0920* 譚良嘯：〈論諸葛亮的隆中避世〉，《天府新論》（3），1992年。

0921* 水仲賢：〈怎樣理解"臣本布衣，躬耕於南陽"的"南陽"〉，《諸葛亮躬耕地新考》，社會科學文獻出版社，1992年8月。

0922* 王建中：〈"隆中對"，"草廬對"孰對？〉，《諸葛亮躬耕地新考》，
社會科學文獻出版社，1992 年 8 月。

0923* 王珍：〈"諸葛遺墟"考〉，《諸葛亮躬耕地新考》，社會科學文獻出版
社，1992 年 8 月。

0924* 王基：〈論諸葛亮文化〉，《諸葛亮躬耕地新考》，社會科學文獻出版社，
1992 年 8 月。

0925* 史定訓、張曉剛：〈蜀漢名人南陽多〉，《諸葛亮躬耕地新考》，社會科
學文獻出版社，1992 年 8 月。

0926* 白萬獻、張書恒：〈"南陽說"與"襄陽說"——諸葛亮躬耕地論爭觀
點述要〉，《諸葛亮躬耕地新考》，社會科學文獻出版社，1992 年 8
月。

0927* 白翠琴：〈立向斜陽說孔明——諸葛亮與西南諸族〉，《諸葛亮躬耕地新
考》，社會科學文獻出版社，1992 年 8 月。

0928* 任積太、王建中：〈"隆中屬於南陽郡鄧縣"說質疑〉，《諸葛亮躬耕地
新考》，社會科學文獻出版社，1992 年 8 月。

0929* 兆鈞、建群、曉剛：〈三顧茅廬在何處？〉，《諸葛亮躬耕地新考》，社
會科學文獻出版社，1992 年 8 月。

0930* 艾延丁：〈諸葛亮躬耕地淺見〉，《諸葛亮躬耕地新考》，社會科學文獻
出版社，1992 年 8 月。

0931* 吳少珉：〈也談"諸葛亮平定南中"〉，《諸葛亮躬耕地新考》，社會科
學文獻出版社，1992 年 8 月。

0932* 李光霽：〈諸葛亮"躬耕於南陽"〉，《諸葛亮躬耕地新考》，社會科學
文獻出版社，1992 年 8 月。

0933* 李兆鈞、王建中：〈諸葛亮躬耕地究竟在哪裡？〉，《諸葛亮躬耕地新
考》，社會科學文獻出版社，1992 年 8 月。

0934* 李兆鈞、黃婉峰：〈諸葛亮躬耕地質疑〉，《諸葛亮躬耕地新考》，社會
科學文獻出版社，1992 年 8 月。

0935* 李俊恒：〈諸葛亮法律思想探源〉，《諸葛亮躬耕地新考》，社會科學文
獻出版社，1992 年 8 月。

0936* 李樂民：〈也談東漢末年南陽一帶的歸屬——兼析博望之戰的時間問
題〉，《諸葛亮躬耕地新考》，社會科學文獻出版社，1992 年 8 月。

0937* 孟明漢：〈"諸葛亮躬耕地"辨析〉，《諸葛亮躬耕地新考》，社會科學文獻出版社，1992 年 8 月。

0938* 侯廷章：〈諸葛亮寓居襄陽躬耕南陽〉，《諸葛亮躬耕地新考》，社會科學文獻出版社，1992 年 8 月。

0939* 洛崤：〈諸葛亮學術討論會綜述〉，《諸葛亮躬耕地新考》，社會科學文獻出版社，1992 年 8 月。

0940* 胡世厚、衛紹生：〈文化的積澱與再生——諸葛亮文化現象簡論〉，《諸葛亮躬耕地新考》，社會科學文獻出版社，1992 年 8 月。

0941* 唐嘉弘：〈關於諸葛亮的幾個問題〉，《諸葛亮躬耕地新考》，社會科學文獻出版社，1992 年 8 月。

0942* 高文鶴：〈諸葛亮躬耕於南陽——評晉人習鑿齒所持襄陽說兼駁今人也談諸葛亮的躬耕地〉，《諸葛亮躬耕地新考》，社會科學文獻出版社，1992 年 8 月。

0943* 張志合：〈諸葛草廬何處尋〉，《諸葛亮躬耕地新考》，社會科學文獻出版社，1992 年 8 月。

0944* 張曉剛、柳玉東：〈從《三國演義》看諸葛亮躬耕地〉，《諸葛亮躬耕地新考》，社會科學文獻出版社，1992 年 8 月。

0945* 逢振鎬：〈諸葛亮軍事政治思想淵源芻論〉，《諸葛亮躬耕地新考》，社會科學文獻出版社，1992 年 8 月。

0946* 程有為：〈諸葛亮躬耕襄陽隆中說質疑〉，《諸葛亮躬耕地新考》，社會科學文獻出版社，1992 年 8 月。

0947* 賀亞先：〈"隆中對"應為"草廬對"〉，《諸葛亮躬耕地新考》，社會科學文獻出版社，1992 年 8 月。

0948* 趙長征：〈後人莫代前人言——論諸葛亮躬耕地在南陽〉，《諸葛亮躬耕地新考》，社會科學文獻出版社，1992 年 8 月。

0949* 劉春香：〈東漢時今隆中之地歸哪裡？〉，《諸葛亮躬耕地新考》，社會科學文獻出版社，1992 年 8 月。

0950* 潘民中：〈東漢末年南陽郡的歸屬問題〉，《諸葛亮躬耕地新考》，社會科學文獻出版社，1992 年 8 月。

0951* 盛巽昌：〈"三顧茅廬"異說：兼談劉備的性格〉，《學術月刊》，1992 年 10 月。

〔1993 年〕（50 種，佔 50 / 639＝7.8%）

0952* 丁寶齋：〈諸葛亮與中國傳統文化〉，《文史哲》（3），1993 年。

0953* 吉家友：〈《隆中對》評議〉，《信陽師範師院學報》（哲社）（1），1993
年。

0954* 朱子產：〈論三國時期的荊襄之戰〉，《上海大學學報》（1），1993 年。

0955* 朱和平：〈關於孫劉聯盟幾個問題的辨析〉，《鄭州大學學報》（哲社）
（2），1993 年。

0956* 朱雷：〈漢末行政區畫疆界之更易與諸葛武侯臥龍處考〉，《魏晉南北朝
隋唐資料》（12），1993 年。

0957* 余明俠：〈諸葛亮外交思想探析〉，《江海學刊》（2），1993 年。

0958* 李兆鈞：〈《草廬對》新論〉，《中州今古》（1），1993 年。

0959* 李星：〈諸葛亮“六出祁山”探蹤〉，《漢中師院學報》（哲社版）（2），
1993 年。

0960* 沈新林：〈諸葛亮形象的文化意蘊〉，《古典文學知識》（3），1993 年。

0961* 房日晰：〈諸葛亮與魏延的悲劇——《三國演義》談片〉，《陽山學刊》
（社科版）（包頭）（1）／人大複印資料轉載，1993 年，頁 10～14。

0962* 張艷國：〈論諸葛亮形象的文化意義〉，《江西社會科學》（9），1993
年。

0963* 黃鈞：〈諸葛亮形象史外部研究淺議〉，《湖南師大社會科學學報》，
1993 年。

0964* 楊榮新：〈從諸葛亮北伐的戰略思想看北伐失敗的原因〉，《天府新論》
（1），1993 年。

0965* 楊儉虹：〈諸葛亮隱居襄陽隆中原因探析〉，《武漢大學學報》（1），1993
年。

0966* 楊德炳：〈劉備與諸葛亮〉，《魏晉南北朝隋唐資料》（12），1993 年。

0967* 楊耀坤：〈諸葛亮故居所在地辨析〉，《魏晉南北朝史論稿》，成都出版
社，1993 年。

0968* 劉國榮：〈劉備與諸葛亮關係新探〉，《北方論叢》（6），1993 年。

0969* 劉隆有：〈一個崇高的人格——諸葛亮現象探因〉，《成都大學學報》
（1），1993 年。

0970* 龐德謙：〈論諸葛亮的政治地理思想〉，《寶雞師院學報》（哲社）（1），

1993 年。

0971* 譚良嘯：〈92 成都諸葛亮研討會概述〉，《天府新論》（1），1993 年。

0972* 譚良嘯：〈蜀漢荊州之失探源〉，《天府新論》（5），1993 年。

0973* 譚良嘯：〈諸葛亮研究會成都聯會綜述〉，《中國魏晉南北朝史研究通訊》（9），1993 年。

0974* 蘭書臣：〈諸葛亮的軍事思想〉，《中國軍事科學》（1），1993 年。

0975* 戈壁：〈三國演義析評（2）：浪花淘盡英雄──諸葛孔明〉，《明道文藝》（202），1993 年 1 月，頁 48～67。

0976* 吳淑梅、長虹：〈今日隆中〉，《人民日報》（海外版）（京），1993 年 2 月 5 日第 8 版，北京：中國人民大學書報資料中心，複印報刊資料，頁 224。

0977* 王靜：〈諸葛鎮民居中的民俗文化──門頭〉，《漢聲》（52），1993 年 4 月，頁 33～40。

0978* 〈孔明八陣圖遺跡今在諸葛村〉，《新聞出版報》（京），1993 年 6 月 5 日第 1 版，北京：中國人民大學書報資料中心，複印報刊資料，頁 282。

0979* 李福清：〈漢族及西南少數民族的諸葛亮南征傳說〉，《歷史月刊》（66），1993 年 7 月，頁 92～105。

0980* 丁寶齋：〈諸葛亮與中國傳統文化〉，《諸葛亮與三國文化》，成都出版社，1993 年 9 月。

0981* 孔毅：〈諸葛亮擇主的思維誤區〉，《諸葛亮與三國文化》，成都出版社，1993 年 9 月。

0982* 方北辰：〈木牛流馬小考〉，《諸葛亮與三國文化》，成都出版社，1993 年 9 月。

0983* 王彥俊：〈天水三國史迹考叢〉，《諸葛亮與三國文化》，成都出版社，1993 年 9 月。

0984* 左湯泉：〈魏延及其遺迹〉，《諸葛亮與三國文化》，成都出版社，1993 年 9 月。

0985* 何紅英：〈淺談諸葛亮的民族政策〉，《諸葛亮與三國文化》，成都出版社，1993 年 9 月。

0986* 冷愛玲：〈審勢治蜀經驗談〉，《諸葛亮與三國文化》，成都出版社，1993

年 9 月。

0987* 周達斌：〈從"三顧茅廬"看《三國演義》與傳統文化〉，《諸葛亮與三國文化》，成都出版社，1993 年 9 月。

0988* 唐玲：〈以"攻心"治南中〉，《諸葛亮與三國文化》，成都出版社，1993 年 9 月。

0989* 秘書組：〈92 年成都諸葛亮研究會綜述〉，《諸葛亮與三國文化》，成都出版社，1993 年 9 月。

0990* 張曉春：〈諸葛亮墨家思想探微〉，《諸葛亮與三國文化》，成都出版社，1993 年 9 月。

0991* 張曉剛、劉霞：〈諸葛亮文化現象淺論〉，《諸葛亮與三國文化》，成都出版社，1993 年 9 月。

0992* 梅錚錚：〈讀《誡子書》札記〉，《諸葛亮與三國文化》，成都出版社，1993 年 9 月。

0993* 黃應泰：〈諸葛亮與籌筆驛〉，《諸葛亮與三國文化》，成都出版社，1993 年 9 月。

0994* 劉京華：〈諸葛亮的忠臣與失誤〉，《諸葛亮與三國文化》，成都出版社，1993 年 9 月。

0995* 劉長榮、凌志平：〈諸葛亮與《孫子兵法》〉，《諸葛亮與三國文化》，成都出版社，1993 年 9 月。

0996* 劉暉：〈武侯在保山的遺迹及其文化現象探源〉，《諸葛亮與三國文化》，成都出版社，1993 年 9 月。

0997* 魯才全：〈關於諸葛亮與傳統文化的兩點思考〉，《諸葛亮與三國文化》，成都出版社，1993 年 9 月。

0998* 謝銳智：〈《三國演義》神化孔明、關羽，為何只有關羽成神？〉，《諸葛亮與三國文化》，成都出版社，1993 年 9 月。

0999* 蘭溪市諸葛亮大公堂理事會：〈諸葛氏後裔在浙江蘭溪〉，《諸葛亮與三國文化》，成都出版社，1993 年 9 月。

1000* 吳志根：〈諸葛大名垂宇宙，精神文明傳千秋："諸葛亮文化"國際學術討論會綜述〉，《湖北日報》，1993 年 10 月 31 日。

1001* 宗樹敏：〈諸葛亮治蜀方略〉，《源遠學報》（6），1993 年 11 月，頁 47～52。

〔1994 年〕（66 種，佔 66／639＝10.3%）

1002* 于平：〈《三國志》、《三國演義》與諸葛亮文化現象〉，《西南民族學院學報》（6），1994 年。

1003* 方建斌：〈古代"奏章"的典範之作——《出師表》〉，《殷都學刊》（4），1994 年。

1004* 王汝濤：〈《隆中對》評議之二：劉備與其謀士〉，《臨沂師專學報》（2），1994 年。

1005* 王廷鈺：〈諸葛亮的審時明法和任賢律己思想〉，《社科縱橫》（6），1994 年。

1006* 王延武：〈《隆中對》新考〉，《中南民族學院學報》（哲社版）（武漢）（1）／人大複印資料轉載，1994 年，頁 81～86。

1007* 丘振聲、劉名濤：〈諸葛亮藝術形象的生命力〉，《古典文學知識》（6），1994 年。

1008* 余大吉：〈諸葛亮八陣圖及陣法試探〉，《中國史研究》（3），1994 年。

1009* 余明俠：〈諸葛亮的法治觀及《蜀科》的制訂〉，《淮海文匯》（徐州）（2）／人大複印資料轉載，1994 年，頁 26～29。

1010* 李伯勛：〈五丈原頭話武侯——蜀漢渭南之役〉，《成都大學學報》（1），1994 年。

1011* 李明山：〈諸葛亮現象成因論〉，《河南大學學報》（6），1994 年。

1012* 李興斌：〈全國第八屆諸葛亮學術研討會綜述〉，《中國史研究動態》（12），1994 年。

1013* 沈端民：〈略論諸葛亮的"閉關"經濟思想〉，《財經理論與實踐》（3），1994 年。

1014* 林淮平：〈諸葛亮人才思想初探〉，《湖湘論壇》（5），1994 年。

1015* 唐天佑：〈釋諸葛亮"好爲梁父吟"〉，《臨沂師專學報》（4），1994 年。

1016* 殷克勤：〈諸葛亮在漢中八年北伐〉，《漢中師院學報》（2），1994 年。

1017* 高梅：〈論諸葛亮法治中的彈性原則〉，《臨沂師專學報》（4），1994 年。

1018* 張曉剛等：〈諸葛亮文化現象淺議〉，《南都學壇》（4），1994 年。

1019* 梅錚錚：〈論諸葛亮的古代知識分子特徵〉，《社會科學研究》（4），1994 年。

1020* 陳玉屏：〈如何看待李嚴之廢這段歷史公案〉，《西南民族學院學報》
　　　（2），1994 年。

1021* 陳瑞秀：〈重重藏筆終探驪，疊疊春雲起臥龍——對《三國演義》諸葛
　　　亮出場描寫的解讀〉，《文學與美學》（5），1994 年，頁 439～491。

1022* 彭建平：〈《隆中對》研究概述〉，《社會科學研究》（5），1994 年。

1023* 程鐵標：〈論諸葛亮用人之得失〉，《太行學刊》（1），1994 年。

1024* 馮文廣：〈劉備、諸葛亮關係考〉，《四川師範學院學報》（1），1994 年。

1025* 黃曉陽：〈諸葛亮“應變將略”析〉，《成都大學學報》（3），1994 年。

1026* 楊柄：〈諸葛亮的《出師表》只有一個〉，《甘肅社會科學》（5），1994
　　　年。

1027* 劉廷武：〈讀《諸葛亮文譯注》札記〉，《四川師院學報》（5），1994 年。

1028* 劉春香、涂白城：〈諸葛亮經濟思想探微〉，《許昌師專學報》（1），1994
　　　年。

1029* 劉道玉：〈從諸葛亮的人才思想看當今教育改革〉，《江蘇高教》（1），
　　　1994 年。

1030* 劉耀輝：〈諸葛亮“七擒七縱”孟獲解析〉，《成都大學學報》（3），1994
　　　年。

1031* 諸葛志：〈有關諸葛亮兩個問題的考釋〉，《浙江師範大學學報》（2），
　　　1994 年。

1032* 蕭遠明、何中輝：〈諸葛亮在劍閣的業績及其影響〉，《四川文物》（1），
　　　1995 年。

1033* 戴惠英：〈諸葛亮夫人及其在民間傳說中形象：兼論諸葛亮的婚姻觀〉，
　　　《社會科學研究》（5），1994 年。

1034* 薛寧東：〈求實、汲深、探新——全國第八次諸葛亮學術研討會綜述〉，
　　　《臨沂師專學報》（4），1994 年。

1035* 顏勇：〈試論《隆中對》方略的矛盾：兼評《諸葛亮不諫劉備伐吳的究
　　　竟》一文〉，《貴州文史叢刊》（6），1994 年。

1036* 譚良嘯：〈諸葛亮與傳統價值觀散論〉，《社會科學研究》（3），1994
　　　年。

1037* 談梁笑：〈諸葛亮服飾論考〉，《社會科學研究》，1994 年 5 月。

1038* 丁寶齋：〈論三顧茅廬故事的文化意義〉，《諸葛亮及其後裔研究》，新

華出版社，1994 年 8 月。

1039* 王汝濤：〈《隆中對》平議之二──劉備與其三謀士〉，《諸葛亮及其後裔研究》，新華出版社，1994 年 8 月。

1040* 甘永福、陳建中：〈繼承諸葛亮統一大業的忠臣良將──姜維〉，《諸葛亮及其後裔研究》，新華出版社，1994 年 8 月。

1041* 何百川：〈略論《誡子書》及其對諸葛村經濟文化的巨大影響〉，《諸葛亮及其後裔研究》，新華出版社，1994 年 8 月。

1042* 李兆成：〈諸葛亮與成都簡論〉，《諸葛亮及其後裔研究》，新華出版社，1994 年 8 月。

1043* 李秋香：〈蘭溪諸葛村古建築風采〉，《諸葛亮及其後裔研究》，新華出版社，1994 年 8 月。

1044* 胡正軍：〈發展諸葛亮文化事業，加快諸葛經濟建設步伐〉，《諸葛亮及其後裔研究》，新華出版社，1994 年 8 月。

1045* 胡汝明：〈諸葛亮十四世孫浰來浙考〉，《諸葛亮及其後裔研究》，新華出版社，1994 年 8 月。

1046* 唐天佑：〈釋諸葛亮"好為梁父吟"〉，《諸葛亮及其後裔研究》，新華出版社，1994 年 8 月。

1047* 孫元吉：〈陽都故城在黃疃〉，《諸葛亮及其後裔研究》，新華出版社，1994 年 8 月。

1048* 孫海石：〈從"隆中對"漫談三國謀略〉，《諸葛亮及其後裔研究》，新華出版社，1994 年 8 月。

1049* 徐國平、陳星：〈諸葛村落布局與八卦八陣圖關係考略〉，《諸葛亮及其後裔研究》，新華出版社，1994 年 8 月。

1050* 徐國平、陳星：〈諸葛亮後裔聚居地村落布局內涵淺析〉，《諸葛亮及其後裔研究》，新華出版社，1994 年 8 月。

1051* 張曉春：〈從武侯祠看諸葛亮文化現象〉，《諸葛亮及其後裔研究》，新華出版社，1994 年 8 月。

1052* 張曉剛、劉承舉：〈對諸葛孔明祭辰祭祀活動形成過程的考察〉，《諸葛亮及其後裔研究》，新華出版社，1994 年 8 月。

1053* 梅錚錚：〈論諸葛亮的古代知識分子的特質〉，《諸葛亮及其後裔研究》，新華出版社，1994 年 8 月。

1054* 郭清華：〈諸葛亮為何要揮淚斬馬謖〉，《諸葛亮及其後裔研究》，新華出版社，1994 年 8 月。

1055* 陳玉屏：〈《三國志》、《三國演義》與諸葛亮文化現象〉，《諸葛亮及其後裔研究》，新華出版社，1994 年 8 月。

1056* 陳建亮：〈諸葛亮以儒治蜀考辨〉，《諸葛亮及其後裔研究》，新華出版社，1994 年 8 月。

1057* 陶喻之：〈石馬遺址與魏延冤案〉，《諸葛亮及其後裔研究》，新華出版社，1994 年 8 月。

1058* 陶喻之：〈諸葛亮讀書台考辨〉，《諸葛亮及其後裔研究》，新華出版社，1994 年 8 月。

1059* 諸葛志：〈諸葛亮南下豫章往依劉表躬耕隴畝時間考〉，《諸葛亮及其後裔研究》，新華出版社，1994 年 8 月。

1060* 諸葛達、諸葛城：〈諸葛亮在浙後裔及諸葛家譜考略〉，《諸葛亮及其後裔研究》，新華出版社，1994 年 8 月。

1061* 鄭紹康：〈諸葛亮治學精神淺介〉，《諸葛亮及其後裔研究》，新華出版社，1994 年 8 月。

1062* 譚良嘯：〈諸葛孔明四論〉，《諸葛亮及其後裔研究》，新華出版社，1994 年 8 月。

1063* 戴秀昆：〈出師未捷身先死——談諸葛亮的失策〉，《竹北學粹》（2），新竹：台灣省立竹北高級中學，1994 年 10 月，頁 21～26。

1064* 郝光陸：〈"天下有變"——析《隆中對》〉，《漢中師範學報》，1994 年 12 月。

1065* 張建明：〈也談《隆中對》與荊益得失：兼與殷克勤先生商榷〉，《漢中師範學報》，1994 年 12 月。

1066* 何瑞芳：〈孔明宴是襄樊旅遊重點〉，《吃在中國》（58），台北：吃在中國雜誌社，1994 年 12 月，頁 67～68。

1067* 李興斌：〈全國第八次諸葛亮學術研討會在山東舉行，討論如何從文化視角看諸葛亮〉，《文匯報》，1994 年 12 月 4 日。

〔1995 年〕（95 種，佔 95／639＝14.9%）

1068* 王大良：〈"三顧茅廬"和《草廬對》獻疑——諸葛亮早年思想和生活考察〉，《南都學壇》（5），1995 年。

1069* 王大健：〈諸葛亮未阻諫劉備伐吳原因新探〉，《許昌師專學報》（3），
　　　1995 年。

1070* 王天成：〈諸葛亮製造的冤案〉，《中國行政的管理》（3），1995 年。

1071* 王成功：〈關於諸葛亮斬馬謖的冤案〉，《河南大學學報》（5），1995
　　　年。

1072* 王瑞功：〈《〈隆中對〉寫作時間考辨》質疑〉，《聊城師院學報》（2），
　　　1995 年。

1073* 王群力：〈儒道互補──諸葛亮智慧的文化特徵〉，《社會科學輯刊》
　　　（5），1995 年。

1074* 平白：〈諸葛亮用馬謖辨〉，《探索與求是》（7），1995 年。

1075* 石軍紅、周傳義：〈諸葛亮用人思想述評〉，《河南師範大學學報》（3），
　　　1995 年。

1076* 朱維權：〈從蜀漢的政治格局談前《出師表》的眞實趣旨〉，《四川師範
　　　學院學報》（1） ／ 人大複印資料轉載，1995 年。

1077* 何景強：〈對諸葛亮的兩點新認識〉，《惠州大學學報》（1），1995 年。

1078* 李伯勛：〈陳壽編《諸葛亮集》二三考──兼談整理諸葛亮著作的一些
　　　做法〉，《成都大學學報》（社科版）（3） ／ 人大複印資料轉載，1995
　　　年，頁 43～46。

1079* 李殿元：〈論"自強不息"精神對諸葛亮的影響〉，《成都大學學報》
　　　（3），1995 年。

1080* 李樂民：〈從劉備的屯兵地看諸葛亮的躬耕地〉，《史學月刊》（4），1995
　　　年。

1081* 李興斌、溫玉川：〈諸葛亮北伐目的論析〉，《齊魯學刊》（3），1995 年。

1082* 李興斌：〈全國第八次諸葛亮學術研討會綜述〉，《煙台師院學報》（1），
　　　1995 年。

1083* 李興斌：〈諸葛亮北伐目的論析〉，《史林》（3），1995 年。

1084* 李興斌：〈諸葛亮北伐何以不用魏延的奇謀〉，《歷史教學》（8），1995
　　　年。

1085* 周乾榮：〈諸葛亮治蜀沒能解決的問題〉，《史學集刊》（3），1995 年。

1086* 周毓華等：〈試論諸葛亮的歷史功過〉，《西藏民族學院學報》（4），1995
　　　年。

1087* 孟繁治：〈就《隆中對》談《三國演義》原著及電視劇改編的得與失〉，
《許昌師專學報》（3），1995 年。

1088* 屈玉堂：〈諸葛亮新論〉，《許昌師專學報》（3），1995 年。

1089* 姜念濤：〈評諸葛亮的確定性思維文學史地位〉，《群眾》（3），1995
年。

1090* 韋九經：〈諸葛亮不識時務〉，《貴州師專學報》（4），1995 年。

1091* 徐日輝：〈街亭訪古〉，《科技先導》（2），1995 年。

1092* 張崇琛：〈漢代瑯琊地區的學術氛圍與諸葛亮思想的形成〉，《中國典籍
與文化》（1），1995 年。

1093* 張崇琛：〈諸葛亮與《周易》〉，《社科縱橫》（2），1995 年。

1094* 梅林：〈劉備遺詔淺論〉，《社會科學研究》（1），1995 年。

1095* 陳序德：〈關於諸葛亮南征中經朱提問題的探討〉，《雲南史志》（1），
1995 年。

1096* 傅光宇：〈諸葛亮南征傳說及其在緬甸的流播〉，《民族藝術研究》（5），
1995 年。

1097* 彭建年：〈《隆中對》研究概述〉，《社會科學研究》（5），1995 年。

1098* 閔宜：〈諸葛亮的憂患意識初探〉，《山東師大學報》（3），1995 年。

1099* 楊柄：〈諸葛亮正確通過的十大矛盾〉，《甘肅社會科學》（5），1995
年。

1100* 楊偉立：〈諸葛亮為人作《圖譜》略說〉，《中華文化論壇》（1），1995
年。

1101* 趙蘊：〈諸葛亮的齊地人文風格〉，《史學月刊》（2），1995 年。

1102* 劉志剛：〈略論諸葛亮以弱勝強的思想方法〉，《山東社會科學》（1），
1995 年。

1103* 劉祚昌：〈諸葛亮的儒者氣象〉，《孔子研究》（4），1995 年。

1104* 劉冀民、李金河：〈諸葛亮法律思想初探〉，《社會科學研究》（1），1995
年。

1105* 劉蘊之：〈略論諸葛亮"違眾拔謖"的原因〉，《天津師大學報》（1），
1995 年。

1106* 潘民中、王海燕：〈"隆中對策"新論〉，《許昌師專學報》（4），1995
年。

1107* 蔡駿華：〈談諸葛亮審時明法和任賢律己〉，《社會縱橫》（1），1995年。

1108* 蕭明遠等：〈諸葛亮在劍閣的業績及其影響〉，《四川文物》（1），1995年。

1109* 謝敬修：〈諸葛亮的人事管理思想與用人藝術〉，《人才管理》（2），1995年。

1110* 譚良嘯：〈諸葛孔明四論〉，《社會科學研究》（1），1995年。

1111* 譚良嘯：〈概論諸葛亮文化現象〉，《中華文化論壇》（1），1995年。

1112* 龔鵬九：〈諸葛亮西和諸戎南撫夷越質疑〉，《廣西民族研究》（4），1995年。

1113* 王志鈞：〈「隆中對策」的戰略觀──論三國蜀漢的成與敗〉，《歷史月刊》（84），1995年1月，頁77。

1114* 楊鴻銘：〈諸葛亮出師表等文鑲嵌論〉，《孔孟月刊》（33：5＝389），台北：孔孟月刊社，1995年1月，頁51～52。

1115* 汪志堅：〈"隆中對"之經營策略剖析〉，《中國行政評論》（4：2），1995年3月，頁103～130。

1116* 李永先：〈諸葛亮思想溯源〉，《大眾日報》，1995年3月22日。

1117* 華唐：〈諸葛孔明之愚〉，《明道文藝》（232），台中：明道文藝社，1995年7月，頁24～33。

1118* （澳大利亞）肯‧巴思依：〈中國古代政治家軍事家諸葛亮研究之我見〉，《金秋陽都論諸葛》，軍事科學出版社，1995年8月。

1119* 于聯凱、于澎：〈民族文化沂蒙文化與諸葛亮文化〉，《金秋陽都論諸葛》，軍事科學出版社，1995年8月。

1120* 王九令：〈五十年前一場諸葛亮論爭評價〉，《金秋陽都論諸葛》，軍事科學出版社，1995年8月。

1121* 王中興：〈簡論諸葛亮的歷史影響〉，《金秋陽都論諸葛》，軍事科學出版社，1995年8月。

1122* 王汝濤：〈三國托孤的跟蹤考察〉，《金秋陽都論諸葛》，軍事科學出版社，1995年8月。

1123* 王彥俊：〈論蜀漢的民族政策〉，《金秋陽都論諸葛》，軍事科學出版社，1995年8月。

1124* 王瑞功：〈沂南北寨古畫像石墓墓主考索〉，《金秋陽都論諸葛》，軍事
科學出版社，1995 年 8 月。

1125* 何百川：〈《梁父吟》：諸葛亮明志之吟〉，《金秋陽都論諸葛》，軍事科
學出版社，1995 年 8 月。

1126* 余鵬飛：〈淺議蜀漢的兵制〉，《金秋陽都論諸葛》，軍事科學出版社，
1995 年 8 月。

1127* 吳文祺等：〈沂南北寨漢墓〉，《金秋陽都論諸葛》，軍事科學出版社，
1995 年 8 月。

1128* 李兆鈞、王建中：〈略論諸葛亮的勤政廉政思想〉，《金秋陽都論諸葛》，
軍事科學出版社，1995 年 8 月。

1129* 李伯勛：〈陳壽編《諸葛亮集》二三考〉，《金秋陽都論諸葛》，軍事科
學出版社，1995 年 8 月。

1130* 李興斌、溫玉川：〈諸葛亮北伐曹魏目的論析〉，《金秋陽都論諸葛》，
軍事科學出版社，1995 年 8 月。

1131* 杜一平：〈論諸葛亮的軍事思想〉，《金秋陽都論諸葛》，軍事科學出版
社，1995 年 8 月。

1132* 周達斌：〈諸葛亮精神中華傳統美德和智慧的結晶〉，《金秋陽都論諸
葛》，軍事科學出版社，1995 年 8 月。

1133* 侯素柏：〈淺談諸葛亮在漢中的休士勸農〉，《金秋陽都論諸葛》，軍事
科學出版社，1995 年 8 月。

1134* 姜普敏：〈諸葛亮的治軍思想及其對我們的啓示〉，《金秋陽都論諸葛》，
軍事科學出版社，1995 年 8 月。

1135* 段希洪：〈從沂南古畫像石墓書法風貌考證其年代〉，《金秋陽都論諸
葛》，軍事科學出版社，1995 年 8 月。

1136* 段新榮：〈論諸葛亮用人方略〉，《金秋陽都論諸葛》，軍事科學出版社，
1995 年 8 月。

1137* 唐士文：〈諸葛亮散論〉，《金秋陽都論諸葛》，軍事科學出版社，1995
年 8 月。

1138* 孫敬明、王桂香：〈齊國兵學體系與諸葛亮的軍政思想〉，《金秋陽都論
諸葛》，軍事科學出版社，1995 年 8 月。

1139* 徐國平：〈諸葛亮《誡子書》、《自表後主》文字異同校考〉，《金秋陽都

論諸葛》，軍事科學出版社，1995 年 8 月。

1140* 徐淑彬：〈諸葛亮故里──沂南陽都故城考古研究〉，《金秋陽都論諸葛》，軍事科學出版社，1995 年 8 月。

1141* 晉宏忠：〈論“君臣遇合”的歷史文化現象〉，《金秋陽都論諸葛》，軍事科學出版社，1995 年 8 月。

1142* 高軍：〈諸葛亮《將苑》的用人思想淺述〉，《金秋陽都論諸葛》，軍事科學出版社，1995 年 8 月。

1143* 張崇琛：〈漢代瑯琊地區的學術氛圍與諸葛亮思想的形成〉，《金秋陽都論諸葛》，軍事科學出版社，1995 年 8 月。

1144* 張華松：〈從北伐看諸葛亮將略之失〉，《金秋陽都論諸葛》，軍事科學出版社，1995 年 8 月。

1145* 張錦良：〈淺析諸葛亮的“隆中”戰略〉，《金秋陽都論諸葛》，軍事科學出版社，1995 年 8 月。

1146* 梁作禎、李煥琳：〈諸葛亮與五丈原〉，《金秋陽都論諸葛》，軍事科學出版社，1995 年 8 月。

1147* 郭善勤：〈談談三國時期對後世影響最大的幾個人物〉，《金秋陽都論諸葛》，軍事科學出版社，1995 年 8 月。

1148* 彭建平：〈《隆中對》諸說概論〉，《金秋陽都論諸葛》，軍事科學出版社，1995 年 8 月。

1149* 閔宜：〈諸葛亮的憂患意識初探〉，《金秋陽都論諸葛》，軍事科學出版社，1995 年 8 月。

1150* 黃樸民：〈理想人格的象徵──諸葛亮〉，《金秋陽都論諸葛》，軍事科學出版社，1995 年 8 月。

1151* 黃麗峰：〈一“對”一《表》見文心〉，《金秋陽都論諸葛》，軍事科學出版社，1995 年 8 月。

1152* 黃寶先：〈管仲與諸葛亮〉，《金秋陽都論諸葛》，軍事科學出版社，1995 年 8 月。

1153* 董繪今：〈略論諸葛亮的行法與廉政〉，《金秋陽都論諸葛》，軍事科學出版社，1995 年 8 月。

1154* 趙炯：〈諸葛亮與曹操改革之比較〉，《金秋陽都論諸葛》，軍事科學出版社，1995 年 8 月。

1155* 趙蘊：〈諸葛亮的齊地人文風格〉，《金秋陽都論諸葛》，軍事科學出版社，1995 年 8 月。

1156* 劉志剛：〈略論諸葛亮以弱勝強的思想方法〉，《金秋陽都論諸葛》，軍事科學出版社，1995 年 8 月。

1157* 劉家驥：〈北朝及隋出土文物記載的諸葛氏族人〉，《金秋陽都論諸葛》，軍事科學出版社，1995 年 8 月。

1158* 譚良嘯：〈諸葛亮文化現象概論〉，《金秋陽都論諸葛》，軍事科學出版社，1995 年 8 月。

1159* 蘇彥榮：〈諸葛亮軍事思想及其在現代的運用〉，《金秋陽都論諸葛》，軍事科學出版社，1995 年 8 月。

1160* 華唐：〈諸葛亮「出師表」瑣記〉，《明道文藝》（233），台中：明道文藝社，1995 年 8 月，頁 44～53。

1161* 陳榮福：〈諸葛武侯戰略思想研究〉，《國防雜誌》（11：2），桃園：國防大學，1995 年 8 月，頁 34～43。

1162* 鄧振源：〈論「三國演義」隆中決策及其對現代企業經營的啓示〉，《華梵學報》（3：1），1995 年 11 月，頁 79～88。

〔1996 年〕（31 種，佔 31／639＝4.9%）

1163* 〈諸葛村鄉土建築（3）——宗祠〉（宗祠制度，頁 61～65、大公堂，頁 65～71、丞相祠堂，頁 71～78）《漢聲》（85），1996 年 1 月，頁 61～80。

1164* 〈諸葛村鄉土建築（6）——廟宇及其他建築〉（高隆諸葛氏歷代行輩，頁 140、諸葛亮浙江後裔考略，頁 140～143）《漢聲》（85），1996 年 1 月，頁 131～143。

1165* 王德峰、趙運古：〈"諸葛"複姓與蜀相諸葛亮世家考〉，《關中學刊》（3），1996 年。

1166* 何穎等：〈論諸葛亮現實主義的政治與政策〉，《黑河學刊》（2／3），1996 年。

1167* 吳彤：〈諸葛亮躬耕地學術座談會在京舉行〉，《中國史研究動態》（8），1996 年。

1168* 吳潔生：〈諸葛亮廉政思想探要〉，《探索》（3），1996 年。

1169* 李殿光：〈諸葛亮成爲傑出人物的原因〉，《天府新論》（3），1996 年。

1170* 肖虹纓：〈99 忠：諸葛亮的支柱和靈魂〉，《天中學刊》（增刊），1996
年。

1171* 周國林：〈諸葛亮的人格風采〉，《華中師大》（5），1996 年。

1172* 周雲龍：〈爲諸葛亮辯誣〉，《明清小說研究》（1），1996 年。

1173* 竺洪波：〈諸葛亮的人格：多重性質之大悲劇〉，《上海教育學院學報》
（4），1996 年。

1174* 胡覺照：〈"出師表"與"止戰疏"之優劣論〉，《理論導刊》（9），1996
年。

1175* 陳翔華：〈《諸葛亮研究集成》序言〉，《臨沂師專學報》（5），1996 年。

1176* 黃曉陽：〈劉備、諸葛亮對吳政策異同論〉，《成都大學學報》（1），1996
年。

1177* 楊長富：〈諸葛亮名字解詁二題〉，《古漢語研究》（2），1996 年。

1178* 楊德炳：〈《隆中對》"跨有荊益"得失再評說〉，《武漢大學學報》（哲
社版）（2）／人大複印資料轉載，1996 年，頁 56～62。

1179* 褚木蘭：〈談科學假說的超前思維：由諸葛亮的"三分天下"說起〉，
《張家口師專學報》（2），1996 年。

1180* 趙友琴：〈諸葛亮的過勞和曹操的養生〉，《醫古文知識》（1），1996
年。

1181* 劉于雄：〈論諸葛亮的成敗得失及現實意義〉，《思維與實踐》（6），1996
年。

1182* 劉光亮等：〈議延不協與孔明失策〉，《吉安師專學報》（3），1996 年。

1183* 薛軍力：〈夷陵之戰諸葛亮何以未能與謀〉，《天津師範大學學報》（6），
1996 年。

1184* 譚邦和：〈諸葛亮悲劇形象的文化解讀〉，《明清小說研究》（1），1996
年。

1185* 林岷：〈戲曲中的諸葛亮〉，《歷史月刊》（97），1996 年 2 月，頁 104～
109。

1186* 鄭杰文：〈話說諸葛亮〉，《大眾日報》，1996 年 5 月 15 日。

1187* 朱大渭：〈商潮中的名人效應與歷史科學的眞實性：關於諸葛亮躬耕地
的爭議評說〉，《人民日報》，1996 年 7 月 20 日。

1188* 沙勇忠：〈諸葛亮軍事情報藝術發微〉，《圖書與情報》（大陸）（1996：

3＝63），蘭州：甘肅省圖書館，1996 年 9 月，頁 75～76。

1189* 段振離：〈從諸葛亮罵死王朗說起〉，《健康世界》（129＝249），台北：
　　　健康世界文化事業股份有限公司，1996 年 9 月，頁 82～84。

1190* 張智欽：〈孔明碑文解敘與研究〉，《一貫道總會會訊》（60），中國民國
　　　一貫道總會，1996 年 9 月，頁 40～。

1191* 段振離：〈也是過勞死？從諸葛亮盛年早逝談起〉，《健康世界》（130＝
　　　250），台北：健康世界文化事業股份有限公司，1996 年 10 月，頁 82
　　　～84。

1192* 張育瑜：〈現代諸葛亮──中央氣象局〉，《第三波》（170），台北：第
　　　三波文化事業股份有限公司，1996 年 10 月，頁 236～242。

1193* 田浩：〈諸葛亮聲譽之鵲起與 1127 年女眞入主中國〉，《漢學研究》（14：
　　　2），漢學研究中心，蔣經國國際學術交流基金會，1996 年 12 月，頁 1
　　　～34。

〔1997 年〕（78 種，佔 78／639＝12.2%）

1194* 卞孝萱、胡阿祥：〈存眞求實發覆闡微：余明俠著《諸葛亮評傳》〉，《淮
　　　海文匯》（3），1997 年。

1195* 方詩銘：〈《隆中對》“跨有荊益”的策劃爲何破滅──論劉備和關羽
　　　對喪失荊州的責任〉，《學術月刊》（滬）（2）／人大複印資料轉載，
　　　1997 年，頁 53～60。

1196* 王玲：〈試論諸葛亮行法治蜀〉，《貴州師大學報》（2），1997 年。

1197* 王蘊華等：〈諸葛亮的舉賢任能〉，《河北學刊》（5），1997 年。

1198* 田耕茲：〈諸葛亮伐魏不是“以攻爲守”：兼論諸葛亮北伐的思想基
　　　礎〉，《漢中師院學報》（1），1997 年。

1199* 李子偉：〈諸葛亮的思想體系及其成敗〉，《貴州文史叢刊》（1），1997
　　　年。

1200* 李小樹：〈陳壽謗議諸葛亮質疑〉，《中州學刊》（1），1997 年。

1201* 李庚辰：〈愛才卻有嫉才時：諸葛亮的人才思想與實踐〉，《中國人力資
　　　源開發》（5），1997 年。

1202* 李啓勝：〈作家主觀意圖與客觀效果的差異──從“馬謖之死”、“魏
　　　延之亂”看諸葛亮形象的塑造〉，《濰坊教育學院學報》（1），1997 年，
　　　頁 19～22。

1203* 金石：〈諸葛亮和撫夷越南北朝重歸一統〉，《民族團結》（5），1997年。

1204* 侯留軍、王永長：〈淺論《出師表》與《陳情表》的情理表達〉，《天中學刊》（12），1997年。

1205* 唐建華：〈論諸葛亮多謀善斷的文韜武略〉，《江西社會科學》（2），1997年。

1206* 徐日輝：〈街亭續考二題〉，《甘肅高師學報》（1），1997年。

1207* 馬學元：〈試論"諸葛一生唯謹慎"〉，《成都大學學報》（1），1997年。

1208* 張華松：〈從北伐說諸葛亮將略之失〉，《齊魯學刊》（1），1997年。

1209* 莫爾雅：〈再談王夫之論諸葛亮〉，《船山學刊》（2），1997年。

1210* 許輝：〈千古贊頌的歷史名相：《諸葛亮評傳》評述〉，《學海》（2），1997年。

1211* 傅興林：〈諸葛亮歸葬漢中心態透視〉，《漢中師院學報》（1），1997年。

1212* 楊彥平等：〈諸葛亮法治思想成因初探〉，《青海師專學報》（3），1997年。

1213* 趙昆生：〈再論蜀漢政治中的北伐問題〉，《重慶師範學院學報》（1），1997年。

1214* 鄭之洪：〈諸葛亮北伐新探〉，《學術月刊》（2），1997年。

1215* 鄭繼江：〈試論馬謖悲劇的成因〉，《聊城師範學院學報》（1），1997年。

1216* 羅帆：〈諸葛亮與俄底修斯：中西文學人物智慧的比較分析〉，《益陽師專學報》（1），1997年。

1217* 譚良嘯：〈再論諸葛亮的八陣圖〉，《天府新論》（4），1997年。

1218* 李冠霖：〈孔明的管理哲學〉，《遠見》（128），遠見雜誌社，1997年1月，頁135～。

1219* 編輯部：〈三個臭皮匠勝過一個諸葛亮〉，《留學情報》（22），台北：留學情報雜誌社，1997年1月，頁90～92。

1220* 李栩鈺：〈諸葛亮形象之演變試探〉，《嶺東學報》（8），台中：嶺東技術學院，1997年2月，頁285～296。

1221* 李慧菊採訪整理：〈李冠霖——孔明的管理哲學〉，《遠見雜誌》（128），台北：天下遠見出版股份有限公司，1997 年 2 月，頁 135～。

1222* 星星財子：〈整瓶水響叮噹——水瓶座典範諸葛亮、李國鼎、盛田昭夫的理財觀〉，《統領雜誌》（139），台北：統領雜誌社，1997 年 2 月，頁 112～116。

1223* 特約作者群：〈遊戲天地：三國志孔明傳〉，《資訊生活雜誌》（27），台北：松崗電腦圖書資料股份有限公司，1997 年 2 月，頁 119～120。

1224* 趙天瑞：〈略論諸葛亮的戰略失誤〉，《遼寧教育學院學報》（瀋陽），1997 年 2 月，頁 87～91，北京：中國人民大學書報資料中心，複印報刊資料，1997‧5－13～17。

1225* 筆耕：〈從諸葛亮的人生哲學談領導者應有的修養〉，《農田水利雜誌》（43：12），農田水利雜誌社，1997 年 4 月，頁 54～。

1226* 廖又生：〈圖書館行政法個案：諸葛亮木牛流馬故事的啓示〉，《大學圖書館》（1：2），台北：國立台灣大學圖書館，1997 年 4 月，頁 20～28。

1227* 孟俠：〈諸葛亮是那裡人？〉，《梅花雜誌》（183），梅花雜誌社，1997 年 5 月，頁 65～。

1228* 張力中：〈淺談「三國演義」、「空城計」、「草船借箭」之相關史實〉，《國文天地》（13：2＝146），1997 年 7 月，頁 114～116。

1229* 丁寶琛：〈諸葛豐生平事蹟考〉，《羲皇故里論孔明》，甘肅文化出版社，1997 年 9 月。

1230* 丁寶齋：〈隆中歷史沿革〉，《羲皇故里論孔明》，甘肅文化出版社，1997 年 9 月。

1231* 王三義：〈從諸葛亮鄧芝出使東吳的成功看古人的公關策略〉，《羲皇故里論孔明》，甘肅文化出版社，1997 年 9 月。

1232* 王中興：〈諸葛亮攻魏戰略得失論〉，《羲皇故里論孔明》，甘肅文化出版社，1997 年 9 月。

1233* 王文杰：〈街亭位置考辨〉，《羲皇故里論孔明》，甘肅文化出版社，1997 年 9 月。

1234* 王彥俊：〈論諸葛亮六出祁山與北定中原的關係〉，《羲皇故里論孔明》，甘肅文化出版社，1997 年 9 月。

1235* 王瑞功：〈關於陳壽《諸葛亮傳》評價問題的回顧與思考〉，《羲皇故里論孔明》，甘肅文化出版社，1997 年 9 月。

1236* 白亦奠：〈諸葛亮《誡子書》考辨〉，《羲皇故里論孔明》，甘肅文化出版社，1997 年 9 月。

1237* 朱據之：〈諸葛亮出師隴右活動據點地名考〉，《羲皇故里論孔明》，甘肅文化出版社，1997 年 9 月。

1238* 朱禮泉等：〈諸葛亮的道德思想及其現代意義〉，《羲皇故里論孔明》，甘肅文化出版社，1997 年 9 月。

1239* 何百川等：〈諸葛亮後裔聚居浙江蘭溪的前因後果〉，《羲皇故里論孔明》，甘肅文化出版社，1997 年 9 月。

1240* 何季辰：〈試探諸葛亮的法治思想及其對當代法制的啓示〉，《羲皇故里論孔明》，甘肅文化出版社，1997 年 9 月。

1241* 李子偉：〈融鑄九流自成一家成亦由茲敗亦由茲〉，《羲皇故里論孔明》，甘肅文化出版社，1997 年 9 月。

1242* 李兆鈞等：〈秦漢南南（陽）兩郡分界的地理學分析〉，《羲皇故里論孔明》，甘肅文化出版社，1997 年 9 月。

1243* 李樂民：〈諸葛亮修身思想淺析〉，《羲皇故里論孔明》，甘肅文化出版社，1997 年 9 月。

1244* 李遵剛：〈關於諸葛亮政治思想的哲學思考〉，《羲皇故里論孔明》，甘肅文化出版社，1997 年 9 月。

1245* 杜萬鼎：〈祁山地名探源〉，《羲皇故里論孔明》，甘肅文化出版社，1997 年 9 月。

1246* 姜開民：〈諸葛亮的謀略與現代企業經營〉，《羲皇故里論孔明》，甘肅文化出版社，1997 年 9 月。

1247* 唐嘉弘等：〈諸葛亮家世考略〉，《羲皇故里論孔明》，甘肅文化出版社，1997 年 9 月。

1248* 徐國平：〈論諸葛亮後裔家族文化〉，《羲皇故里論孔明》，甘肅文化出版社，1997 年 9 月。

1249* 袁本清：〈諸葛亮的農本思想和實踐〉，《羲皇故里論孔明》，甘肅文化出版社，1997 年 9 月。

1250* 康世榮：〈祁山辨〉，《羲皇故里論孔明》，甘肅文化出版社，1997 年 9 月。

1251* 張四龍：〈諸葛亮經濟思想與北伐〉，《羲皇故里論孔明》，甘肅文化出版社，1997 年 9 月。

1252* 張曉春：〈黃承彥故里初考〉，《羲皇故里論孔明》，甘肅文化出版社，1997 年 9 月。

1253* 張應生：〈論諸葛亮塑像的民間性、多樣性及其原因〉，《羲皇故里論孔明》，甘肅文化出版社，1997 年 9 月。

1254* 曹邦軍：〈"三國鼎立"方略與"統一"歷史潮流是否相悖〉，《羲皇故里論孔明》，甘肅文化出版社，1997 年 9 月。

1255* 梁宗奎：〈論諸葛亮對姜維的知遇評姜維的品格〉，《羲皇故里論孔明》，甘肅文化出版社，1997 年 9 月。

1256* 陳懷曦：〈簡論諸葛亮〉，《羲皇故里論孔明》，甘肅文化出版社，1997 年 9 月。

1257* 楊育峰：〈蜀漢時代悲劇和諸葛亮精神的昇華〉，《羲皇故里論孔明》，甘肅文化出版社，1997 年 9 月。

1258* 雍際春：〈論魏蜀對天水的爭奪與經營〉，《羲皇故里論孔明》，甘肅文化出版社，1997 年 9 月。

1259* 趙炯：〈諸葛亮與曹操用人比較〉，《羲皇故里論孔明》，甘肅文化出版社，1997 年 9 月。

1260* 齊天祥等：〈論諸葛亮的謀略系統觀〉，《羲皇故里論孔明》，甘肅文化出版社，1997 年 9 月。

1261* 劉江眞：〈三國戰略重地——天水〉，《羲皇故里論孔明》，甘肅文化出版社，1997 年 9 月。

1262* 劉克勤：〈論諸葛亮形象的雙重性〉，《羲皇故里論孔明》，甘肅文化出版社，1997 年 9 月。

1263* 劉建寬：〈諸葛亮的心態及隆中決策的失誤〉，《羲皇故里論孔明》，甘肅文化出版社，1997 年 9 月。

1264* 劉雁翔：〈論說天水三國遺址〉，《羲皇故里論孔明》，甘肅文化出版社，1997 年 9 月。

1265* 諸葛子房：〈論諸葛亮的人品與文品〉，《羲皇故里論孔明》，甘肅文化出版社，1997 年 9 月。

1266* 戴惠英：〈"三絕碑"散論〉，《羲皇故里論孔明》，甘肅文化出版社，

1997 年 9 月。

1267* 譚良嘯：〈再論諸葛亮的八陣圖〉，《羲皇故里論孔明》，甘肅文化出版社，1997 年 9 月。

1268* 劉仁基：〈「鞠躬盡瘁，死而後已」的諸葛亮〉，《陸軍學術》（33：385），桃園：陸軍學術月刊社，1997 年 9 月，頁 87～95。

1269* 張文：〈司馬懿諸葛亮倒置〉，《傳記文學》（71：4），傳記文學雜誌社，1997 年 10 月，頁 18～。

1270* 鍾文萍文、楊子魚攝影：〈孔明帽子滿天飛〉，《拾穗》（98＝560），台北：拾穗雜誌社，1997 年 12 月，頁 38～39。

1271* 傅武光：〈「用奇謀孔明借箭」鑑賞〉，《國文天地》（13：7＝151），台北：國文天地雜誌社，1997 年 12 月，頁 102～103。

〔1998 年〕（78 種，佔 78／639＝12.2%）

1272* 王佩瓊：〈隆中對與走麥城：隆中對中戰略構想的缺陷及其後果芻議〉，《徐州師範學院學報》（2），1998 年。

1273* 王炳仁：〈諸葛亮的立志及其意義〉，《教育研究》（6），1998 年。

1274* 王德峰、趙運古：〈關於諸葛亮的複姓及家世探源〉，《山東大學學報》（2），1998 年。

1275* 石弘：〈只因一前錯，決策才成空：論諸葛亮對荊州失守的責任〉，1998 年。

1276* 余明俠：〈試論諸葛亮的忠君愛國思想〉，《江海學刊》（2），1998 年。

1277* 李伯勛：〈古代八陣淵源及諸葛亮八陣考略〉，《成都大學學報》（1），1998 年。

1278* 李曉暉：〈諸葛亮“謹慎”性格小議〉，《高等函授學報》（2），1998 年。

1279* 岳梁：〈諸葛亮的管理理論與實踐散論〉，《河南大學學報》（3），1998 年。

1280* 唐嘉弘等：〈諸葛亮家世考略〉，《貴州大學學報》（4），1998 年。

1281* 徐日輝：〈“西和諸戎”與失街亭之關係考〉，《固原師專學報》（4），1998 年。

1282* 徐澄清：〈論諸葛亮之用人和魏延之悲劇〉，《青海社會科學》（4），1998 年。

1283* 陳春雷等：〈論諸葛亮的封建法治〉，《淮陰師院學報》（3），1998 年。

1284* 陳洪、馬宇輝：〈論《三國演義》中諸葛亮範型及其文化意蘊〉，《南開學報》（津）（2）／人大複印資料轉載，1998 年，頁 34～39。

1285* 黃曉陽：〈從魯肅"鼎足江東"謀劃看"隆中對"得失〉，《成都大學學報》（1），1998 年。

1286* 黃樸民：〈諸葛亮與漢末法治思想的淵源〉，《歷史教學》（6），1998 年。

1287* 賈維欽：〈諸葛亮教育思想淺探〉，《徐州師院學報》（2），1998 年。

1288* 劉紀昌：〈雖識時務而未明大義：諸葛亮形象再認識〉，《河東學刊》（2），1998 年。

1289* 戴承元：〈從兵出祁山與兵出子午谷看諸葛亮的得與失〉，《中華文化論壇》（4），1998 年。

1290* 韓隆福：〈諸葛亮北伐失敗的評價〉，《湖南教育學院學報》（3），1998 年。

1291* 周進步：〈浙江蘭溪諸葛亮後裔聚居地〉，《桃園觀光》（349），桃園觀光雜誌社，1998 年 2 月，頁 13～。

1292* 萬仞：〈曹操與諸葛亮比較研究〉，《國防雜誌》（13：8），桃園：國防大學，1998 年 2 月，頁 108～120。

1293* 鄭功賢：〈三個臭皮匠勝過一個諸葛亮——談企業藝術的前景和理念〉，《典藏藝術》（68），台北：典藏雜誌社，1998 年 5 月，頁 24～30。

1294* 王思文：〈諸葛武候評述〉，《陸軍學術月刊》（34：396），桃園：陸軍學術月刊社，1998 年 8 月，頁 86～95。

1295* 丁寶齋：〈全國第十次諸葛亮學術研討會總結報告〉，《十論武候在蘭溪》，浙江：浙江大學出版社，1998 年 8 月。

1296* 丁寶齋：〈隆中民間諸葛亮傳說故事評析〉，《十論武候在蘭溪》，浙江：浙江大學出版社，1998 年 8 月。

1297* 毛勤保、楊蒼勤：〈伐魚河考略〉，《十論武候在蘭溪》，浙江：浙江大學出版社，1998 年 8 月。

1298* 王文杰：〈諸葛亮與街亭之戰〉，《十論武候在蘭溪》，浙江：浙江大學出版社，1998 年 8 月。

1299* 王彥俊、左峰：〈論諸葛亮的法家思想〉，《十論武侯在蘭溪》，浙江：
　　　浙江大學出版社，1998 年 8 月。

1300* 王炳仁：〈諸葛亮的立志思想及其意義〉，《十論武侯在蘭溪》，浙江：
　　　浙江大學出版社，1998 年 8 月。

1301* 包瑞田：〈試論諸葛亮的廉政思想〉，《十論武侯在蘭溪》，浙江：浙江
　　　大學出版社，1998 年 8 月。

1302* 何百川：〈論諸葛村的經濟文化和諸葛亮的人格精神〉，《十論武侯在蘭
　　　溪》，浙江：浙江大學出版社，1998 年 8 月。

1303* 何志剛、趙梓祥、章紹瑞：〈諸葛藥業發展與“天一堂”的再度崛起〉，
　　　《十論武侯在蘭溪》，浙江：浙江大學出版社，1998 年 8 月。

1304* 何季辰：〈論諸葛亮的治國思想及其文化淵源〉，《十論武侯在蘭溪》，
　　　浙江：浙江大學出版社，1998 年 8 月。

1305* 何紅英：〈淺議三國大錢〉，《十論武侯在蘭溪》，浙江：浙江大學出版
　　　社，1998 年 8 月。

1306* 余明俠：〈試論諸葛亮的忠君愛國思想〉，《十論武侯在蘭溪》，浙江：
　　　浙江大學出版社，1998 年 8 月。

1307* 李子偉：〈諸葛亮的“法家爲治”思想探微〉，《十論武侯在蘭溪》，浙
　　　江：浙江大學出版社，1998 年 8 月。

1308* 李兆成：〈從治國論諸葛亮用人〉，《十論武侯在蘭溪》，浙江：浙江大
　　　學出版社，1998 年 8 月。

1309* 李伯勛：〈古代八陣淵流及諸葛亮八陣考略〉，《十論武侯在蘭溪》，浙
　　　江：浙江大學出版社，1998 年 8 月。

1310* 李彩標：〈試論李漁對諸葛亮的評價〉，《十論武侯在蘭溪》，浙江：浙
　　　江大學出版社，1998 年 8 月。

1311* 姚讓利：〈從劉備三顧茅廬說起〉，《十論武侯在蘭溪》，浙江：浙江大
　　　學出版社，1998 年 8 月。

1312* 段新榮：〈諸葛亮公忠品德與公務員職業道德建設〉，《十論武侯在蘭
　　　溪》，浙江：浙江大學出版社，1998 年 8 月。

1313* 胡正軍：〈諸葛亮後裔聚居地情況淺析〉，《十論武侯在蘭溪》，浙江：
　　　浙江大學出版社，1998 年 8 月。

1314* 胡汝明、徐國平：〈論諸葛中藥業及藥業世家〉，《十論武侯在蘭溪》，

浙江：浙江大學出版社，1998 年 8 月。

1315* 郎會成：〈姜維後裔傍諸葛村聚居現象初探〉，《十論武侯在蘭溪》，浙江：浙江大學出版社，1998 年 8 月。

1316* 徐國平、陳星：〈諸葛民居的庭院園林及其特色〉，《十論武侯在蘭溪》，浙江：浙江大學出版社，1998 年 8 月。

1317* 徐國平：〈論諸葛亮後裔的商業意識〉，《十論武侯在蘭溪》，浙江：浙江大學出版社，1998 年 8 月。

1318* 晉宏忠：〈論諸葛亮的人格魅力〉，《十論武侯在蘭溪》，浙江：浙江大學出版社，1998 年 8 月。

1319* 張崇琛：〈諸葛亮的《又誡子書》是寫給誰的〉，《十論武侯在蘭溪》，浙江：浙江大學出版社，1998 年 8 月。

1320* 張崇濤：〈諸葛亮家族的文化傳統〉，《十論武侯在蘭溪》，浙江：浙江大學出版社，1998 年 8 月。

1321* 張曉春：〈司馬徽薦賢三議〉，《十論武侯在蘭溪》，浙江：浙江大學出版社，1998 年 8 月。

1322* 張曉剛：〈《三國演義》與南陽〉，《十論武侯在蘭溪》，浙江：浙江大學出版社，1998 年 8 月。

1323* 梁祚禎：〈五丈原諸葛亮廟創始年代辨〉，《十論武侯在蘭溪》，浙江：浙江大學出版社，1998 年 8 月。

1324* 陳建亮：〈高隆諸葛氏明清兩代詩詞概述〉，《十論武侯在蘭溪》，浙江：浙江大學出版社，1998 年 8 月。

1325* 陳建亮：〈諸葛亮失誤兩辯〉，《十論武侯在蘭溪》，浙江：浙江大學出版社，1998 年 8 月。

1326* 陳星：〈略論諸葛村民居的空間形態〉，《十論武侯在蘭溪》，浙江：浙江大學出版社，1998 年 8 月。

1327* 陳鳳軒：〈諸葛亮兩次人事安排的心理分析〉，《十論武侯在蘭溪》，浙江：浙江大學出版社，1998 年 8 月。

1328* 陳懷曦：〈以法治軍是諸葛亮軍事思想的重要組成部分〉，《十論武侯在蘭溪》，浙江：浙江大學出版社，1998 年 8 月。

1329* 賀游：〈論蜀國的教育〉，《十論武侯在蘭溪》，浙江：浙江大學出版社，1998 年 8 月。

1330* 閔宜：〈獻給全國第十次諸葛亮學術研討會楹聯〉，《十論武侯在蘭溪》，
浙江：浙江大學出版社，1998 年 8 月。

1331* 黃樸民：〈東漢晚期重法思潮與諸葛亮的法治觀〉，《十論武侯在蘭溪》，
浙江：浙江大學出版社，1998 年 8 月。

1332* 賈慎之：〈也談諸葛亮的《八陣圖》〉，《十論武侯在蘭溪》，浙江：浙江
大學出版社，1998 年 8 月。

1333* 雍際春：〈三國時期天水戰略地位探微〉，《十論武侯在蘭溪》，浙江：
浙江大學出版社，1998 年 8 月。

1334* 劉江眞、程慧菁：〈從六出祁山北伐看諸葛亮的偉大〉，《十論武侯在蘭
溪》，浙江：浙江大學出版社，1998 年 8 月。

1335* 劉克勤：〈"借荊州"質疑〉，《十論武侯在蘭溪》，浙江：浙江大學出
版社，1998 年 8 月。

1336* 劉鳴岡：〈陳壽、習鑿齒筆下的諸葛亮〉，《十論武侯在蘭溪》，浙江：
浙江大學出版社，1998 年 8 月。

1337* 蔡敏龍：〈試論諸葛亮的旅遊價值〉，《十論武侯在蘭溪》，浙江：浙江
大學出版社，1998 年 8 月。

1338* 諸葛子房：〈高隆"八景名勝"淺析〉，《十論武侯在蘭溪》，浙江：浙
江大學出版社，1998 年 8 月。

1339* 諸葛志：〈論諸葛亮後裔"行輩用字"的特色〉，《十論武侯在蘭溪》，
浙江：浙江大學出版社，1998 年 8 月。

1340* 諸葛城：〈明清兩代《諸葛氏宗譜》修輯經過〉，《十論武侯在蘭溪》，
浙江：浙江大學出版社，1998 年 8 月。

1341* 諸葛城：〈明清兩代諸葛村的藥業經營與藥文化〉，《十論武侯在蘭溪》，
浙江：浙江大學出版社，1998 年 8 月。

1342* 諸葛紹賢：〈諸葛村四時風俗考〉，《十論武侯在蘭溪》，浙江：浙江大
學出版社，1998 年 8 月。

1343* 諸葛陽：〈諸葛亮文學藝術成就初探〉，《十論武侯在蘭溪》，浙江：浙
江大學出版社，1998 年 8 月。

1344* 諸葛慶棠：〈諸葛高隆八景遺址考〉，浙江：浙江大學出版社，1998 年
8 月。

1345* 鄭紹康：〈諸葛亮與民俗文化〉，《十論武侯在蘭溪》，浙江：浙江大學

出版社，1998 年 8 月。

1346* 譚良嘯：〈論元雜劇中的諸葛亮〉，《十論武侯在蘭溪》，浙江：浙江大
學出版社，1998 年 8 月。

1347* 徐世樺：〈三國時代良相佐國的諸葛武侯〉，《陸軍學術月刊》（34：
397），桃園：陸軍學術月刊社，1998 年 9 月，頁 80～85。

1348* 韓廷一：〈諸葛孔明訪問記〉，《歷史月刊》（129），台北：歷史智庫出
版股份有限公司，1998 年 10 月，頁 82～92。

1349* 戴秀玲撰文、巴克利繪圖、洪海彭攝影：〈京劇故事中的諸葛亮〉，《經
典雜誌》（5），台北：慈濟文化志業中心，1998 年 12 月，頁 142～
149。

〔1999 年〕（30 種，佔 30／639＝4.7%）

1350* 丁寶齋：〈諸葛亮與漢末襄陽大隆〉，《文史哲》（6），1999 年。

1351* 木家：〈諸葛亮的“以法治蜀”與“務農殖穀”〉，《廣州糧食經濟》
（5），1999 年。

1352* 付金財、張文彥：〈武侯的遺憾〉，《石家莊師專學報》（3），1999 年。

1353* 田昭林：〈諸葛亮的八陣圖〉，《軍事歷史》（2），1999 年。

1354* 任守春、馮振廣：〈論諸葛亮草廬決策的科學性〉，《史學月刊》（開封）
（5），1999 年，頁 35～39。

1355* 何耘等：〈諸葛亮的失誤四議〉，《漢中師院學報》（2），1999 年。

1356* 李冰：〈諸葛亮為何六出祁山〉，《蘭州學刊》（1），1999 年。

1357* 李培坤：〈十年磨一劍，超越兼創見：簡評諸葛亮集要略〉，《唐都學刊》
（4），1999 年。

1358* 周全等：〈簡評諸葛亮的人才思想〉，《理論探討》（2），1999 年。

1359* 房日晰：〈智慧光環中的妖氣：諸葛亮形象談片〉，《陝西師大成教學院
學報》（3），1999 年。

1360* 夏日新：〈諸葛亮與漢末荊州政權〉，《江漢論壇》（12），1999 年。

1361* 梅錚錚：〈試論隆中對的構想與客觀實際的矛盾〉，《中華文化論壇》
（2），1999 年。

1362* 許淑晴：〈兩個臭皮匠「相碰」，變成賺錢諸葛亮——「設計師富翁」
傑克文生的「行軍床賺錢功夫」〉，《商業周刊》（625），台北：商周文
化事業股份有限公司，1999 年 11 月，頁 136～、138～。

1363* 許鋒：〈諸葛瑾、諸葛亮離鄉時間考辨〉，《臨沂師專學報》（2），1999
　　　年。

1364* 郭象：〈主次矛盾移位了的傑作：讀諸葛亮出師表〉，《滄州師專學報》
　　　（3），1999 年。

1365* 陳廷志：〈探析傳統三顧茅廬論諸葛亮自薦〉，《貴州文史叢刊》（1），
　　　1999 年。

1366* 喻舒宗：〈論諸葛亮的樸素軍事真理觀〉，《軍事歷史研究》（2），1999
　　　年。

1367* 童超：〈生動再現諸葛亮的真實形象：歷史人物傳記新作武侯春秋〉，
　　　《中國史研究動態》（10），1999 年。

1368* 黃勝華：〈諸葛亮與蜀漢教育〉，1999 年。

1369* 黃曉陽：〈論諸葛亮用人之得失〉，《成都大學學報》（2），1999 年。

1370* 劉存祥：〈諸葛亮成才的地域文化基礎〉，《成都大學學報》（2），1999 年。

1371* 蔚冰等：〈諸葛亮與常州的殊勝因緣〉，《常州工業技術學院學報》（3），
　　　1999 年。

1372* 薩如拉：〈陳壽對諸葛亮的評價是公允的〉，《內蒙古師範大學學報》
　　　（6），1999 年。

1373* 羅民介：〈諸葛亮用人的得失〉，《新東方》（6），1999 年。

1374* 譚良嘯：〈諸葛亮道家形象探源〉，《天府新論》（5），1999 年。

1375* 劉祖邦：〈論文武兼備的諸葛亮〉，《陸軍學術月刊》（35：402），桃園：
　　　陸軍學術月刊社，1999 年 2 月，頁 17～21。

1376* 徐日輝：〈諸葛亮"西和諸戎"政策考〉，《中國邊政》（143），台北：
　　　中國邊政雜誌社，1999 年 3 月，頁 39～45。

1377* 張谷良：〈戲曲中諸葛亮之腳色與扮演述略〉，《中國文學研究》（13），
　　　台北：國立台灣大學中國文學研究所，1999 年 5 月，頁 249～267。

1378* 張崇琛：〈諸葛亮的「又誡子書」是寫給誰的？〉，《國文天地》（14：
　　　12＝168），台北：國文天地雜誌社，1999 年 5 月，頁 107～110。

1379* 〈諸葛亮經濟扶不起阿斗政治〉，《商業周刊》（601），台北：商周文化
　　　事業股份有限公司，1999 年 5～6 月，頁 14～。

〔2000 年〕（74 種，佔 74／639＝11.9%）

1380* 何靜：〈也談關於諸葛亮北伐的幾個問題〉，《黔西南民族師專學報》

（2），2000 年。

1381* 李兆成：〈也談諸葛亮與魏延〉，《中華文化論壇》（3），2000 年。

1382* 肖登華：〈從三國時期南中與蜀漢之關係看中國的統一〉，《武警學院學報》（1），2000 年。

1383* 周紅：〈論蜀漢興衰的財政原因〉，《現代財經》（11），2000 年。

1384* 胡覺照：〈魏延與諸葛亮〉，《漢中師範學院學報》（3），2000 年。

1385* 徐澄清：〈評諸葛亮之用人和魏延之悲劇〉，《炎黃春秋》（12），2000 年。

1386* 張大可：〈一部歷史人物傳記的典範力作：《武侯春秋》評介〉，《襄陽學院學報》（3），2000 年。

1387* 張武：〈論諸葛亮的戰略思想〉，《江漢論壇》（10），2000 年。

1388* 張崇琛：〈諸葛亮的成才之路〉，《武警工程學院學報》（3），2000 年。

1389* 許瑩：〈從聯吳抗曹看諸葛亮運作類似公共關係的技巧〉，《巢湖師專學報》（2），2000 年。

1390* 陳山旁：〈諸葛亮經濟管理得失談〉，《河北師大學報》（3），2000 年。

1391* 陳金鳳：〈從漢中到隴右：蜀漢戰略新論〉，《萊陽農學院學報》（2），2000 年。

1392* 景蜀惠：〈專業研究與通俗讀物在成功結合：讀《武侯春秋》〉，《書品》（2），2000 年。

1393* 雷勇：〈諸葛亮崇拜的文化心理透視〉，《漢中師院學報》（3）／人大複印資料轉載，2000 年。

1394* 趙山林：〈南北融會與諸葛亮形象的演變〉，《文學遺產》（4）／人大複印資料轉載，2000 年。

1395* 蔡文錦：〈諸葛亮《出師表》考釋〉，《北京聯合大學學報》（3），2000 年。

1396* 鄧前成：〈論諸葛亮相蜀的理財方略〉，《雲南師大學報》（4），2000 年。

1397* 魏平柱：〈諸葛亮研究二題〉，《襄陽學院學報》（1），2000 年。

1398* 劉吉玲：〈大掌櫃兼參謀長，徐善可是裕隆集團的諸葛亮——嚴凱泰少主中興的幕後功臣〉，《商業周刊》（632），台北：商周文化事業股份有限公司，2000 年 1～3 月，頁 114～115。

1399* 徐唐齡:〈也談孔明治下的蜀漢經濟〉,《成都經濟學院學報》,2000 年 3 月 17 日。

1400* 丁毅華:〈諸葛亮和劉表〉,《諸葛亮成才之路》,武漢大學出版社,2000 年 8 月。

1401* 丁寶齋:〈諸葛亮與漢末襄陽大姓〉,《諸葛亮成才之路》,武漢大學出版社,2000 年 8 月。

1402* 王文杰:〈論街亭古戰場〉,《諸葛亮成才之路》,武漢大學出版社,2000 年 8 月。

1403* 王汝濤、王曉真:〈家學 反思 成才——簡論諸葛亮成才之路〉,《諸葛亮成才之路》,武漢大學出版社,2000 年 8 月。

1404* 王彥俊:〈論諸葛亮的軍事思想〉,《諸葛亮成才之路》,武漢大學出版社,2000 年 8 月。

1405* 包瑞田:〈開展諸葛亮學術研究,發展諸葛村旅遊事業〉,《諸葛亮成才之路》,武漢大學出版社,2000 年 8 月。

1406* 左湯泉:〈魏延及其遺迹〉,《諸葛亮成才之路》,武漢大學出版社,2000 年 8 月。

1407* 朱鴻儒:〈羅貫中筆下的諸葛亮躬耕地〉,《諸葛亮成才之路》,武漢大學出版社,2000 年 8 月。

1408* 李子偉:〈多因一果的成才之道——諸葛亮成才略論〉,《諸葛亮成才之路》,武漢大學出版社,2000 年 8 月。

1409* 李兆成:〈諸葛亮不用魏延危計論〉,《諸葛亮成才之路》,武漢大學出版社,2000 年 8 月。

1410* 李來廷:〈儒家入仕思想對青年諸葛亮世界觀形成的影響〉,《諸葛亮成才之路》,武漢大學出版社,2000 年 8 月。

1411* 李振翼:〈從蜀漢北伐看其疆土變遷〉,《諸葛亮成才之路》,武漢大學出版社,2000 年 8 月。

1412* 李彩標:〈諸葛古村落、古民居的保護與利用〉,《諸葛亮成才之路》,武漢大學出版社,2000 年 8 月。

1413* 杜本文:〈諸葛亮教子成功之道及其對我們的啓示〉,《諸葛亮成才之路》,武漢大學出版社,2000 年 8 月。

1414* 杜棣生、杜漢華:〈談諸葛亮塑像〉,《諸葛亮成才之路》,武漢大學出版社，2000 年 8 月。

1415* 施懷德：〈諸葛八卦村的文化說解〉，《諸葛亮成才之路》，武漢大學出版社，2000 年 8 月。

1416* 段明貴：〈諸葛亮成才的啓示〉，《諸葛亮成才之路》，武漢大學出版社，2000 年 8 月。

1417* 胡正軍：〈關於發展諸葛村旅遊業的思考〉，《諸葛亮成才之路》，武漢大學出版社，2000 年 8 月。

1418* 袁本清：〈初平元年到建安十二年宛、鄧的政治軍事形勢——兼論諸葛亮躬耕地不可能在宛縣〉，《諸葛亮成才之路》，武漢大學出版社，2000 年 8 月。

1419* 夏日新：〈諸葛亮與漢末荊州政權〉，《諸葛亮成才之路》，武漢大學出版社，2000 年 8 月。

1420* 夏日新：〈襄陽隆中漢末屬南陽郡鄧縣考〉，《諸葛亮成才之路》，武漢大學出版社，2000 年 8 月。

1421* 徐國平：〈諸葛亮隆中對策賞析〉，《諸葛亮成才之路》，武漢大學出版社，2000 年 8 月。

1422* 晉宏忠、朱鴻儒：〈"南陽諸葛廬"淺析〉，《諸葛亮成才之路》，武漢大學出版社，2000 年 8 月。

1423* 晉宏忠：〈劉、關、張的"義氣"與諸葛亮的兩難選擇〉，《諸葛亮成才之路》，武漢大學出版社，2000 年 8 月。

1424* 柴繼光：〈《隆中對》戰略構思與實踐〉，《諸葛亮成才之路》，武漢大學出版社，2000 年 8 月。

1425* 常崇宜：〈對前人諸葛亮研究的一點心得〉，《諸葛亮成才之路》，武漢大學出版社，2000 年 8 月。

1426* 張四龍：〈諸葛亮科教觀探微〉，《諸葛亮成才之路》，武漢大學出版社，2000 年 8 月。

1427* 張崇琛：〈諸葛亮的成才之路〉，《諸葛亮成才之路》，武漢大學出版社，2000 年 8 月。

1428* 梁宗奎：〈管仲對諸葛亮成才的影響〉，《諸葛亮成才之路》，武漢大學出版社，2000 年 8 月。

1429* 盛林中：〈諸葛亮與蜀國的清明政治〉，《諸葛亮成才之路》，武漢大學出版社，2000 年 8 月。

1430* 許輝：〈歷史名相　千古贊頌──《諸葛亮評傳》述評〉，《諸葛亮成才之路》，武漢大學出版社，2000 年 8 月。

1431* 陳星：〈《世說新語》所見的諸葛氏家族〉，《諸葛亮成才之路》，武漢大學出版社，2000 年 8 月。

1432* 陳翔華：〈論諸葛亮的歷史影響與其傳記〉，《諸葛亮成才之路》，武漢大學出版社，2000 年 8 月。

1433* 陶喻之：〈孔明及其同儕擇主比較論〉，《諸葛亮成才之路》，武漢大學出版社，2000 年 8 月。

1434* 賀游：〈近年來諸葛亮研究專著介紹〉，《諸葛亮成才之路》，武漢大學出版社，2000 年 8 月。

1435* 黃尚明：〈諸葛亮成才的社會背景和個人素質〉，《諸葛亮成才之路》，武漢大學出版社，2000 年 8 月。

1436* 黃樸民：〈《隆中對》的怪圈〉，《諸葛亮成才之路》，武漢大學出版社，2000 年 8 月。

1437* 楊代欣：〈劉表、諸葛亮與荊州學風〉，《諸葛亮成才之路》，武漢大學出版社，2000 年 8 月。

1438* 楊育峰、王守德：〈諸葛亮成才的歷史底蘊〉，《諸葛亮成才之路》，武漢大學出版社，2000 年 8 月。

1439* 賈愼之：〈諸葛亮在祁山所製木牛流馬考〉，《諸葛亮成才之路》，武漢大學出版社，2000 年 8 月。

1440* 鄒演存：〈諸葛亮爲官與修身淺說〉，《諸葛亮成才之路》，武漢大學出版社，2000 年 8 月。

1441* 雍際春、鄒軒：〈漢末文化環境與諸葛亮成才〉，《諸葛亮成才之路》，武漢大學出版社，2000 年 8 月。

1442* 劉存祥：〈琅邪文化對諸葛亮成才的影響〉，《諸葛亮成才之路》，武漢大學出版社，2000 年 8 月。

1443* 劉克勤：〈臥龍鳳雛爲何同出襄陽〉，《諸葛亮成才之路》，武漢大學出版社，2000 年 8 月。

1444* 劉鳴岡：〈諸葛亮成才的客觀因素〉，《諸葛亮成才之路》，武漢大學出版社，2000 年 8 月。

1445* 歐德祿：〈從營盤考察談蜀漢北伐前哨基地〉，《諸葛亮成才之路》，武漢大學出版社，2000 年 8 月。

1446* 潘煒：〈諸葛亮治學之道對現代教育的啓迪〉，《諸葛亮成才之路》，武漢大學出版社，2000 年 8 月。

1447* 鄭鐵生：〈歷代咏諸葛亮詩詞的文化意蘊〉，《諸葛亮成才之路》，武漢大學出版社，2000 年 8 月。

1448* 魏平柱：〈諸葛亮的隆中之"隱"〉，《諸葛亮成才之路》，武漢大學出版社，2000 年 8 月。

1449* 譚良嘯：〈諸葛亮道家形象探源〉，《諸葛亮成才之路》，武漢大學出版社，2000 年 8 月。

1450* 嚴永淵：〈諸葛亮的美學素養和藝術成就——兼議人才的智能結構與成才規律〉，《諸葛亮成才之路》，武漢大學出版社，2000 年 8 月。

1451* 公孫策：〈孔明不好演〉，《商業周刊》（672），台北：商周文化事業股份有限公司，2000 年 10 月，頁 18～。

1452* 王志鈞：〈新四人幫，市府的諸葛亮〉，《商業周刊》（675），台北：商周文化事業股份有限公司，2000 年 10～11 月，頁 122～、124～。

1453* 蕭淑貞：〈杜甫「詠懷古跡五首」之懷古心理美學探究〉，《中國古典文學研究》（4），台北：中國古典文學研究會，2000 年 12 月，頁 55～70。

（八）二〇〇一年～二〇〇三年期（115 種，佔 115 / 1568＝7.3%）

〔2001 年〕（53 種，佔 53 / 115＝46.1%）

1454* 王榮祖：〈出師未捷身先死的諸葛亮〉，《歷史月刊》（166），2001 年，頁 26～29。

1455* 宋杰：〈馬謖之死與三國的軍法〉，《襄樊學院學報》（1），2001 年。

1456* 李兆成：〈成都武侯祠的研究工作與諸葛亮研究會〉，《四川文物》（5），2001 年。

1457* 林姵君：〈杜甫詩中的孔明形象〉，《東之皇華：國立東華大學中文系系刊》（2），花蓮：國立東華大學中文系系學會，2001 年，頁 134～143。

1458* 徐蘊康：〈讓「飛龍在天」收視率長紅的諸葛亮——民視總經理陳剛信

六出奇計打敗台視〉，《商業周刊》（707），台北：商周文化事業股份有限公司，2001 年 6 月，頁 100～102。

1459* 馬強：〈漢水流域與諸葛亮的政治軍事戰略〉，《成都大學學報》（2），2001 年。

1460* 高新偉：〈論魏延被殺兼及諸葛亮的過失〉，《襄樊學院學報》（6），2001 年。

1461* 張錦池：〈從“失街亭”、“空城計”、“斬馬謖”解讀諸葛亮藝術形象〉，《社會科學輯刊》（4），2001 年，頁 140～145。

1462* 梁滿倉：〈論諸葛亮的精神生命〉，《襄樊師學院學報》（6），2001 年。

1463* 許如貞：〈諸葛亮成才原因研究綜述〉，《泰安師專學報》（5），2001 年。

1464* 貫井正：〈論《後出師表》應系諸葛亮所作〉，《晉陽學刊》（2），2001 年。

1465* 陳致遠：〈《走下神壇的諸葛亮》序〉，《常德師範學院學報》（3），2001 年。

1466* 彭建平：〈全國第十二屆諸葛亮學術研討會綜述〉，《天府新論》（1），2001 年。

1467* 彭傳杰：〈也評諸葛亮之用人和魏延之悲劇〉，《炎黃春秋》（9），2001 年。

1468* 黃曉陽：〈關羽北伐與《隆中對》再探〉，《成都大學學報》（2），2001 年。

1469* 劉偉航：〈諸葛亮“心戰”新論〉，《中華文化論壇》（3），2001 年。

1470* 韓福隆：〈論蜀漢的政治腐敗——諸葛亮失誤之二〉，《常德師範學院學報》（1），2001 年。

1471* 黃惠賢：〈龐德公及其親友考釋〉，《武漢大學學報》（人文科學版），第 54 卷第 1 期，2001 年 1 月，武漢：武漢大學出版社，頁 46～50。

1472* 蘇慧霜：〈諸葛亮形象演進探微〉，《中台人文暨社會學報》（1），台中：中台醫護技術學院通識教育中心，2001 年 4 月，頁 133～151。

1473* 譚家健：〈諸葛亮的章表書信〉，《古今藝文》（27：3），彰化：古今藝文雜誌社，2001 年 5 月，頁 17～25。

1474* 陳建興：〈赫柏村扮孔明不走「味」！〉，《商業周刊》（707），台北：

商周文化事業股份有限公司，2001 年 6 月，頁 30～。

1475* 方北辰：〈關於木牛流馬的若干問題〉，《諸葛亮與三國文化》（一），四川大學出版社，2001 年 7 月。

1476* 王子今：〈諸葛亮與夷陵之敗〉，《諸葛亮與三國文化》（一），四川大學出版社，2001 年 7 月。

1477* 王汝濤：〈沂南北寨畫像石墓年代與墓主問題平議〉，《諸葛亮與三國文化》（一），四川大學出版社，2001 年 7 月。

1478* 王彥俊：〈從魏蜀隴右之戰談西部經濟開發〉，《諸葛亮與三國文化》（一），四川大學出版社，2001 年 7 月。

1479* 王景元：〈羅秀書和《諸葛亮八陣圖說》石刻〉，《諸葛亮與三國文化》（一），四川大學出版社，2001 年 7 月。

1480* 王瑞功：〈諸葛玄行踪考察〉，《諸葛亮與三國文化》（一），四川大學出版社，2001 年 7 月。

1481* 付保平：〈論“劉葛魚水情”〉，《諸葛亮與三國文化》（一），四川大學出版社，2001 年 7 月。

1482* 任遠：〈魏延率五千精兵能襲奪長安嗎？〉，《諸葛亮與三國文化》（一），四川大學出版社，2001 年 7 月。

1483* 江玉祥：〈論彝族民間傳說中的孟獲形象〉，《諸葛亮與三國文化》（一），四川大學出版社，2001 年 7 月。

1484* 李兆成：〈諸葛亮學術研討會歷次會議情況〉，《諸葛亮與三國文化》（一），四川大學出版社，2001 年 7 月。

1485* 杜小安：〈諸葛亮文化心理初探〉，《諸葛亮與三國文化》（一），四川大學出版社，2001 年 7 月。

1486* 姜開民：〈楊慎與諸葛亮〉，《諸葛亮與三國文化》（一），四川大學出版社，2001 年 7 月。

1487* 徐國平：〈論諸葛亮後裔的敬宗意識〉，《諸葛亮與三國文化》（一），四川大學出版社，2001 年 7 月。

1488* 徐學書：〈蜀漢諸葛亮與前蜀王建六次北伐的比較研究〉，《諸葛亮與三國文化》（一），四川大學出版社，2001 年 7 月。

1489* 晉宏忠：〈評諸葛亮攻劉琮取荊州之議〉，《諸葛亮與三國文化》（一），四川大學出版社，2001 年 7 月。

1490* 馬強：〈漢水流域與諸葛亮的政治軍事戰略〉，《諸葛亮與三國文化》
（一），四川大學出版社，2001 年 7 月。

1491* 高雷：〈諸葛亮治國思想溯源〉，《諸葛亮與三國文化》（一），四川大學
出版社，2001 年 7 月。

1492* 張東：〈《出師表》研究〉，《諸葛亮與三國文化》（一），四川大學出版
社，2001 年 7 月。

1493* 張曉春：〈"法孝直若在……"小議〉，《諸葛亮與三國文化》（一），四
川大學出版社，2001 年 7 月。

1494* 張曉剛：〈明代名人與南陽臥龍崗〉，《諸葛亮與三國文化》（一），四川
大學出版社，2001 年 7 月。

1495* 張麗君：〈成都武侯祠園林的特色和保護發展〉，《諸葛亮與三國文化》
（一），四川大學出版社，2001 年 7 月。

1496* 梁中效：〈蜀道線上的諸葛亮文化〉，《諸葛亮與三國文化》（一），四川
大學出版社，2001 年 7 月。

1497* 梅錚錚：〈諸葛亮用人治國之道散論〉，《諸葛亮與三國文化》（一），四
川大學出版社，2001 年 7 月。

1498* 馮全生：〈諸葛亮聯話〉，《諸葛亮與三國文化》（一），四川大學出版社，
2001 年 7 月。

1499* 馮歲平：〈虛白道人及其《忠武侯祠墓志》〉，《諸葛亮與三國文化》
（一），四川大學出版社，2001 年 7 月。

1500* 楊榮新：〈試析諸葛亮不用魏延之計的原因〉，《諸葛亮與三國文化》
（一），四川大學出版社，2001 年 7 月。

1501* 賈利民：〈論諸葛亮開發祁山的歷史功績〉，《諸葛亮與三國文化》
（一），四川大學出版社，2001 年 7 月。

1502* 趙彬、向國富：〈木牛初探〉，《諸葛亮與三國文化》（一），四川大學出
版社，2001 年 7 月。

1503* 譚良嘯：〈毛澤東談論三國與諸葛亮〉，《諸葛亮與三國文化》（一），四
川大學出版社，2001 年 7 月。

1504* 張克名：〈運籌帷幄決勝千里之諸葛亮〉，《陸軍學術月刊》（37：433），
桃園：陸軍學術月刊社，2001 年 9 月，頁 77～87。

1505* 汪榮祖：〈出師未捷身先死的諸葛亮〉，《歷史月刊》（166），台北：歷

史智庫出版股份有限公司，2001 年 11 月，頁 26～29。

1506* 張作錦：〈聽辜振甫雲淡風輕談兩岸事務──眞孔明與假孔明〉，《遠見雜誌》（186），台北：天下遠見出版股份有限公司，2001 年 12 月，頁32～。

〔2002 年〕（11 種，佔 11／115＝9.6%）

1507* 沈伯俊：〈智慧忠貞萬古流芳：論諸葛亮形象〉，《西南師範大學學報》（28：3），2002 年，頁 151～154。

1508* 彭智、周仁德：〈試論諸葛亮形象類型化現象〉，《株洲師範高等專科學校學報》（7：1），2002 年，頁 33～36。

1509* 楊舒媚：〈府內三長宛如 3 個諸葛亮，余政憲差點進到總統府〉，《新新聞》（777），台北：新新聞文化事業股份有限公司，2002 年 1 月，頁29～。

1510* 莊姜：〈網路罪人羅貫中寫爛了孔明？──兼公佈孔明的「十大罪」〉，《國文天地》（17：8＝200），台北：國文天地雜誌社，2002 年 1 月，頁 103～106。

1511* Tillman, Hoyt Cleveland：〈史學與文化思想──司馬光對諸葛亮故事的重建〉，《中央研究院歷史語言研究所集刊》（73：1），台北：中央研究院歷史語言研究所，2002 年 3 月，頁 165～204。

1512* 李宗懋文、素琴譯：〈由諸葛亮的死因談中醫情志養生〉，《金色蓮花：佛學月刊》（112），台北：金色蓮花雜誌社，2002 年 4 月，頁 62～65。

1513* 林怡玲：〈明君忠臣的美麗遇合──談「三國演義」中的劉備與諸葛亮〉，《輔仁歷史學報》（2），高雄：高雄市立中正高級工業職業學校，2002 年 4 月，頁 79～91。

1514* 鄒紀萬：〈諸葛亮的家世、性格及其在隆中的社會關係〉，《輔仁歷史學報》（13），台北：輔仁出版社，2002 年 6 月，頁 1～31。

1515* 周次吉：〈「陰符經」研究〉，《朝陽學報》（7：1），台中：朝陽技術學院出版組，2002 年 6 月，頁 223～240。

1516* 吳迎春：〈台商二部曲──現代孔明 向世界借資源〉，《天下雜誌》（255），台北：天下雜誌股份有限公司，2002 年 7 月，頁 56～64。

1517* 黃富廷：〈試析諸葛孔明的成功智能〉，《資優教育》（167），台北：中華民國特殊教育學會，2002 年 9 月，頁 12～17。

〔2003 年〕（51 種，佔 51／115＝44.4%）

1518* 王力明：〈淺議諸葛亮文化〉，《論諸葛亮文化》，香港新世紀出版社，
　　　2003 年 1 月。

1519* 王宇華：〈諸葛亮文化“四性”與襄樊傳統人文資源開發〉，《論諸葛亮
　　　文化》，香港新世紀出版社，2003 年 1 月。

1520* 白亦奠：〈諸葛亮的品格〉，《論諸葛亮文化》，香港新世紀出版社，2003
　　　年 1 月。

1521* 白亦奠：〈諸葛亮與龐統〉，《論諸葛亮文化》，香港新世紀出版社，2003
　　　年 1 月。

1522* 朱鴻儒：〈諸葛亮散文的藝術特色〉，《論諸葛亮文化》，香港新世紀出
　　　版社，2003 年 1 月。

1523* 余鵬飛：〈“諸葛亮文化”內涵淺探〉，《論諸葛亮文化》，香港新世紀
　　　出版社，2003 年 1 月。

1524* 吳言：〈諸葛亮躬耕地環境的啓示〉，《論諸葛亮文化》，香港新世紀出
　　　版社，2003 年 1 月。

1525* 宋恒春：〈諸葛亮依法治蜀〉，《論諸葛亮文化》，香港新世紀出版社，
　　　2003 年 1 月。

1526* 李山：〈諸葛亮文化社會價值探微〉，《論諸葛亮文化》，香港新世紀出
　　　版社，2003 年 1 月。

1527* 李治和：〈諸葛亮──古代中國維護統一的啓明星〉，《論諸葛亮文化》，
　　　香港新世紀出版社，2003 年 1 月。

1528* 李留毅：〈諸葛亮文化對現代管理人才素質培養的啓示〉，《論諸葛亮文
　　　化》，香港新世紀出版社，2003 年 1 月。

1529* 杜漢華、余海鵬：〈由諸葛亮智慧的得失談襄樊諸葛亮景區的保護與開
　　　發〉，《論諸葛亮文化》，香港新世紀出版社，2003 年 1 月。

1530* 易新照：〈諸葛亮財政思想探析〉，《論諸葛亮文化》，香港新世紀出版
　　　社，2003 年 1 月。

1531* 東升明、安世文：〈諸葛亮文化十觀〉，《論諸葛亮文化》，香港新世紀
　　　出版社，2003 年 1 月。

1532* 胡聖文：〈諸葛亮的“道德風範”〉，《論諸葛亮文化》，香港新世紀出

版社，2003 年 1 月。

1533* 晉宏忠：〈研討會概述〉，《論諸葛亮文化》，香港新世紀出版社，2003
年 1 月。

1534* 晉宏忠：〈略論諸葛亮文化〉，《論諸葛亮文化》，香港新世紀出版社，
2003 年 1 月。

1535* 晉宏忠：〈諸葛氏及其後裔〉，《論諸葛亮文化》，香港新世紀出版社，
2003 年 1 月。

1536* 馬和、王肖曾：〈以大文化觀論諸葛亮文化與軍隊基層後勤管理人才的
培養〉，《論諸葛亮文化》，香港新世紀出版社，2003 年 1 月。

1537* 馬濤：〈汲取諸葛亮文化內涵，再創襄樊古城新輝煌〉，《論諸葛亮文
化》，香港新世紀出版社，2003 年 1 月。

1538* 高新偉：〈借荊州意義之我見〉，《論諸葛亮文化》，香港新世紀出版社，
2003 年 1 月。

1539* 張子強：〈在"諸葛亮文化內涵與現實意義"研討會上的總結講話〉，
《論諸葛亮文化》，香港新世紀出版社，2003 年 1 月。

1540* 張四龍：〈諸葛亮文化及現實意義芻議〉，《論諸葛亮文化》，香港新世
紀出版社，2003 年 1 月。

1541* 張兆斌、杜本文：〈諸葛亮的"修齊治平"及其現實意義〉，《論諸葛亮
文化》，香港新世紀出版社，2003 年 1 月。

1542* 張先禮：〈諸葛亮文化對襄樊經濟文化發展的作用〉，《論諸葛亮文化》，
香港新世紀出版社，2003 年 1 月。

1543* 張傳倫：〈學習諸葛亮精神　提高幹部道德水平〉，《論諸葛亮文化》，
香港新世紀出版社，2003 年 1 月。

1544* 張曉春：〈袁準所記"（孫）權能賢亮而不能盡亮"三論〉，《論諸葛亮
文化》，香港新世紀出版社，2003 年 1 月。

1545* 曹榮葆：〈我市舉辦諸葛亮文化節的"顯"和"潛"意義〉，《論諸葛亮
文化》，香港新世紀出版社，2003 年 1 月。

1546* 曹慶國：〈諸葛亮對統一中國的頑強追求〉，《論諸葛亮文化》，香港新
世紀出版社，2003 年 1 月。

1547* 陳民秀、王福良：〈由諸葛亮的經濟思想得到的啓示〉，《論諸葛亮文
化》，香港新世紀出版社，2003 年 1 月。

1548* 陳家駒：〈青年諸葛亮的求知之路〉，《論諸葛亮文化》，香港新世紀出版社，2003 年 1 月。

1549* 陳新劍：〈詩論《梁父吟》〉，《論諸葛亮文化》，香港新世紀出版社，2003 年 1 月。

1550* 陳鼎益：〈借諸葛亮文化智謀　興襄樊發展大計〉，《論諸葛亮文化》，香港新世紀出版社，2003 年 1 月。

1551* 陳學東：〈諸葛亮的成才環境〉，《論諸葛亮文化》，香港新世紀出版社，2003 年 1 月。

1552* 賀洪雨：〈《隆中對》戰略思想淺議〉，《論諸葛亮文化》，香港新世紀出版社，2003 年 1 月。

1553* 馮毓奎：〈充分利用傳統文化優勢，打造襄樊地方特色品牌〉，《論諸葛亮文化》，香港新世紀出版社，2003 年 1 月。

1554* 黃其洲：〈諸葛亮依法治國思想給今人的啓示〉，《論諸葛亮文化》，香港新世紀出版社，2003 年 1 月。

1555* 黃惠賢：〈龐德公及其親友〉，《論諸葛亮文化》，香港新世紀出版社，2003 年 1 月。

1556* 楊明睿：〈諸葛亮人文精神的幾點啓示〉，《論諸葛亮文化》，香港新世紀出版社，2003 年 1 月。

1557* 雷新生：〈諸葛亮文化內涵及現實意義淺談〉，《論諸葛亮文化》，香港新世紀出版社，2003 年 1 月。

1558* 趙成：〈隴右少數民族對諸葛亮北伐的影響〉，《論諸葛亮文化》，香港新世紀出版社，2003 年 1 月。

1559* 劉三元：〈諸葛亮對人才的選拔、任用〉，《論諸葛亮文化》，香港新世紀出版社，2003 年 1 月。

1560* 劉克勤：〈劉表未用諸葛亮之臆測〉，《論諸葛亮文化》，香港新世紀出版社，2003 年 1 月。

1561* 魏平柱：〈龐德公之隱與諸葛亮之隱〉，《論諸葛亮文化》，香港新世紀出版社，2003 年 1 月。

1562* 羅開玉：〈"諸葛亮文化"內涵之我見〉，《論諸葛亮文化》，香港新世紀出版社，2003 年 1 月。

1563* 嚴永淵：〈諸葛亮八陣圖淵源初探──兼議風景名勝區園林藝術設計與

史學研究的區別和聯繫〉,《論諸葛亮文化》,香港新世紀出版社,2003年1月。

1564* 傅裕惠、張懷文:〈預知 2003 東京、香港表演紀事——獅子王、天鵝、諸葛亮同遊東京〉,《表演藝術》(122),台北:國立中正文化中心,2003年2月,頁 18～19。

1565* 文上賢:〈簡述諸葛亮之兵法理論著作——「將苑」〉,《天下雜誌》(39:451),桃園:陸軍學術月刊社,2003年3月,頁 22～31。

1566* 吳宜洋:〈諸葛亮戰略思想對人生的啓示〉,《天下雜誌》(17),彰化:私立中州工商專科學校,2003年6月,頁 387～400。

1567* 吳怡靜譯:〈整合高階團隊拚績效——不只三個諸葛亮〉,《天下雜誌》(286),台北:天下雜誌股份有限公司,2003年11月1日,頁 172～174。

1568* 王志強:〈台股表現擁東風電子行情待孔明——短期傳產輪動長線大漲必須靠電子〉,《理財周刊》(167),台北:理財周刊股份有限公司,2003年11月,頁 86～87。

※「補編」

1569* 田旭中:〈論諸葛亮的修身〉,《諸葛亮研究文集》,漢中地區文教局內部發行,1985年3月。

1570* 成都武侯祠博物館赴山東考察組:〈諸葛亮故里考察記〉,《諸葛亮研究文集》,漢中地區文教局內部發行,1985年3月。

1571* 朱大有、劉興全:〈也談諸葛亮北伐——與陳克華同志商榷〉,《諸葛亮研究文集》,漢中地區文教局內部發行,1985年3月。

1572* 余鵬飛:〈諸葛亮經濟思想初探〉,《諸葛亮研究文集》,漢中地區文教局內部發行,1985年3月。

1573* 李之勤:〈諸葛亮北出五丈原取道城固小河口說質疑〉,《諸葛亮研究文集》,漢中地區文教局內部發行,1985年3月。

1574* 李星:〈外法而內儒的政治家——諸葛亮〉,《諸葛亮研究文集》,漢中地區文教局內部發行,1985年3月。

1575* 李恩來、賴甫躍:〈諸葛亮在漢中八年的主要活動〉,《諸葛亮研究文集》,漢中地區文教局內部發行,1985年3月。

1576* 馬德眞：〈略論諸葛亮著作的流傳與演變〉，《諸葛亮研究文集》，漢中地區文教局內部發行，1985 年 3 月。

1577* 康金裕：〈諸葛亮北伐對漢中的水利整治〉，《諸葛亮研究文集》，漢中地區文教局內部發行，1985 年 3 月。

1578* 張孝元：〈諸葛亮北伐與蜀漢經濟的發展〉，《諸葛亮研究文集》，漢中地區文教局內部發行，1985 年 3 月。

1579* 張思恩：〈諸葛亮的人才思想和用人實踐〉，《諸葛亮研究文集》，漢中地區文教局內部發行，1985 年 3 月。

1580* 郭榮章：〈諸葛亮攻祁山行兵路線芻議〉，《諸葛亮研究文集》，漢中地區文教局內部發行，1985 年 3 月。

1581* 陳顯遠：〈勉縣武侯祠"唐碑"考〉，《諸葛亮研究文集》，漢中地區文教局內部發行，1985 年 3 月。

1582* 楊伯明：〈新城郡的戰略地位與蜀漢北伐〉，《諸葛亮研究文集》，漢中地區文教局內部發行，1985 年 3 月。

1583* 楊偉立：〈劉備集團善處荊、益主客矛盾〉，《諸葛亮研究文集》，漢中地區文教局內部發行，1985 年 3 月。

1584* 楊福華：〈淺論諸葛亮"六出祁山"〉，《諸葛亮研究文集》，漢中地區文教局內部發行，1985 年 3 月。

1585* 臧振：〈諸葛亮在思想史上的地位〉，《諸葛亮研究文集》，漢中地區文教局內部發行，1985 年 3 月。

1586* 劉昌安：〈試論諸葛亮的文學成就〉，《諸葛亮研究文集》，漢中地區文教局內部發行，1985 年 3 月。

1587* 劉清河：〈淺說諸葛亮在民族心理中的地位〉，《諸葛亮研究文集》，漢中地區文教局內部發行，1985 年 3 月。

二、民國以來諸葛亮研究「專著」與「論文」目錄的分類比率圖表

專著目錄 339 種（西元 1919～2005 年）

種　類	數量 1	比率 1（數量 1／總量）	子　類	數量 2	比率 2（數量 2／數量 1）	比率 3（數量 2／總量）
1.文獻資料	41	12.1%	1-1.（一）年譜方志	6	14.6%	1.7%
			1-2.（二）詩文選集	28	68.3%	8.3%
			1-3.（三）資料彙編	7	17.1%	2.1%
2.各類專書	265	78.2%	2-1.（一）人物評傳	88	33.2%	26%
			2-2.（二）文物古蹟	23	8.7%	6.8%
			2-3.（三）故事演說	67	25.3%	19.8%
			2-4.（四）軍事謀略	45	17%	13.3%
			2-5.（五）相命術數	14	5.3%	4.1%
			2-6.（六）人生哲學	14	5.3%	4.1%
			2-7.（七）其　他	14	5.3%	4.1%
3.學位論文	9	2.7%				
4.期刊論文集	24	7.1%				

論文目錄 1568 種（西元 1922～2003 年）

種類	數量 1	比率 1（數量 1／總量）	年　　期	數量 2	比率 2（數量 2／年期總量）	比率 3（數量 2／數量 1）	比率 4（數量 2／總量）	年份	數量 3	比率 5（數量 3／年總量）	比率 6（數量 3／數量 2）	比率 7（數量 3／年期總量）	比率 8（數量 3／數量 1）
期刊論文	926	59.1%	1922～1940	10	90.9%	1.1%	0.6%	1922	1	100%	10%	9.1%	0.1%
								1930	1	100%	10%	9.1%	0.1%
								1932	1	100%	10%	9.1%	0.1%
								1933	2	100%	20%	18.2%	0.2%
								1934	1	100%	10%	9.1%	0.1%
								1935	1	100%	10%	9.1%	0.1%
								1937	1	100%	10%	9.1%	0.1%
								1939	1	50%	20%	18.2%	0.2%
								1940	1	100%	10%	9.1%	0.1%
			1941～1950	25	96.2%	2.7%	1.6%	1941	2	100%	8%	7.7%	0.2%
								1942	1	100%	4%	3.9%	0.1%
								1943	4	100%	16%	15.4%	0.4%
								1944	4	100%	16%	15.4%	0.4%
								1945	4	100%	16%	15.4%	0.4%
								1946	7	100%	28%	26.9%	0.8%
								1948	3	100%	12%	11.5%	0.3%

					年	件數				
1951~1960	23	60%	2.5%	1.5%	1952	1	50%	4.4%	2.6%	0.1%
					1953	1	100%	4.4%	2.6%	0.1%
					1954	5	100%	21.7%	12.8%	0.5%
					1955	2	100%	8.7%	5.1%	0.2%
					1956	2	66.7%	8.7%	5.1%	0.2%
					1957	7	63.6%	30.4%	18%	0.8%
					1958	2	22.2%	8.7%	5.1%	0.2%
					1959	1	50%	4.4%	2.6%	0.1%
					1960	2	50%	8.7%	5.1%	0.2%
1961~1970	25	47.2%	2.7%	1.6%	1961	3	30%	12%	5.7%	0.3%
					1962	3	25%	12%	5.7%	0.3%
					1963	2	50%	8%	3.8%	0.2%
					1964	4	80%	16%	7.6%	0.4%
					1965	5	71.4%	25%	9.4%	0.5%
					1966	2	66.7%	8%	3.8%	0.2%
					1967	1	20%	4%	1.9%	0.1%
					1968	2	66.7%	8%	3.8%	0.2%
					1969	2	66.7%	8%	3.8%	0.2%
					1970	1	100%	4%	1.9%	0.1%

年份	數量				
1971	1	16.7%	0.9%	0.6%	0.1%
1972	4	40%	3.5%	2.4%	0.4%
1973	3	75%	2.6%	1.8%	0.3%
1974	34	63%	29.6%	20.2%	3.7%
1975	21	77.8%	18.3%	12.5%	2.3%
1976	5	83.3%	4.4%	3%	0.5%
1977	5	100%	4.4%	3%	0.5%
1978	13	72.2%	11.3%	7.7%	1.4%
1979	12	85.7%	10.4%	7.1%	1.3%
1980	17	70.8%	14.8%	10.1%	1.8%
1981	50	94.3%	14.3%	9.7%	5.4%
1982	40	88.9%	11.5%	7.7%	4.3%
1983	48	64.9%	13.8%	9.3%	5.2%
1984	24	57.1%	6.9%	4.6%	2.6%
1985	31	38.8%	8.9%	6%	3.4%
1986	39	55.7%	11.2%	7.5%	4.2%
1987	35	92.1%	10%	6.8%	3.8%
1988	27	45.8%	7.7%	5.2%	2.9%
1989	23	100%	6.6%	4.5%	2.5%
1990	32	97%	9.2%	6.2%	3.5%

年份	數量			
1971~1980	115	68.5%	12.4%	7.3%
1981~1990	349	67.5%	37.7%	22.3%

年	數量				
1991	49	59%	14.5%	7.7%	5.3%
1992	24	44.5%	7.1%	3.8%	2.6%
1993	27	54%	8%	4.2%	2.9%
1994	40	60.6%	11.8%	6.3%	4.3%
1995	52	54.7%	15.3%	8.1%	5.6%
1996	29	93.6%	8.6%	4.5%	3.1%
1997	39	50%	11.5%	6.1%	4.2%
1998	26	33.3%	7.7%	4.1%	2.8%
1999	30	100%	8.9%	4.7%	3.2%
2000	23	31.1%	6.8%	3.6%	2.5%
2001	24	45.3%	60%	20.9%	2.6%
2002	11	100%	27.5%	9.6%	1.2%
2003	5	9.8%	12.5%	4.4%	0.5%
1939	1	50%	100%	9.1%	0.8%
1947	1	100%	100%	3.9%	0.8%
1952	1	50%	6.3%	2.6%	0.8%
1956	1	33.3%	6.3%	2.6%	0.8%
1957	4	36.4%	25%	10.3%	3%
1958	7	77.8%	43.8%	18%	5.3%

區間	數量			
1991~2000	339	53.1%	36.6%	21.6%
2001~2003	40	34.8%	4.3%	2.6%
1922~1940	1	9.1%	0.8%	0.06%
1941~1950	1	3.9%	0.8%	0.06%
1951~1960	16	41%	12%	1.02%
報紙刊文	133	8.5%		

年	數				
1959	1	50%	6.3%	2.6%	0.8%
1960	2	50%	25%	5.1%	1.5%
1961	7	70%	25%	13.2%	5.3%
1962	9	75%	32.1%	17%	6.8%
1963	2	50%	7.1%	3.8%	1.5%
1964	1	20%	3.8%	1.9%	0.8%
1965	2	28.6%	7.1%	3.8%	1.5%
1966	1	33.3%	3.8%	1.9%	0.8%
1967	4	80%	14.3%	7.6%	3%
1968	1	33.3%	3.8%	1.9%	0.8%
1969	1	33.3%	3.8%	1.9%	0.8%
1971	5	83.3%	9.4%	3%	3.8%
1972	6	60%	11.3%	3.6%	4.5%
1973	1	25%	1.9%	0.6%	0.8%
1974	20	37%	37.7%	11.9%	15%
1975	6	22.2%	11.3%	3.6%	4.5%
1976	1	16.7%	1.9%	0.6%	0.8%
1978	5	27.8%	9.4%	3%	3.8%
1979	2	14.3%	3.8%	1.2%	1.5%
1980	7	29.2%	13.2%	4.2%	5.3

期間	數			
1961～1970	28	52.8%	21.1%	1.79%
1971～1980	53	31.6%	39.9%	3.38%

年代	篇數	%	%	%	%
1981	3	5.7%	12%	0.6%	2.3%
1982	5	11.1%	20%	1%	3.8%
1983	7	9.5%	28%	1.4%	5.3%
1984	2	4.8%	8%	0.4%	1.5%
1985	3	3.8%	12%	0.6%	2.3%
1987	3	7.9%	12%	0.6%	2.3%
1988	1	1.7%	4%	0.2%	0.8%
1990	1	3%	4%	0.2%	0.8%
1991	2	2.4%	22.2%	0.3%	1.5%
1993	3	6%	33.3%	0.5%	2.3%
1994	1	1.5%	11.1%	0.2%	0.8%
1995	1	1.1%	11.1%	0.2%	0.8%
1996	2	6.5%	22.2%	0.3%	1.5%
1983	19	25.7%	13.3%	3.7%	3.7%

學術交流論集論文	年代	篇數	%	%	%
509 32.5%	1981～1990	25	4.8%	18.8%	1.59%
	1991～2000	9	1.4%	6.8%	0.57%
	2001～2003	0	0%	0%	
	1922～1940	0	0%	0%	
	1941～1950	0	0%	0%	
	1951～1960	0	0%	0%	
	1961～1970	0	0%	0%	
	1971～1980	0	0%	0%	
	1981～1990	143	27.7%	28.1%	9.1%

1984	16	38.1%	11.2%	3.1%	3.1%
1985	46	57.5%	32.2%	8.9%	9%
1986	31	44.3%	21.7%	6%	6.1%
1988	31	52.5%	21.7%	6%	6.1%
1991	32	38.6%	11%	5%	6.3%
1992	30	55.6%	10.3%	4.7%	5.9%
1993	20	40%	6.9%	3.1%	3.9%
1994	25	37.9%	8.6%	3.9%	4.9%
1995	42	44.2%	14.4%	6.6%	8.3%
1997	39	50%	13.4%	6.1%	7.7%
1998	52	40%	17.9%	8.1%	10.2%
2000	51	68.9%	17.5%	8%	10%
2001	29	54.7%	38.7%	25.2%	5.7%
2003	46	90.2%	61.3%	40%	9%
1991~2000	291	45.5%	57.2%	18.6%	
2001~2003	75	65.2%	14.7%	4.8%	

三、「諸葛亮研究會」所舉辦歷屆學術研討會一覽表

「諸葛亮研究會」所舉辦歷屆學術研討會一覽表

屆次	時間	地點	會議名稱	與會情況 代表數	與會情況 文／書量	出版集名	編者	載文量	諸葛亮論文量	出版年	出版社
1	1983.10	四川成都	首屆諸葛亮學術討論會	90～	50～	諸葛亮研究	成都市諸葛亮研究會	29	28	1985.10	巴蜀書社
2	1984.10	陝西漢中	諸葛亮研究會漢中聯會			諸葛亮研究文集	漢中地區文教局	22	19	1985.03	內部發行
3	1985.10	湖北襄樊	諸葛亮研究會襄樊聯會			諸葛亮研究新編	襄樊市諸葛亮研究會	31	31	1986.12	湖北人民
4	1987.09	山東臨沂	諸葛亮研究會臨沂聯會	60～	50～	諸葛亮研究三編	王汝濤／于聯凱／王瑞功	31	31	1988.11	山東文藝
5	1990.10	湖北襄樊				未出版論文集					
6	1992.10	四川成都	'92年成都諸葛亮研究會	50	32／6	諸葛亮與三國文化	譚良嘯	37	20	1993.09	成都
7	1993.10	浙江蘭溪	全國第七次諸葛亮學術研討會	140～	42／6	諸葛亮及其後裔研究	包瑞田	27	25	1994.08	新華
8	1994.10	山東沂南	全國第八次諸葛亮研討會	136	72	金秋陽都論諸葛	王汝濤／薛蜜東／陳王霞／李遵剛	46	42	1995.08	軍事

9	1996.09	甘肅天水	全國第九次諸葛亮研討會	140	67	羲皇故里論孔明	甘永福/左峰/徐日輝/鄒軒	48	39	1997.09	甘肅文化
10	1997.10	浙江蘭溪	全國第十次諸葛亮學術討論會	120~	74/4	十論武侯在蘭溪	包瑞田	56	52	1998.08	浙江大學
11	1998.10	湖北襄樊	全國第十一次諸葛亮學術研討會		74	諸葛亮成才之路	丁寶齋	57	51	2000.08	武漢大學
12	2000.09	四川成都	全國第十二屆諸葛亮學術研討會	130~	70~	諸葛亮與三國文化（一）	成都市諸葛亮研究會	49	29	2001.07	四川大學
13	2002.09	陝西漢中	全國第十三屆諸葛亮學術研討會	80~	60~	論諸葛亮文化	喬宏忠/劉克勤/王界敏	48	46	2003.01	新世紀

＊ 共舉辦 13 次諸葛亮學術研討會，出版 11 本論文集，累計 459 篇論文。其中，諸葛亮主題研究的論文有 394 篇，佔 394／459＝85.8%；394／509＝77.4%；394／1568＝25.1%。

＊ 第 2 屆漢中聯會所發行的論文集《諸葛亮研究文集》，為內部流通物，並未對外出版，故不計入累計文量。

四、諸葛亮主題研究的作者分類比率圖表

諸葛亮主題研究的「核心作者」（5篇以上）比率率圖表

作　者	篇　數	比率1（篇數/核心總量）	比率2（篇數/總量）	論　文　編　碼
譚良嘯	35 / 36 / 39	10.99%	2.49%	0338 / 0339 / 0395 / 0414 / 0437 / 0438 / 0439 / 0440 / 0441 / 0442 / 0464 / 0492 / 0493 / 0509 / 0540 / 0541 / 0579 / 0589 / 0590 / 0661 / 0691 / 0758 / 0893 / 0920 / 0971 / 0972 / 0973 / 1036 / 1037 / 1062 / 1110 / 1111 / 1158 / 1217 / 1267 / 1346 / 1374 / 1449 / 1503
李兆成	13	3.66%	0.83%	0306 / 0360 / 0450 / 0552 / 0568 / 0635 / 0738 / 1042 / 1308 / 1381 / 1409 / 1456 / 1484
丁寶齋	8 / 10 / 12	3.38%	0.77%	0700 / 0728 / 0784 / 0864 / 0952 / 0980 / 1038 / 1230 / 1295 / 1296 / 1350 / 1401
譚宏忠	11	3.10%	0.70%	0556 / 0641 / 0744 / 1141 / 1318 / 1422 / 1423 / 1489 / 1533 / 1534 / 1535
張曉剛	11	3.10%	0.70%	0781 / 0822 / 0826 / 0925 / 0929 / 0944 / 0991 / 1018 / 1052 / 1322 / 1494
王汝濤	10 / 11	3.10%	0.70%	0631 / 0662 / 0732 / 0733 / 0786 / 0865 / 1004 / 1039 / 1122 / 1403 / 1477
徐國平	9 / 10	2.82%	0.64%	0904 / 1049 / 1050 / 1139 / 1248 / 1314 / 1316 / 1317 / 1421 / 1487
余鵬飛	9	2.54%	0.57%	0448 / 0471 / 0496 / 0550 / 0634 / 0668 / 0762 / 1126 / 1523
李興斌	6 / 9	2.54%	0.57%	0792 / 0793 / 1012 / 1067 / 1081 / 1082 / 1083 / 1084 / 1130
張崇琛	6 / 9	2.54%	0.57%	0373 / 0747 / 1092 / 1093 / 1143 / 1319 / 1378 / 1388 / 1427
陳　學	8	2.25%	0.51%	0064 / 0065 / 0066 / 0067 / 0068 / 0069 / 0070 / 0072

吳潔生	7 / 8	2.25%	0.51%	0304 / 0403 / 0517 / 0566 / 0702 / 0737 / 0901 / 1168
黃賣賢	7 / 8	2.25%	0.51%	0460 / 0506 / 0560 / 0583 / 0655 / 0877 / 1471 / 1555
劉京華	7 / 8	2.25%	0.51%	0401 / 0430 / 0461 / 0586 / 0621 / 0658 / 0684 / 0994
王瑞功	7	1.97%	0.45%	0664 / 0734 / 0787 / 1072 / 1124 / 1287 / 1480
周達斌	7	1.97%	0.45%	0500 / 0554 / 0572 / 0637 / 0741 / 0987 / 1132
陳玉屏	7	1.97%	0.45%	0567 / 0611 / 0848 / 0881 / 0909 / 1020 / 1055
陳翔華	7	1.97%	0.45%	0283 / 0319 / 0320 / 0423 / 0772 / 1175 / 1432
李兆鈞	6 / 7	1.97%	0.45%	0703 / 0929 / 0933 / 0934 / 0958 / 1128 / 1242
張孝元	6 / 7	1.97%	0.45%	0457 / 0525 / 0558 / 0576 / 0645 / 0700 / 0728
黃曉暘	6 / 7	1.97%	0.45%	0773 / 0911 / 1025 / 1176 / 1285 / 1369 / 1468
馬 強	4 / 7	1.97%	0.45%	0602 / 0603 / 0618 / 0643 / 0679 / 1459 / 1490
王彥俊	6	1.69%	0.38%	0983 / 1123 / 1234 / 1299 / 1404 / 1478
朱大渭	6	1.69%	0.38%	0088 / 0277 / 0302 / 0303 / 0867 / 1187
張曉春	6	1.69%	0.38%	0990 / 1051 / 1252 / 1321 / 1493 / 1544
賀 游	6	1.69%	0.38%	0528 / 0581 / 0616 / 0653 / 1329 / 1434
楊德炳	6	1.69%	0.38%	0681 / 0852 / 0886 / 0913 / 0966 / 1178
徐日輝	5 / 6	1.69%	0.38%	0413 / 0706 / 1091 / 1206 / 1281 / 1376
郭榮章	5 / 6	1.69%	0.38%	0479 / 0504 / 0507 / 0526 / 0649 / 0750

張大可	4／6	1.69%	0.38%	0312／0476／0605／0708／0709／1386
白亦雙	5	1.41%	0.32%	0633／0736／1236／1520／1521
吳天畏	5	1.41%	0.32%	0401／0402／0449／0472／0595
李恩來	5	1.41%	0.32%	0467／0497／0553／0636／0740
祝秀俠	5	1.41%	0.32%	0030／0031／0118／0236／0389
陳 星	5	1.41%	0.32%	1049／1050／1316／1326／1431
劉隆有	5	1.41%	0.32%	0687／0722／0915／0916／0969
糕夢庵	5	1.41%	0.32%	0109／0115／0124／0148／0252
戴惠英	5	1.41%	0.32%	0435／0561／0586／1033／1266
余明俠	4／5	1.41%	0.32%	0828／0957／1009／1276／1306
肖 伍	4／5	1.41%	0.32%	0407／0408／0409／0452／0499
梅錚錚	4／5	1.41%	0.32%	0992／1019／1053／1361／1497
陳顯遠	4／5	1.41%	0.32%	0323／0324／0481／0505／0527
彭建平	4／5	1.41%	0.32%	0804／0810／1022／1148／1466
葉哲明	4／5	1.41%	0.32%	0267／0379／0380／0427／0483
繆 鉞	4／5	1.41%	0.32%	0085／0092／0469／0588／0892
李伯勛	3／5	1.41%	0.32%	1010／1078／1129／1277／1309
馮述芳	3／5	1.41%	0.32%	0602／0603／0618／0643／0679

※總計：有核心作者 47 人，共發表 355（315／318）篇，佔總發文量 22.6%。

諸葛亮主題研究的「一般作者」（2～4篇）比率圖表

4篇 作者	論文編碼	3篇 作者	論文編碼	3篇 作者	論文編碼	2篇 作者	論文編碼	2篇 作者	論文編碼	2篇 作者	論文編碼	2篇 作者	論文編碼	2篇 作者	論文編碼	2篇 作者	論文編碼
于聯凱	0396 / 0731 / 0815 / 1119	方國瑜	0106 / 0275 / 0354	馬植杰	0049 / 0052 / 0416	方北辰	0982 / 1475	吳鼎南	0023 / 0551	孫文青	0059 / 0873	陳定山	0098 / 0120	萬 繩	0136 / 0138	嚴永淵	1450 / 1563
王建中	0922 / 0928 / 0933 / 1128	水仲賢	0698 / 0727 / 0921	張仁鏡	0477 / 0524 / 0557	王 珍	0355 / 0923	李彩標	1310 / 1412	徐澄清	1282 / 1385	陳啓智	0716 / 0751	葛 壯	0624 / 0625	嚴衡山	0776 / 0777
王復忱	0447 / 0547 / 0548 / 0632	王文杰	1233 / 1298 / 1402	張四龍	1251 / 1426 / 1540	王中興	1121 / 1232	李殿元	0830 / 1079	海 潮	0368 / 0415	陳紹乾	0579 / 0589	賈愼之	1332 / 1439	嚴耀中	0862 / 0894
何白川	1041 / 1125 / 1239 / 1302	王本元	0470 / 0494 / 0545	張思恩	0053 / 0054 / 0677	王利器	0466 / 0563	杜本文	1413 / 1541	特 力	0042 / 0071	陳懷羲	1256 / 1328	趙 蘊	1101 / 1155	龔鵬九	0724 / 1112
李子偉	1199 / 1241 / 1307 / 1408	王曉眞	0788 / 0819 / 1403	張雲軒	0419 / 0458 / 0559	王志鈞	1113 / 1452	杜漢華	1414 / 1529	袁本清	1249 / 1418	陸雲龍	0058 / 0883	趙昆生	0721 / 1213		
南寧市鑄造廠等法家著作注釋小組	0208 / 0209 / 0210 / 0211	成都武侯祠文物管理所	0192 / 0231 / 0261	曹邦軍	0478 / 0748 / 1254	中文系二年級一班第三小組	0153 / 0154	周一良	0041 / 0161	馬大英	0369 / 0370	章映閣	0294 / 0344	趙運古	1165 / 1274		

姜開民 0638/0743/1246/1486	丘振聲 0515/0593/1007	陳可畏 0318/0374/0880	王炳仁 1273/1300	周燕謀 0117/0121	馬德真 0280/0523	傅克輝 0613/0651	劉名濤 0515/1007
范奇龍 0247/0279/0366/0574	安念海 0036/0099/0242	陳建亮 1056/1324/1325	王滿全 0546/0735	房日晰 0961/1359	高新偉 1460/1538	傅斯年 0013/0111	劉存祥 1370/1442
段克勤 0642/0842/0843/1016	田餘慶 0301/0356/0761	程有爲 0826/0910/0946	王德峰 1165/1274	林成西 0520/0573	崔春華 0172/0173	彭 年 0580/0652	劉江眞 1261/1334
常崇宜 0604/0644/0746/1425	白萬獻 0822/0926/0826	閔 宜 1098/1149/1330	包瑞田 1301/1405	林治平 0040/0044	張 強 0710/0767	惠全義 0326/0327	劉志剛 1102/1156
梁宗奎 0845/0846/1255/1428	何 瑋 0400/0549/0638	楊章立 0585/0752/1100	左湯泉 0984/1406	邱 文 0796/0837	張 揚 0685/0686	程忠元 0292/0348	劉春香 0949/1028
郭靖華 0317/0578/0647/1054	李 星 0406/0570/0959	經 離 0139/0140/0141	田旭中 0495/0564	金 石 0362/1203	張思俊 0256/0257	華 唐 1117/1160	劉家鈺 0685/0686
陶喻之 0717/1057/1058/1433	李則芬 0107/0340/0343	羅際善 1258/1333/1441	侯廷章 0243/0300	張國康 0838/0938	閔博超 0091/0281	關博超 0482/0617	劉家驤 0755/1157

黃樸民 1150/1286/1331/1436	李樂民 0936/1080/1243	歐德泉 0463/0508/1445	任崇岳 0824/0825	侯素柏 0501/1133	張華松 1144/1208	馮一下 0468/0582	劉海寧 0485/0535
楊鴻銘 0629/0630/0695/1114	孟明漢 0833/0834/0937	潘民中 0536/0950/1106	朱文民 0790/0827	厚 璞 0189/0190	梁中效 0315/1496	黃婉峰 0703/0934	劉耀輝 0622/1030
臧 振 0620/0657/0682/0753	施光明 0671/0705/0765	諸葛志 1031/1059/1339	朱紹侯 0868/0900	姚季農 0113/0126	梁玉文 0459/0571	黃劍華 0530/0584	衛聚賢 0020/0021
趙 炯 0754/0853/1154/1259	柳春藩 0048/0095/0639	諸葛城 1060/1340/1341	守野直禎 0592/0782	段振離 1189/1191	梁福義 0610/0712	楊 昊 0796/0837	諸葛子房 1265/1338
劉克勤 1262/1335/1443/1560	胡正軍 1044/1313/1417	魯才全 0660/0890/0997	朱維權 0399/1076	段新榮 1136/1312	盛巽昌 0801/0951	楊 柄 1026/1099	鄭紹康 1061/1345
劉鳴岡 0659/0757/1336/1444	唐士文 0797/0839/1137	學 之 0131/0132/0133	江應梁 0035/0060	胡汝明 1045/1314	莊 練 0134/0713	楊代欣 0851/1437	盧華語 0859/0860
諸君章 0032/0045/0386/0394	唐嘉弘 0941/1247/1280	魏平柱 1397/1448/1561	何季辰 1240/1304	唐天佑 1015/1046	許 輝 1210/1430	楊育峰 1257/1438	韓新明 0490/0539

作者姓名	論文編碼	作者姓名	論文編碼	作者姓名	論文編碼	作者姓名	論文編碼	作者姓名	論文編碼	作者姓名	論文編碼	作者姓名	論文編碼
黎　虎	0486 / 0808 / 0809 / 0891	夏日新	1308 / 1367 / 1420	何紅英	0985 / 1305	唐明邦	0167 / 0196	許蓉生	0646 / 0749	楊榮新	0964 / 1500	龐德謙	0918 / 0970
霍雨佳	0383 / 0488 / 0489 / 0690	徐湖彬	0798 / 0840 / 1140	何茲全	0594 / 0869	唐明禮	0766 / 0872	郭善勤	0648 / 1147	楊耀坤	0887 / 0967	龐懷靖	0436 / 0491
簡修煒	0624 / 0625 / 0810 / 0811	馬　曜	0171 / 0214 / 0215	吳春山	0135 / 0144	唐金裕	0575 / 0640	陳　偉	0803 / 0810	溫玉川	1081 / 1130	譚宗義	0105 / 0112

※4篇有23人（計有92篇）　　※3篇有43人（計有129篇）　　※2篇有119人（計有238篇）

※總計：有一般作者185人，共發表459篇論文，佔總發文量29.3%。

諸葛亮主題研究高被摘錄率的作者一覽表

人大複印資料轉載

作者姓名	性質	收錄量	能見量	論文編碼
楊德炳	核心	3	6	0681 / 0913 / 1178
吳潔生	核心	2	4	0304 / 0517

一文多刊

作者姓名	性質	發文量	能見量	論文編碼	作者姓名	性質	發文量	能見量	論文編碼
譚良嘯	核心	4	8	1062 / 1110 / 1111 / 1158 / 1217 / 1267 / 1374 / 1449	唐明邦	一般	1	2	0167 / 0196
馬　強	核心	3	6	0602 / 0603 / 0643 / 0679 / 1459 / 1490	唐明禮	一般	1	2	0766 / 0872

余明俠	核心	2	4	0828 / 1009	張崇琛	核心	3	6	1092 / 1143 1319 / 1378 1388 / 1427	唐嘉弘	一般	1	2	1247 / 1280
黎虎	一般	2	4	0486 / 0809	亞李興斌	核心	2	6	1012 / 1067 1082 / 1081 1083 / 1130	夏日新	一般	1	2	1360 / 1419
李伯勛	核心	1	2	1078	丁寶齋	核心	2	4	0952 / 0980 1350 / 1401	孫文青	一般	1	2	0059 / 0873
張大可	核心	1	2	0476	張大可	核心	2	4	0476 / 0709 0605 / 0708	徐澄清	一般	1	2	1282 / 1385
#張曉剛	核心	1	2	0822	李伯勛	核心	2	4	1078 / 1129 1277 / 1309	殷克勤	一般	1	2	0642 / 0843
葉哲明	核心	1	2	0427	※馮述芳	核心	2	4	0602 / 0603 0643 / 0679	特力	一般	1	2	0042 / 0071
#白萬獻	一般	1	2	0822	王汝濤	核心	1	2	1004 / 1039	馬曜	一般	1	2	0214 / 0215
※丘振聲	一般	1	2	0515	徐國平	核心	1	2	0904 / 1248	馬大英	一般	1	2	0369 / 0370
※劉名濤	一般	1	2	0515	吳潔生	核心	1	2	0517 / 0566	崔春華	一般	1	2	0172 / 0173
王曉真	一般	1	2	0788	黃惠賢	核心	1	2	1471 / 1555	常崇宜	一般	1	2	0604 / 0644
田餘慶	一般	1	2	0761	劉京華	核心	1	2	0621 / 0658	張強	一般	1	2	0710 / 0767
朱維權	一般	1	2	1076	#李兆鈞	核心	1	2	0703 / 0934	張仁鏡	一般	1	2	0477 / 0524
房日晰	一般	1	2	0961	張孝元	核心	1	2	0457 / 0576	張思恩	一般	1	2	0053 / 0054

姓名	編號		分類	
梁中效	0315	2	一般	1
程有為	0910	2	一般	1
◎于朝貴	0759	2	客串	1
◎曹普	0759	2	客串	1
山石	0445	2	客串	1
方詩銘	1195	2	客串	1
王延武	1006	2	客串	1
王枝忠	0760	2	客串	1
⊕馬宇輝	1284	2	客串	1
⊕陳洪	1284	2	客串	1
李洋	0829	2	客串	1
李之勤	0518	2	客串	1
張贏虎	0421	2	客串	1
許峰	0847	2	客串	1
雷勇	1393	2	客串	1
寧超	0333	2	客串	1

姓名	分類			編號
黃曉陽	核心	1	2	0773 / 1369
徐日輝	核心	1	2	1281 / 1376
郭榮章	核心	1	2	0479 / 0526
余明俠	核心	1	2	1276 / 1306
肖伍	核心	1	2	0407 / 0452
方詩銘	核心	1	2	0481 / 0527
彭建平	核心	1	2	1022 / 1148
葉哲明	核心	1	2	0267 / 0427
梅錚錚	核心	1	2	1019 / 1053
繆鉞	核心	1	2	0469 / 0588
臧振	一般	2	4	0620 / 0657 0682 / 0753
◎簡修煒	一般	2	4	0624 / 0625 0810 / 0811
史念海	一般	1	3	0036 / 0099 0242
孟明漢	一般	1	3	0833 / 0834 0937
方北辰	一般	1	2	0982 / 1475
方國瑜	一般	1	2	0106 / 0275

姓名	分類			編號
張華松	一般	1	2	1144 / 1208
張雲軒	一般	1	2	0419 / 0458
梁中效	一般	1	2	0315 / 1496
許輝	一般	1	2	1210 / 1430
陳啟智	一般	1	2	0716 / 0751
陸雲龍	一般	1	2	0058 / 0883
陶喻之	一般	1	2	0717 / 1058
傅克輝	一般	1	2	0613 / 0651
程有為	一般	1	2	0910 / 0946
程忠元	一般	1	2	0292 / 0348
閔宜	一般	1	2	1098 / 1149
#黃婉峰	一般	1	2	0703 / 0934
黃劍華	一般	1	2	0530 / 0584
楊耀坤	一般	1	2	0887 / 0967
⊕溫玉川	一般	1	2	1081 / 1130
◎葛壯	一般	1	2	0624 / 0625

漆澤邦	客串	1	2	0285	王利器	一般	1	2	0466 / 0563	趙　蘊	一般	1	2	1101 / 1155
趙山林	客串	1	2	1394	王炳仁	一般	1	2	1273 / 1300	□趙運古	一般	1	2	1165 / 1274
趙慶元	客串	1	2	0251	□王德峰	一般	1	2	1165 / 1274	※劉名濤	一般	1	2	0515 / 1007
鄭　苑	客串	1	2	0856	※丘振聲	一般	1	2	0515 / 1007	劉存祥	一般	1	2	1370 / 1442
羅秉英	客串	1	2	0336	左湯泉	一般	1	2	0984 / 1406	劉志剛	一般	1	2	1102 / 1156
羅榮泉	客串	1	2	0723	江應梁	一般	1	2	0035 / 0060	黎　虎	一般	1	2	0809 / 0891
					吳春山	一般	1	2	0135 / 0144	韓新明	一般	1	2	0490 / 0539
					林成西	一般	1	2	0520 / 0573	龐德謙	一般	1	2	0918 / 0970
					范奇龍	一般	1	2	0279 / 0366	譚宗義	一般	1	2	0105 / 0112
					唐天佑	一般	1	2	1015 / 1046					

※計 37 人，核心作者 7 人，一般作者 10 人，客串作者 20 人，收錄 38 篇，能見量 76。

※計 81 人，核心作者 25 人，一般作者 56 人，共發文 89 篇，能見量 128。

※單篇合撰者名字前以相同符號標示作記，以為辨識，並不累記編篇數與能見量；共計有 9 人同見於上列二種不同的統計中，故將姓名以網底作記。

五、諸葛亮主題研究的中文核心報刊與論集一覽表

諸葛亮主題研究的中文核心報刊一覽表

排名	性質	地位	刊　名	累計載文量	作者人數	重　點　作　者	論　文　編　碼
1	學報	主	成都大學學報	37	26	黃曉陽 6 篇／李伯勛 3 篇／守野直禎 2 篇／徐淑彬 2 篇／馬強 2 篇／劉耀輝 2 篇	0315／0592／0595／0598／0599／0604／0608／0609／0614／0616／0621／0622／0662／0679／0701／0716／0775／0782／0798／0803／0840／0843／0911／0969／1010／1025／1030／1078／1079／1176／1207／1277／1285／1369／1370／1459／1468
2	學報	主	臨沂師專學報	19	17	王汝濤 2 篇／王曉員 2 篇／唐士文 2 篇／許峰 2 篇	0786／0787／0788／0790／0797／0815／0819／0827／0839／0841／0845／0847／0853／1004／1015／1017／1034／1175／1363
3	學報	主	漢中師院學報	12 / 16	13	4 篇重複，應爲紀年錯誤所致。	0477／0479／0481／0490／0524／0526／0527／0539／0618／0706／0959／1016／1198／1211／1355／1393
4	期刊	主	社會科學研究	13	12	譚良嘯 4 篇	0280／0405／0423／0493／1019／1022／1033／1036／1037／1094／1097／1104／1110
5	期刊	主	史學月刊	12	15		0051／0052／0277／0355／0669／0822／0850／0857／0860／1080／1101／1354
6	期刊	主	甘肅社會科學	11	7	吳潔生 3 篇／楊柄 2 篇／譚良嘯 2 篇	0441／0517／0530／0541／0605／0615／0702／0715／0901／1026／1099
6	期刊	主	地名知識	11	11		0318／0373／0402／0408／0410／0424／0426／0430／0433／0435／0437

						備註	編號
6	期刊	主	歷史知識	11	9	譚良嘯 3 篇	0367 / 0396 / 0428 / 0429 / 0439 / 0478 / 0480 / 0492 / 0531 / 0536 / 0540
9	報紙	主	中國時報	10	3	陳學 8 篇	0064 / 0065 / 0066 / 0067 / 0068 / 0069 / 0070 / 0072 / 0098 / 0101
9	報紙	主	光明日報	10	11		0058 / 0059 / 0076 / 0079 / 0091 / 0094 / 0203 / 0273 / 0296
9	報紙	主	成都晚報	10	8	繆鉞 3 篇	0078 / 0085 / 0092 / 0097 / 0102 / 0104 / 0466 / 0467 / 0468 / 0469
12	期刊	次	中國史研究動態	9	9	馬強、馮流芳 2 篇	0602 / 0603 / 0785 / 0789 / 0802 / 0861 / 1012 / 1167 / 1367
12	期刊	次	天府新論	9	5	譚良嘯 5 篇	0920 / 0964 / 0971 / 0972 / 1169 / 1217 / 1374 / 1466
12	報紙	次	臺灣新生報	9	4	學之 3 篇 / 經離 3 篇 / 萬綸 2 篇	0130 / 0131 / 0132 / 0133 / 0136 / 0138 / 0139 / 0140 / 0141
15	報紙	次	中央日報	8	8		0034 / 0075 / 0113 / 0114 / 0119 / 0253 / 0254 / 0272
15	報紙	次	成都日報	8	6	張思俊 2 篇 / 葦映閣 2 篇	0050 / 0195 / 0256 / 0257 / 0289 / 0293 / 0294 / 0344
15	學報	次	武漢大學學報	8	6	楊德炳 3 篇	0167 / 0168 / 0681 / 0912 / 0913 / 0965 / 1178 / 1471
15	期刊	次	旅遊天府	8	8	海潮 2 篇	0335 / 0357 / 0364 / 0368 / 0397 / 0401 / 0415 / 0516
15	期刊	次	貴州文史叢刊	8	8		0519 / 0687 / 0723 / 0764 / 0778 / 1035 / 1199 / 1365
20	報紙	次	人民日報	7	8		0258 / 0393 / 0395 / 0814 / 0895 / 0976 / 1187
20	期刊	次	四川文物	7	8		0513 / 0525 / 0528 / 0684 / 1032 / 1108 / 1456
20	期刊	次	旅遊	7	6	惠全義 2 篇	0326 / 0327 / 0329 / 0334 / 0337 / 0409 / 0417

編號	類別	次	刊物名稱			作者篇數	編號
20	期刊	次	商業周刊	7	7		1362／1379／1398／1451／1452／1458／1474
20	期刊	次	歷史月刊	7	6	王榮祖2篇	0713／0979／1113／1185／1348／1454／1505
25	期刊	次	中華文化論壇	6	6		1100／1111／1289／1361／1381／1469
25	期刊	次	文史知識	6	7		0352／0363／0432／0594／0602／0808
25	期刊	次	文物	6	7	成都武侯祠文物保管所2篇	0231／0232／0233／0261／0414／0425
25	學報	次	北京師大學報	6	6		0087／0164／0169／0800／0809／0859
25	期刊	次	國文天地	6	6		0591／0779／1228／1271／1378／1510
25	學報	次	許昌師專學報	6	6		0900／1028／1069／1087／1088／1106
25	期刊	次	諸葛亮亮新論	6	5	祝秀俠2篇	0027／0028／0029／0030／0031／0032
25	學報	次	寶雞師院學報	6	4	梁福義2篇／龐德謙2篇	0610／0620／0671／0712／0918／0970
33	期刊	次	孔孟月刊	5	2	楊鴻銘4篇	0392／0629／0630／0695／1114
33	期刊	次	文化與生活	5	5		0317／0398／0406／0407／0419
33	報紙	次	文匯報	5	5		0090／0290／0444／0510／1067
33	學報	次	四川大學學報	5	6		0178／0179／0206／0219／0338
33	學報	次	四川師院學報	5	5		0247／0248／0313／0314／1027
33	期刊	次	江漢論壇	5	5		0286／0312／0783／1360／1387
33	報紙	次	自由報	5	4	周燕謀2篇	0039／0117／0121／0122／0124
33	期刊	次	東方雜誌	5	4	蔣君章2篇	0022／0340／0386／0394／0627

33	期刊	次	南部學壇	5		0765／0838／0910／1018／1068
33	學報	次	海南大學學報	5	霍雨佳 3篇	0488／0489／0688／0690／0829
33	報紙	次	湖北日報	5		0194／0200／0201／0347／1000
33	學報	次	臺州師專學報	5	葉哲明 4篇	0288／0379／0380／0427／0483
33	期刊	次	學術月刊	5	盛巽昌 2篇	0304／0801／0951／1195／1214

＊總計：11種主核心報刊（10篇以上，160篇，132參與人次）、34種次核心報刊（5～9篇，191參與人次），共有45種核心報刊，包括學報11種（118篇，94參與人次）、報紙10種（77篇，62參與人次）、期刊24種（180篇，167參與人次），刊載375篇論文，佔總發文量1568篇的23.92%。有323參與人次，含35位重點作者（同刊物發文2篇以上），累積有103篇刊文，佔總刊文量375篇的27.47%。其中，以譚良嘯4處重點作者（14篇），馬強2處重點作者（4篇），參與度相對較高且廣。

諸葛亮主題研究的中文核心論集一覽表

排名	諸葛亮研究會屆次	集名	載文量	作者人數	重點作者	論文編碼
1	10	十論武侯在蘭溪	52	53	徐國平3篇／丁寶齋2篇／陳建亮2篇／陳星2篇／諸葛城2篇	1295～1346
2	11	諸葛亮成才之路	51	53	夏日新2篇／晉宏忠2篇／朱鴻篇2篇	1400～1450
3	13	論諸葛亮文化	46	48	晉宏忠3篇／白亦變2篇	1518～1563
4	8	金秋陽都論諸葛	42	47		1118～1159
5	9	羲皇故里論孔明	39	39		1229～1267
6		諸葛亮躬耕地望論文集	32	33		0863～0894
7	3	諸葛亮研究新編	31	33		0631～0661

序		書名			重點作者	編號
7	4	諸葛亮研究三編	31	31	王汝濤 2 篇	0728～0758
9		諸葛亮躬耕地新考	30	33	李兆鈞 3 篇／張曉剛 3 篇／王建中 2 篇	0921～0950
10	12	諸葛亮與三國文化（一）	29	30		1475～1503
11	1	諸葛亮研究	28	33	譚良嘯 3 篇(陳紹乾 2 篇)	0563～0590
12	7	諸葛亮及其後裔研究	25	27	徐國平、陳星 2 篇／陶喻之 2 篇	1038～1062
13	6	諸葛亮與三國文化	20	22		0980～0999
14		諸葛亮與三國（1）	19	18	范吉升 2 篇	0446～0464
15		諸葛亮與三國（3）	18	18	王復忱 2 篇	0545～0562
16		諸葛亮與三國（2）	16	15	郭榮章 2 篇	0494～0509

＊總計：16 種核心論集，共收入諸葛亮主題研究論文 509 篇，佔總發文量 1568 篇的 32.46%。有 533 參與人次，含 19 位重點作者，累積有 44 篇收文，佔總載文量 509 篇的 8.64%。其中，以晉宏忠（5 篇）、陳星（4 篇）各 2 處重點作者，參與度較高。

＊16 種核心論集計 509 篇論文中，作者個人累積載文量，依次為 譚良嘯 14／晉宏忠 9／李兆鈞 11／徐國平 9／王汝濤 8／丁寶齋 7／黃惠賢 7／周達斌 7／張曉剛 7／余鵬飛 7／王彥俊 6／張孝元 6／白亦亲 5／陳星 5。此 15 人皆為核心作者，尤以譚良嘯參與度最高。

六、諸葛亮主題研究的論題分布篇目索引

◎「蘊生階段──宇宙」
（外在的蘊生場域，即溫床──大、小場域）（174篇）

※家世背景（174篇）

* 1970年前（6篇）

0027 / 0055 / 0058 / 0059 / 0066 / 0068

* 1971～1980年（3篇）

0140 / 0141 / 0293

* 1981～1985年（16篇）

0299 / 0316 / 0362 / 0373 / 0381 / 0433 / 0457 / 0461 / 0506 / 0513 /
0525 / 0549 / 0551 / 0558 / 0572 / 0576

* 1986～1990年（18篇）

0627 / 0634 / 0638 / 0645 / 0648 / 0662 / 0703 / 0732 / 0739 / 0755 /
0766 / 0789 / 0790 / 0798 / 0799 / 0800 / 0808 / 0809

* 1991～1995年（81篇）

0822 / 0824 / 0833 / 0834 / 0838 / 0848 / 0850 / 0853 / 0858 / 0863 /
0864 / 0865 / 0866 / 0867 / 0868 / 0869 / 0870 / 0871 / 0872 / 0873 /
0874 / 0875 / 0876 / 0877 / 0878 / 0879 / 0880 / 0881 / 0882 / 0883 /
0884 / 0885 / 0886 / 0887 / 0888 / 0889 / 0890 / 0891 / 0892 / 0893 /
0894 / 0897 / 0904 / 0910 / 0912 / 0917 / 0921 / 0923 / 0925 / 0926 /
0928 / 0930 / 0932 / 0933 / 0934 / 0937 / 0938 / 0942 / 0943 / 0944 /
0946 / 0948 / 0949 / 0950 / 0956 / 0965 / 0967 / 0999 / 1045 / 1047 /
1050 / 1059 / 1060 / 1080 / 1101 / 1124 / 1127 / 1135 / 1140 / 1155 /
1157

* 1996～2000年（40篇）

1165 / 1169 / 1177 / 1187 / 1227 / 1229 / 1239 / 1242 / 1247 / 1248 /
1252 / 1274 / 1280 / 1291 / 1313 / 1315 / 1320 / 1321 / 1322 / 1339 /
1340 / 1350 / 1363 / 1370 / 1388 / 1401 / 1403 / 1407 / 1408 / 1418 /
1420 / 1422 / 1427 / 1431 / 1435 / 1437 / 1441 / 1442 / 1443 / 1444

* 2001～2003 年（10 篇）

1471 / 1477 / 1480 / 1514 / 1524 / 1535 / 1548 / 1551 / 1555 / 1560

◎「養成階段──作者」
（內在蘊成的質性──思想、情感與志向）（180 篇）

※思想情志（180 篇）

* 1970 年前（7 篇）

0019 / 0029 / 0033 / 0034 / 0109 / 0111 / 0127

* 1971～1980 年（34 篇）

0137 / 0142 / 0145 / 0147 / 0152 / 0156 / 0161 / 0162 / 0170 / 0172 /
0173 / 0174 / 0184 / 0187 / 0188 / 0189 / 0191 / 0192 / 0195 / 0199 /
0202 / 0213 / 0218 / 0219 / 0223 / 0225 / 0226 / 0235 / 0243 / 0250 /
0252 / 0259 / 0269 / 0277

* 1981～1985 年（18 篇）

0322 / 0369 / 0396 / 0400 / 0446 / 0466 / 0470 / 0487 / 0519 / 0521 /
0533 / 0547 / 0555 / 0563 / 0565 / 0567 / 0575 / 0584

* 1986～1990 年（30 篇）

0599 / 0600 / 0607 / 0632 / 0637 / 0641 / 0663 / 0665 / 0668 / 0675 /
0677 / 0683 / 0685 / 0686 / 0690 / 0692 / 0696 / 0715 / 0733 / 0742 /
0743 / 0754 / 0765 / 0768 / 0787 / 0791 / 0797 / 0805 / 0812 / 0813

* 1991～1995 年（45 篇）

0815 / 0821 / 0827 / 0828 / 0830 / 0841 / 0918 / 0920 / 0935 / 0945 /
0957 / 0970 / 0974 / 0981 / 0990 / 1005 / 1009 / 1013 / 1014 / 1015 /
1028 / 1029 / 1036 / 1046 / 1075 / 1079 / 1092 / 1093 / 1098 / 1102 /
1104 / 1109 / 1116 / 1125 / 1128 / 1131 / 1134 / 1138 / 1142 / 1143 /
1149 / 1152 / 1156 / 1159 / 1161

* 1996～2000 年（40 篇）

1168 / 1199 / 1201 / 1211 / 1212 / 1218 / 1221 / 1238 / 1240 / 1241 /
1243 / 1244 / 1249 / 1251 / 1260 / 1263 / 1273 / 1276 / 1278 / 1279 /
1286 / 1287 / 1299 / 1300 / 1301 / 1304 / 1306 / 1307 / 1327 / 1328 /

1331 / 1358 / 1366 / 1387 / 1404 / 1410 / 1426 / 1428 / 1433 / 1448
* 2001～2003 年（6 篇）
1491 / 1530 / 1546 / 1547 / 1549 / 1561

◎「實踐階段──作者→作品」
（治蜀表現的具體內容：政治、外交、人事、經濟、民族、軍事）（413 篇）

※政治作為（劉、葛關係 46 篇）（100 篇）
* 1970 年前（4 篇）
0007 / 0043 / 0065 / 0079
* 1971～1980 年（14 篇）
0131 / 0132 / 0133 / 0135 / 0139 / 0144 / 0228 / 0267 / 0276 / 0280 /
0284 / 0295 / 0296 / 0297
* 1981～1985 年（21 篇）
0303 / 0305 / 0312 / 0314 / 0353 / 0382 / 0388 / 0394 / 0397 / 0419 /
0427 / 0429 / 0439 / 0458 / 0507 / 0514 / 0543 / 0545 / 0550 / 0552 /
0574
* 1986～1990 年（20 篇）
0598 / 0614 / 0616 / 0635 / 0653 / 0660 / 0666 / 0680 / 0691 / 0694 /
0700 / 0714 / 0727 / 0728 / 0740 / 0744 / 0758 / 0769 / 0781 / 0788
* 1991～1995 年（26 篇）
0818 / 0820 / 0831 / 0835 / 0837 / 0851 / 0919 / 0929 / 0951 / 0966 /
0968 / 0986 / 1001 / 1017 / 1024 / 1032 / 1038 / 1042 / 1056 / 1085 /
1094 / 1107 / 1108 / 1122 / 1133 / 1153
* 1996～2000 年（11 篇）
1166 / 1176 / 1180 / 1196 / 1275 / 1283 / 1311 / 1351 / 1365 / 1419 /
1429
* 2001～2003 年（4 篇）
1470 / 1481 / 1493 / 1525

※外交運作（6篇）

* 1970 年前（1篇）

0037

* 1981～1985 年（1篇）

0380

* 1986～1990 年（2篇）

0659 / 0704

* 1996～2000 年（2篇）

1231 / 1389

※人事關係（80篇）

* 1970 年前（7篇）

0026 / 0032 / 0042 / 0045 / 0057 / 0071 / 0123

* 1971～1980 年（2篇）

0207 / 0220

* 1981～1985 年（26篇）

0301 / 0302 / 0328 / 0332 / 0342 / 0352 / 0361 / 0365 / 0368 / 0371 / 0383 / 0403 / 0418 / 0467 / 0477 / 0478 / 0488 / 0497 / 0505 / 0510 / 0524 / 0528 / 0530 / 0536 / 0557 / 0590

* 1986～1990 年（15篇）

0608 / 0609 / 0615 / 0636 / 0646 / 0661 / 0672 / 0674 / 0678 / 0687 / 0693 / 0771 / 0773 / 0793 / 0807

* 1991～1995 年（13篇）

0846 / 0854 / 0855 / 0961 / 1020 / 1023 / 1040 / 1054 / 1070 / 1071 / 1074 / 1105 / 1136

* 1996～2000 年（12篇）

1197 / 1215 / 1255 / 1259 / 1282 / 1308 / 1369 / 1373 / 1381 / 1384 / 1385 / 1409

* 2001～2003 年（5篇）

1460 / 1467 / 1497 / 1500 / 1559

※經濟措施（21篇）

  * 1970 年前（2篇）
  0063 / 0092

  * 1971～1980 年（4篇）
  0158 / 0179 / 0230 / 0240

  * 1981～1985 年（6篇）
  0355 / 0357 / 0370 / 0468 / 0568 / 0582

  * 1986～1990 年（2篇）
  0652 / 0697

  * 1996～2000 年（5篇）
  1305 / 1383 / 1390 / 1396 / 1399

  * 2001～2003 年（2篇）
  1478 / 1501

※民族策略（76篇）

  * 1970 年前（17篇）
  0001 / 0006 / 0012 / 0018 / 0020 / 0021 / 0022 / 0035 / 0048 / 0053 /
  0054 / 0060 / 0061 / 0094 / 0105 / 0106 / 0112

  * 1971～1980 年（10篇）
  0134 / 0166 / 0171 / 0176 / 0204 / 0214 / 0215 / 0231 / 0237 / 0275

  * 1981～1985 年（15篇）
  0306 / 0333 / 0345 / 0354 / 0434 / 0449 / 0465 / 0485 / 0486 / 0490 /
  0496 / 0498 / 0535 / 0539 / 0540

  * 1986～1990 年（16篇）
  0596 / 0597 / 0619 / 0626 / 0656 / 0667 / 0669 / 0688 / 0689 / 0705 /
  0707 / 0711 / 0723 / 0748 / 0764 / 0794

  * 1991～1995 年（12篇）
  0902 / 0911 / 0927 / 0931 / 0979 / 0985 / 0988 / 1030 / 1095 / 1096 /
  1112 / 1123

* 1996～2000 年（4 篇）

1203 / 1281 / 1376 / 1382

* 2001～2003 年（2 篇）

1469 / 1558

※軍事戰略（130 篇）

* 1970 年前（11 篇）

0002 / 0017 / 0036 / 0047 / 0087 / 0095 / 0098 / 0099 / 0107 / 0108 /
0116

* 1971～1980 年（9 篇）

0136 / 0155 / 0206 / 0217 / 0242 / 0262 / 0265 / 0268 / 0292

* 1981～1985 年（32 篇）

0311 / 0348 / 0351 / 0359 / 0372 / 0374 / 0375 / 0378 / 0386 / 0443 /
0447 / 0462 / 0473 / 0476 / 0480 / 0483 / 0494 / 0504 / 0508 / 0518 /
0520 / 0522 / 0531 / 0537 / 0538 / 0541 / 0546 / 0556 / 0573 / 0578 /
0580 / 0585

* 1986～1990 年（17 篇）

0610 / 0612 / 0620 / 0623 / 0624 / 0625 / 0639 / 0640 / 0642 / 0657 /
0671 / 0702 / 0706 / 0709 / 0736 / 0749 / 0778

* 1991～1995 年（29 篇）

0823 / 0840 / 0859 / 0860 / 0898 / 0900 / 0903 / 0905 / 0906 / 0909 /
0913 / 0916 / 0936 / 0954 / 0955 / 0959 / 0964 / 0972 / 0995 / 1010 /
1016 / 1025 / 1069 / 1081 / 1083 / 1084 / 1126 / 1130 / 1144

* 1996～2000 年（23 篇）

1183 / 1188 / 1198 / 1208 / 1213 / 1214 / 1224 / 1232 / 1234 / 1237 /
1246 / 1258 / 1289 / 1290 / 1298 / 1333 / 1334 / 1335 / 1356 / 1380 /
1391 / 1411 / 1445

* 2001～2003 年（9 篇）

1455 / 1459 / 1476 / 1482 / 1488 / 1489 / 1490 / 1538 / 1565

◎「完成階段──作者完成作品→讀者批評作者與作品」（485篇）

※人物評論（162篇）

　＊1970年前（39篇）

　　0005 / 0008 / 0011 / 0024 / 0025 / 0028 / 0030 / 0031 / 0039 / 0040 /
　　0041 / 0044 / 0049 / 0052 / 0056 / 0062 / 0064 / 0067 / 0070 / 0073 /
　　0074 / 0075 / 0084 / 0085 / 0090 / 0093 / 0096 / 0100 / 0104 / 0110 /
　　0113 / 0118 / 0119 / 0121 / 0122 / 0125 / 0126 / 0128

　＊1971～1980年（24篇）

　　0143 / 0146 / 0149 / 0157 / 0160 / 0167 / 0169 / 0177 / 0180 / 0181 /
　　0182 / 0186 / 0193 / 0196 / 0198 / 0200 / 0224 / 0234 / 0236 / 0238 /
　　0239 / 0255 / 0285 / 0287

　＊1981～1985年（27篇）

　　0298 / 0304 / 0308 / 0313 / 0321 / 0325 / 0331 / 0336 / 0340 / 0343 /
　　0349 / 0379 / 0384 / 0387 / 0389 / 0390 / 0391 / 0411 / 0420 / 0445 /
　　0469 / 0482 / 0512 / 0534 / 0581 / 0586 / 0588

　＊1986～1990年（21篇）

　　0592 / 0594 / 0601 / 0605 / 0621 / 0631 / 0658 / 0673 / 0682 / 0708 /
　　0713 / 0719 / / 0722 / 0724 / 0734 / 0746 / 0752 / 0753 / 0776 / 0777 /
　　0782

　＊1991～1995年（17篇）

　　0915 / 0975 / 0994 / 1062 / 1063 / 1077 / 1086 / 1088 / 1089 / 1090 /
　　1099 / 1110 / 1117 / 1121 / 1137 / 1147 / 1154

　＊1996～2000年（25篇）

　　1172 / 1181 / 1182 / 1186 / 1194 / 1200 / 1205 / 1207 / 1209 / 1210 /
　　1216 / 1235 / 1256 / 1269 / 1292 / 1294 / 1310 / 1325 / 1336 / 1347 /
　　1355 / 1372 / 1375 / 1400 / 1430

　＊2001～2003年（9篇）

　　1454 / 1486 / 1498 / 1503 / 1504 / 1505 / 1521 / 1527 / 1544

※文物遺蹟（152 篇）

* 1970 年前（10 篇）

0009 / 0010 / 0023 / 0050 / 0072 / 0078 / 0091 / 0097 / 0101 / 0102

* 1971～1980 年（10 篇）

0148 / 0185 / 0232 / 0233 / 0256 / 0257 / 0261 / 0281 / 0289 / 0294

* 1981～1985 年（72 篇）

0307 / 0309 / 0317 / 0318 / 0323 / 0324 / 0326 / 0327 / 0329 / 0330 /
0334 / 0335 / 0337 / 0338 / 0339 / 0341 / 0360 / 0364 / 0367 / 0376 /
0377 / 0385 / 0398 / 0401 / 0402 / 0404 / 0405 / 0408 / 0410 / 0412 /
0413 / 0414 / 0415 / 0422 / 0424 / 0425 / 0426 / 0428 / 0430 / 0431 /
0435 / 0437 / 0438 / 0440 / 0441 / 0444 / 0450 / 0451 / 0453 / 0454 /
0455 / 0456 / 0459 / 0463 / 0464 / 0472 / 0474 / 0475 / 0479 / 0481 /
0492 / 0495 / 0499 / 0501 / 0502 / 0503 / 0526 / 0527 / 0532 / 0548 /
0569 / 0583

* 1986～1990 年（12 篇）

0593 / 0647 / 0654 / 0684 / 0698 / 0712 / 0717 / 0735 / 0770 / 0775 /
0795 / 0806

* 1991～1995 年（16 篇）

0895 / 0914 / 0976 / 0977 / 0978 / 0982 / 0983 / 0984 / 0993 / 1008 /
1043 / 1049 / 1057 / 1058 / 1091 / 1146

* 1996～2000 年（25 篇）

1163 / 1164 / 1190 / 1206 / 1217 / 1226 / 1230 / 1233 / 1245 / 1250 /
1261 / 1264 / 1266 / 1267 / 1277 / 1297 / 1309 / 1323 / 1332 / 1338 /
1344 / 1353 / 1402 / 1406 / 1439

* 2001～2003 年（7 篇）

1475 / 1479 / 1494 / 1495 / 1499 / 1502 / 1563

※文獻考詮（171 篇）

* 1970 年前（12 篇）

0004 / 0013 / 0014 / 0015 / 0046 / 0069 / 0080 / 0082 / 0086 / 0088 /
0103 / 0117

* 1971～1980 年（42 篇）

0138 / 0150 / 0151 / 0153 / 0154 / 0159 / 0163 / 0164 / 0165 / 0168 /
0175 / 0178 / 0183 / 0190 / 0194 / 0197 / 0201 / 0203 / 0208 / 0209 /
0210 / 0211 / 0212 / 0216 / 0222 / 0227 / 0229 / 0244 / 0245 / 0246 /
0248 / 0249 / 0260 / 0263 / 0264 / 0266 / 0271 / 0273 / 0274 / 0282 /
0286 / 0288

* 1981～1985 年（23 篇）

0300 / 0346 / 0356 / 0363 / 0393 / 0399 / 0406 / 0416 / 0421 / 0432 /
0436 / 0448 / 0460 / 0484 / 0489 / 0491 / 0517 / 0523 / 0544 / 0554 /
0560 / 0566 / 0587

* 1986～1990 年（28 篇）

0606 / 0613 / 0629 / 0630 / 0633 / 0651 / 0655 / 0681 / 0695 / 0720 /
0725 / 0726 / 0730 / 0737 / 0738 / 0745 / 0747 / 0750 / 0756 / 0761 /
0762 / 0774 / 0779 / 0780 / 0786 / 0792 / 0796 / 0801

* 1991～1995 年（40 篇）

0819 / 0832 / 0839 / 0842 / 0843 / 0849 / 0852 / 0901 / 0922 / 0947 /
0953 / 0958 / 0992 / 1003 / 1004 / 1006 / 1026 / 1027 / 1035 / 1039 /
1048 / 1064 / 1065 / 1068 / 1072 / 1076 / 1078 / 1087 / 1100 / 1106 /
1113 / 1114 / 1115 / 1129 / 1139 / 1145 / 1148 / 1151 / 1160 / 1162

* 1996～2000 年（18 篇）

1174 / 1178 / 1179 / 1195 / 1204 / 1236 / 1272 / 1285 / 1319 / 1354 /
1357 / 1361 / 1364 / 1378 / 1395 / 1421 / 1424 / 1436

* 2001～2003 年（8 篇）

1464 / 1465 / 1468 / 1473 / 1492 / 1515 / 1522 / 1552

◎「影響階段——作者與作品影響讀者→讀者創新作品、作者及宇宙」（214 篇）

※懿行風教（57 篇）

* 1970 年前（6 篇）

0016 / 0083 / 0114 / 0115 / 0124 / 0129

＊ 1971～1980 年（8 篇）

0130 / 0247 / 0253 / 0254 / 0258 / 0272 / 0279 / 0290

＊ 1981～1985 年（11 篇）

0344 / 0366 / 0392 / 0409 / 0471 / 0500 / 0542 / 0562 / 0570 / 0571 / 0577

＊ 1986～1990 年（3 篇）

0611 / 0617 / 0701

＊ 1991～1995 年（7 篇）

0829 / 0836 / 0907 / 1061 / 1103 / 1132 / 1150

＊ 1996～2000 年（16 篇）

1170 / 1171 / 1173 / 1225 / 1257 / 1265 / 1268 / 1302 / 1312 / 1318 / 1329 / 1368 / 1413 / 1416 / 1440 / 1446

＊ 2001～2003 年（6 篇）

1462 / 1487 / 1517 / 1520 / 1532 / 1543

※社會文化（77 篇）

＊ 1970 年前（3 篇）

0003 / 0038 / 0081

＊ 1981～1985 年（3 篇）

0315 / 0347 / 0350

＊ 1986～1990 年（1 篇）

0760

＊ 1991～1995 年（27 篇）

0924 / 0940 / 0952 / 0960 / 0962 / 0969 / 0980 / 0987 / 0991 / 0996 / 0997 / 1002 / 1011 / 1018 / 1019 / 1041 / 1044 / 1051 / 1052 / 1053 / 1055 / 1066 / 1073 / 1111 / 1119 / 1141 / 1158

＊ 1996～2000 年（18 篇）

1184 / 1303 / 1314 / 1316 / 1317 / 1324 / 1326 / 1337 / 1341 / 1342 / 1345 / 1393 / 1405 / 1412 / 1415 / 1417 / 1432 / 1438

*2001～2003 年（24 篇）

1485 / 1496 / 1518 / 1519 / 1523 / 1526 / 1528 / 15229 / 1531 / 1534 /
1536 / 1537 / 1539 / 1540 / 1541 / 1542 / 1545 / 1550 / 1553 / 1554 /
1556 / 1557 / 1562 / 1566

※藝術形象（80 篇）

*1970 年前（3 篇）

0076 / 0089 / 0120

*1971～1980 年（7 篇）

0205 / 0221 / 0241 / 0251 / 0270 / 0283 / 0291

*1981～1985 年（13 篇）

0310 / 0319 / 0320 / 0358 / 0423 / 0442 / 0509 / 0515 / 0553 / 0559 /
0561 / 0564 / 0591

*1986～1990 年（10 篇）

0628 / 0650 / 0664 / 0676 / 0710 / 0729 / 0759 / 0767 / 0772 / 0814

*1991～1995 年（13 篇）

0816 / 0817 / 0844 / 0845 / 0896 / 0899 / 0908 / 0963 / 0998 / 1007 /
1021 / 1033 / 1037

*1996～2000 年（25 篇）

1185 / 1202 / 1220 / 1228 / 1253 / 1262 / 1271 / 1284 / 1288 / 1296 /
1343 / 1346 / 1349 / 1359 / 1367 / 1374 / 1377 / 1386 / 1392 / 1394 /
1414 / 1447 / 1449 / 1450 / 1453

*2001～2003 年（9 篇）

1457 / 1461 / 1472 / 1483 / 1507 / 1508 / 1510 / 1511 / 1513

◎其他方面（102 篇）

※研究動態（56 篇）

*1970 年前（1 篇）

0077

*1981～1985 年（5 篇）

0395 / 0493 / 0511 / 0579 / 0589

　＊1986～1990 年（20 篇）

　　0602 / 0603 / 0604 / 0618 / 0643 / 0644 / 0679 / 0699 / 0721 / 0731 /
　　0741 / 0757 / 0783 / 0784 / 0785 / 0802 / 0803 / 0804 / 0810 / 0811

　＊1991～1995 年（19 篇）

　　0825 / 0826 / 0847 / 0856 / 0857 / 0861 / 0939 / 0971 / 0973 / 0989 /
　　1000 / 1012 / 1022 / 1034 / 1067 / 1082 / 1097 / 1118 / 1120

　＊1996～2000 年（6 篇）

　　1167 / 1175 / 1295 / 1397 / 1425 / 1434

　＊2001～2003 年（5 篇）

　　1456 / 1463 / 1466 / 1484 / 1533

※其他（46 篇）

　＊1971～1980 年（1 篇）

　　0278

　＊1981～1985 年（5 篇）

　　0407 / 0417 / 0452 / 0516 / 0529

　＊1986～1990 年（7 篇）

　　0595 / 0622 / 0649 / 0716 / 0718 / 0751 / 0763

　＊1991～1995 年（3 篇）

　　0862 / 0941 / 1031

　＊1996～2000 年（21 篇）

　　1189 / 1191 / 1192 / 1193 / 1219 / 1222 / 1223 / 1254 / 1270 / 1293 /
　　1330 / 1348 / 1352 / 1360 / 1362 / 1371 / 1379 / 1398 / 1423 / 1451 /
　　1452

　＊2001～2003 年（9 篇）

　　1458 / 1474 / 1506 / 1509 / 1512 / 1516 / 1564 / 1567 / 1568

一、三國諸葛忠武侯年譜

辛酉漢孝靈帝光和四年（西元 181 年）是歲侯生，一歲。

案：建興十二年甲寅秋，丞相亮卒於軍，時年五十四歲，則知爲辛酉年生。是年皇子協生，即獻帝。侯姓諸葛，名亮，字孔明，瑯琊陽都人。漢司隸校尉諸葛豐後。父珪，字君貢，漢末泰山郡丞。兄弟三人，長瑾，次侯，次均。母章氏與父相繼卒，兄弟俱從父玄撫養（《諸葛氏譜》）〔註1〕。瑾後仕吳，官至左將軍，封宛陵侯（《吳志》）。均官至長水校尉（《蜀志》）。

壬戌漢孝靈帝光和五年（西元 182 年）侯年二歲。

是歲，以災異博問得失，議郎曹操上書切諫。

癸亥漢孝靈帝光和六年（西元 183 年）侯年三歲。

初，鉅鹿張角以妖術教授，分遣弟子轉相誑誘，遂置三十六方。大方萬餘人，小方六七千，（方）猶將軍也。各立群帥，訛言「蒼天（已）死，黃天當立」。以中常侍爲內應〔註2〕，約明年甲子內外俱起。

甲子漢孝靈帝中平元年（西元 184 年）侯年四歲。

春，角弟子唐周上書告之。詔三公、司隸案驗有事角道者，誅殺千餘人，下冀州逐捕角等〔註3〕。角等馳敕諸方，一時俱起，皆著黃巾爲標幟，故謂「黃巾賊」。帝詔群臣會議，赦天下黨人。昭烈得河東關羽、同郡張飛義盟於涿〔註4〕，並以壯烈爲之御侮。夏五月，昭烈舉義兵，率其屬從校尉鄒靖討黃巾賊有功。

乙丑漢孝靈帝中平二年（西元 185 年）侯年五歲。

廷尉崔烈爲司徒，因傅母入錢五百萬〔註5〕，時人謂之銅臭。

〔註1〕 此《諸葛氏譜》，非《世說新語》劉孝標注所引之譜，乃明、清時人所修者。

〔註2〕 張角起事前，曾與中常侍封諝、徐奉等聯絡，使爲內應。

〔註3〕 冀州，東漢州治原在高邑（今河北省柏鄉北），末年改治鄴縣（今河北臨漳西南）。

〔註4〕 「義盟於涿」之說，或系受小說《三國志演義》「桃園三結義」之影響，史不見載。

〔註5〕 傅母，此處指乳母、保母。賣官始於光和元年。崔烈（西元？～192 年），即諸葛亮學友崔州平之父。

丙寅漢孝靈帝中平三年（西元 186 年）侯年六歲。

前太尉張延爲宦人所譖〔註6〕，下獄死。諫議大夫劉陶言「天下大亂，皆由宦官」〔註7〕。宦官共譖陶，下獄死。前司徒陳耽忠正〔註8〕，宦官怨之，亦陷死獄中。

丁卯漢孝靈帝中平四年（西元 187 年）侯年七歲。

大司農曹嵩爲太尉〔註9〕。長沙賊區星自稱「將軍」，詔以議郎孫堅爲長沙太守討平之〔註10〕，封堅烏程侯。零陵人觀鵠自稱「平天將軍」，寇桂陽，堅擊斬之。

戊辰漢孝靈帝中平五年（西元 188 年）侯年八歲。

益州黃巾馬相攻殺刺史郗儉，自稱「天子」。又寇巴郡，殺郡守趙部。益州從事賈龍擊相，斬之。太常劉焉建議以刺史威輕〔註11〕，宜改置牧伯。侍中董扶私謂焉曰：「益州有天子氣。」焉乃求爲益州牧。州任之重自此始。

己巳漢孝靈帝中平六年（西元 189 年）侯年九歲。

靈帝崩，立皇子辨〔註12〕。袁紹勸大將軍何進謀誅宦官，不就，進爲張讓、段珪等所殺〔註13〕。紹遂勒兵捕諸宦官〔註14〕，無少長悉誅之。召董卓將兵詣京師〔註15〕，卓廢帝立陳留王協。袁紹奔冀州。昭烈起兵討董卓。

〔註 6〕 張延字公威，河內人。
〔註 7〕 劉陶（西元？～186 年），字子奇，一名偉，潁川潁陰（今河南許昌市）人，濟北貞王劉勃之後。
〔註 8〕 陳耽（西元？～186 年），東海（郡治今山東郯城）人。
〔註 9〕 曹嵩（西元？～193 年），字巨高，沛國譙（今安徽亳縣）人。宦官曹騰養子，曹操之父。
〔註 10〕 孫堅（西元 155～191 年），字文臺，吳郡富春（今浙江富陽）人。
〔註 11〕 劉焉（西元？～194 年），字君郎，江夏竟陵（今湖北潛江西北）人，劉璋之父。
〔註 12〕 劉辨，史稱「少帝」。據《後漢書‧靈帝紀》：「中平六年夏四月戊午，皇子辨即皇帝位，年十七，改元光熹。」
〔註 13〕 何進（西元？～189 年），字遂高，南陽宛（今河南南陽）人；張襄（西元？～189 年），潁川（今河南禹縣）人，靈帝時十常侍之一；段珪（西元？～189 年），濟陰（今屬河南）人，十常侍之一。
〔註 14〕 袁紹（西元？～202 年），字本初，汝南汝陽（河南商水）人。
〔註 15〕 董卓（西元？～192 年），字仲穎，陝西臨洮（今甘肅岷縣）人。

庚午漢孝獻帝初平元年（西元 190 年）侯年十歲。

董卓自爲太尉，加鈇鉞、虎賁；卓旋爲相國。關東諸郡起兵討卓，推袁紹爲盟主，卓遷帝長安。是歲，昭烈領平原相，以關羽、張飛爲別部司馬。孫堅殺荊州刺史王叡〔註16〕。劉表爲荊州刺史。

辛未漢孝獻帝初平二年（西元 191 年）侯年十一歲。

董卓自爲太師。長沙太守孫堅起兵討董卓，戰於陽人，大破之。卓請和，堅不許。卓發掘洛陽諸陵，遂入長安。堅前入洛陽，修諸陵，平塞卓所發掘。袁紹使人說韓馥〔註17〕，馥讓紹爲冀州牧。袁術遣孫堅擊劉表於襄陽，表將軍黃祖部曲〔註18〕射殺堅。堅子策年十七〔註19〕，欲復仇，徑至壽春見術，術以策父兵千餘還策，表爲懷義校尉。

壬申漢孝獻帝初平三年（西元 192 年）侯年十二歲。

王允使呂布殺董卓〔註20〕。卓將校求赦，不許。武威賈詡勸李傕、郭汜、樊稠、張濟爲卓報仇〔註21〕，大戰長安中。允被殺，李傕等並自爲將軍。

癸酉漢孝獻帝初平四年（西元 193 年）侯年十三歲。

袁術殺揚州刺史陳溫，據淮南〔註22〕。曹操攻徐州牧陶謙〔註23〕。初，操父太尉曹嵩避難瑯琊〔註24〕，爲謙別將士卒所殺。操引兵擊謙，坑殺男女

〔註16〕　王叡（西元？～190 年），瑯琊臨沂人，王祥伯父。

〔註17〕　韓馥，字文節，潁川潁陰（今河南許昌）人。

〔註18〕　部曲，指軍事編制單位，或豪門大族私人擁有的部隊。

〔註19〕　孫策（西元 175～200 年），字伯符，孫堅長子。

〔註20〕　王允（西元 137～192 年），字子師，太原祁（今屬山西）人；呂布（西元？～198 年），字奉先，五原九原（今內蒙古包頭市）人。

〔註21〕　賈詡（西元 148～224 年），字文和，武威姑藏（今甘肅武威）人；李傕（西元？～198 年），字稚然，北地（今寧夏吳忠縣）人；郭汜（西元？～197 年），一名多，張掖（今屬甘肅）人；樊稠，不詳；張濟，武威祖屬（今甘肅靖遠）人。

〔註22〕　《三國志·袁術傳》載：「術以全眾奔九江，殺揚州刺史陳溫，領其州。」而裴注引《英雄記》曰：「陳溫字元悌，汝南人。先爲揚州刺史，自病死。袁紹遣袁遺領州，敗散，奔沛國，爲兵所殺。袁術更用陳瑀爲揚州。瑀字公瑋，下邳人。瑀既領州，而術敗於封丘，南向壽春，瑀拒不納……」二説不同。

〔註23〕　陶謙（西元 132～194 年），字恭祖，丹陽（今安徽宣城）人。曹操攻陶謙有兩次，此年系第一次。

〔註24〕　曹嵩避難瑯琊，系西元 189 年，曹操於己吾縣起兵討伐董卓時。曹操岳父卞

數十萬，攻其三縣，皆屠之，雞犬亦盡。

甲戌漢孝獻帝興平元年（西元 194 年）侯年十四歲。

揚州刺史劉繇與袁術將孫策戰於曲阿，繇軍敗績，孫策遂據江東。陶謙卒，眾推昭烈領徐州牧。

乙亥漢孝獻帝興平二年（西元 195 年）侯年十五歲。

李傕、郭汜共鬥，傕劫天子、汜質公卿，遂燒宮殿。（帝）幸弘農，長安城空四十餘日。侯早孤，從父玄為袁術所署豫章太守，將侯及弟均之官。會漢選朱皓代玄，玄素與荊州牧劉表有舊，往依之。玄卒，侯寓南陽襄、鄧間（《張譜》）。侯家於南陽之鄧縣。在襄陽城西二十里，號曰隆中（《漢晉春秋》）。

丙子漢孝獻帝建安元年（西元 196 年）侯年十六歲。

秋七月，車駕至洛陽，曹操自領司隸校尉，錄尚書事。迎天子遷都於許，操自為司空，行車騎將軍事。袁術攻昭烈，以爭徐州。呂布襲下邳〔註 25〕，昭烈敗走歸曹操。操表昭烈為鎮東將軍，旋表為豫州牧，使東擊布。孫策取會稽，太守王朗迎降，策自領會稽太守。

丁丑漢孝獻帝建安二年（西元 197 年）侯年十七歲。

袁術自稱天子。袁紹自為大將軍。韓暹、楊奉寇略徐、揚間〔註 26〕，昭烈邀擊，斬之。

戊寅漢孝獻帝建安三年（西元 198 年）侯年十八歲。

從父玄卒，侯躬耕隴畝，好為《梁父吟》。身長八尺，每自比於管仲、樂毅，時人莫之許也。惟博陵崔州平、潁（穎）川徐元直謂為信然（《蜀志》）。建安初，侯與徐元直、孟公威、石廣元游學，三人為學，務於精熟，侯獨觀

遠為琅琊開陽（今山東臨沂）人，故其避難地當為開陽。西元 193 年，曹嵩與其少子曹德及家眷離開陽去鄄城投奔曹操，在費、華（二縣縣治均在今山東費縣）之間被陶謙部下所殺。

〔註25〕下邳，縣治在今江蘇睢寧西北。

〔註26〕韓暹，本黃巾分支白波帥，後受董承之召攻打李傕；楊奉亦白波帥。曹操接走獻帝，韓、楊敗奔袁術，為劉備所殺。一說韓暹在逃歸并州路上，為張宣所殺。

其大旨，每晨夕從容，抱膝長吟。嘗謂三人曰：「卿三人仕進可至刺史、郡守也。」三人問其所至，笑而不言（《魏略》）。同縣龐德公素有重名，司馬徽兄事之（徽字德操小德公十歲故兄事之）。德公子山民娶侯小姊，夫妻相敬如賓（山民爲魏黃門吏部郎，子渙，字世文，晉太康中爲牂牁太守）。侯每至其家，獨拜床下。德公初不令止，其從子統，少時樸鈍，未有識者，惟德公與徽重之。德公嘗謂諸葛爲「臥龍」，統爲「鳳雛」，徽爲「水鏡」（《襄陽記》）。曹操擒呂布於徐州，昭烈從曹操歸許，表爲左將軍。

己卯漢孝獻帝建安四年（西元 199 年）侯年十九歲。

荊州牧劉表不修職貢，多行僭僞，郊祀天地，擬斥乘輿，詔書班下其事。孫策徇豫章，太守華歆降。初，車騎將軍董承、偏將軍王服、越騎校尉種輯稱受帝衣帶中密詔〔註 27〕，與昭烈共誅曹操。會操遣昭烈擊袁術，昭烈遂殺徐州刺史車胄，東海郡縣多叛操從昭烈。袁術死。

庚辰漢孝獻帝建安五年（西元 200 年）侯年二十歲。

董承謀泄，操殺承等。自擊昭烈，撥下邳，擒關羽，昭烈奔袁紹。關羽表約詣曹〔註 28〕，詔以爲偏將軍。是年，關羽斬袁紹將顏良，遂解白馬之圍。曹操表羽爲漢壽亭侯。羽盡封操所賜，拜書告辭，而奔昭烈於袁軍。孫策殺吳郡太守許貢。貢奴客爲貢報仇，射殺策。策創甚，呼弟權佩以印綬。策卒年二十六，權時年十九。

辛巳漢孝獻帝建安六年（西元 201 年）侯年二十一歲。

曹操擊昭烈於汝南。昭烈遣麋竺、孫乾與荊州劉表相聞〔註 29〕，表待以上賓，益其兵，使屯新野。

壬午漢孝獻帝建安七年（西元 202 年）侯年二十二歲。

袁紹自軍敗，慚憤發病，嘔血死。曹操責孫權任子，張昭等猶豫不決，

〔註 27〕 董承，其女爲漢獻帝貴人。據《三國志・先主傳》注：「董承，漢靈帝母董太后之侄。於獻帝爲丈人。蓋古無丈人之名，故謂之舅也。」王服，一作王子服。
〔註 28〕 關羽降曹操，史無「表約」事。
〔註 29〕 麋竺，字子仲，東海朐（今江蘇東海縣）人。原爲陶謙屬下，後歸劉備，仕至安漢將軍。孫乾，字公祐，北海（今山東昌樂西）人。仕蜀漢至秉忠將軍。

權引周瑜定議，遂不送質。

癸未漢孝獻帝建安八年（西元 203 年）侯年二十三歲。

孫權西伐黃祖，討山越，悉平之。

甲申漢孝獻帝建安九年（西元 204 年）侯年二十四歲。

曹操破袁尚於冀州，尚奔中山，操自領冀州牧。

乙酉漢孝獻帝建安十年（西元 205 年）侯年二十五歲。

曹操破袁譚於青州，斬之。

丙戌漢孝獻帝建安十一年（西元 206 年）侯年二十六歲。

荊州豪傑歸昭烈者日益眾，表疑其心，陰御之，使拒夏侯惇、于禁等於博望。昭烈設伏，自燒屯偽遁，惇等追之，伏發大敗。

丁亥漢孝獻帝建安十二年（西元 207 年）侯年二十七歲。

時昭烈屯新野，因徐庶詣侯草廬，凡三往，乃見。〔註 30〕後主禪生於荊

〔註30〕〔清〕楊希閔案：《蜀志》載：「是年，劉昭烈屯新野。徐庶見之，薦侯曰：『諸葛孔明者，臥龍也。將軍豈願見之乎？』昭烈曰：『君與俱來。』庶曰：『此人可就見，不可屈致也。將軍宜枉駕顧之。』昭烈遂詣之，凡三往，乃見。因屏人曰：『漢室傾頹，奸臣竊命，主上蒙塵。孤不度德量力，欲信大義於天下，而智術淺短，遂用猖獗，至於今日。然志猶未已，君謂計將安出？』亮答曰：『自董卓已來，豪傑並起，跨州連郡者不可勝數。曹操比於袁紹，則名微而眾寡，然操遂能克紹，以弱為強者，非惟天時，抑亦人謀也。今操已擁百萬之眾，挾天子以令諸侯，此誠不可與爭鋒。孫權據有江東，已歷三世，國險而民附，賢能為之用，此可與為援而不可圖也。荊州北據漢、沔，利盡南海，東連吳、會，西通巴、蜀，此用武之國，而其主不能守，此殆天所以資將軍，將軍豈有意乎？益州險塞，沃野千里，天府之國，高祖因之以成帝業。劉璋暗弱，張魯在北，民殷國富而不知存恤，智能之士思得明君。將軍既帝室之冑，信義著於四海，總攬英雄，思賢如渴。若跨有荊、益，保其岩阻，西和諸戎，南撫夷越，外結好孫權，內修政理；天下有變，則命一上將將荊州之軍以向宛、洛，將軍身率益州之眾以出秦川，百姓孰敢不簞食壺漿以迎將軍者乎？誠如是，則霸業可成，漢室可興矣。』先主曰：『善！』於是與亮情好日密。關羽、張飛等不悅，先主解之曰：『孤之有孔明，猶魚之有水也。願諸君勿復言。』羽、飛乃止。」《襄陽記》載：「昭烈訪世事於司馬德操。德操曰：『儒生俗士，豈識時務？識時務者在乎俊傑。（其間）自有伏龍、鳳雛。』問為誰曰：『諸葛孔明，龐士元也。』」〔明〕天一閣刻本《諸葛武侯文集》卷首案：《綱目》書「劉備見諸葛亮於隆中」。《書法》曰：「特筆也。

州。案：章武三年癸卯，太子禪即位，年十七，則知爲丁亥生，正侯出隆中之歲也。

戊子漢孝獻帝建安十三年（西元 208 年）侯年二十八歲。

罷三公官，置丞相、御史大夫，曹操自爲丞相。曹操殺太中大夫孔融。曹操南征劉表。劉表卒，子琮降操。昭烈走當陽。侯奉命使吳，與周瑜、魯肅等破操於烏林赤壁。以侯爲軍師中郎將。〔註31〕

入《綱目》未有書見賢者，於是特書，交予之也。備之業定於隆中。終《綱目》，書見賢一而已。」《發明》曰：「自三代衰，王政廢，士人隨世就功名者多矣。當漢之末，群雄雲擾。凡一智一能之士，莫不乘時奮發，斬以自見。孰謂一世人龍如孔明者，方且高臥隆中，抱膝長吟，略無意於當世，而又以管、樂自許者哉？向使昭烈不垂三顧之勤，則將槁死岩穴，與草木俱腐耳。及其一起，則功名事業，彪炳顯著，不可得而泯沒，亮豈大言無當者。彼其擇理甚精而處已甚明。謂枉己不可以直人也，故不苟合以求售；謂托身不可以非所也，故不肯苟仕於僭竊。時乎未遇，則高蹈邱園；道苟可行，則奮志事業。君臣既合，魚水相歡，則聲大義於天下，使興衰繼絕，翊扶正統之志，昭如日星，然後篡竊之徒，其罪如暴白而不可掩。是豈區區一智一能之士隨世就功名者可同日語哉！書『劉備見諸葛亮於隆中』，其與聘莘野、訪渭濱者，越千載如出一轍。嗚呼！三代而後，孰謂出處之正有如孔明者哉！不有君子表而出之，則孔明一後世人物耳。噫！」天一閣爲明嘉靖時浙江鄞縣范欽藏書閣名，《諸葛武侯文集》卷首乃系〈諸葛忠武侯年譜〉，此譜未署作者，亦無輯錄者姓名。《綱目》，則指朱熹所編《資治通鑑綱目》；《書法》，指宋人劉友益闡述朱熹之筆法；《發明》，系宋人尹起莘對《綱目》中人物、事件所作之評論。

〔註31〕〔清〕楊希閔案：《蜀志》參《通鑑》載：「是時，昭烈依劉表。表長子琦深器侯。表受後妻之言，愛少子琮，不悅於琦。琦欲與侯謀自安之術，輒拒塞，未與處畫。乃將侯遊觀後園，共上高樓。飲宴之間，令人去梯，因謂侯曰：『今日上不至天，下不至地，言出子口，入於吾耳，可以言未？』侯答曰：『君不見申生在內而危，重耳在外而安乎？』琦感悟，陰規出計。會黃祖死，得出，遂爲江夏太守。俄而表卒，琮聞曹公來征，遣使請降。昭烈屯樊，聞之，率其眾南行。侯與徐庶並從，爲曹公所追破。至於夏口，侯曰：『事急矣，請奉命求救於孫將軍。』時孫權擁軍柴桑，觀望成敗，遂見於柴桑。說權曰：『海內大亂，將軍起兵江東，劉豫州收眾漢南，與曹操並爭天下。今操芟夷大難，略已平矣，遂破荊州，威震四海。英雄無用武之地，故豫州遁逃至此。願將軍量力而處之：若能以吳、越之眾與中國抗衡，不如早與之絕；若不能，何不按兵束甲，北面而事之！今將軍外托服從之名，而內懷猶豫之計，事急而不斷，禍至無日矣！』權曰：『苟如君言，劉豫州何不遂事之乎？』對曰：『田橫，齊之壯士耳，猶守義不辱；況劉豫州王室之胄，英才蓋世，眾士慕仰，若水之歸海。若事之不濟，天也，安能復爲之下乎？』權勃然曰：『吾不能舉全吳之地，十萬之眾，受制於人。吾計決矣！非劉豫州莫可以擋曹操者，然

己丑漢孝獻帝建安十四年（西元 209 年）侯年二十九歲。

孫權分南岸地給昭烈〔註 32〕。昭烈南征武陵等，四郡皆降。廬江雷緒率部曲數萬口來歸。使侯駐臨烝，（督）零陵、桂陽、長沙三郡，調其賦稅，以充軍實〔註 33〕。

庚寅漢孝獻帝建安十五年（西元 210 年）侯年三十歲。

孫權以妹妻昭烈。昭烈自詣，求都督荊州。有「孔明諫孤莫行」之語〔註 34〕。昭烈以龐統爲治中（從事），與侯並爲軍師（中郎將）。是歲，吳周瑜卒。

辛卯漢孝獻帝建安十六年（西元 211 年）侯年三十一歲。

曹操以子丕爲丞相副。益州別駕張松勸劉璋迎昭烈，璋遣軍議校尉法正

豫州新敗之後，安可以抗此難乎？』對曰：『豫州軍雖敗於長阪，今戰士還者及關羽水軍精甲萬人，劉琦合江夏戰士亦不下萬人。曹操之眾，遠來疲敝，聞追豫州，輕騎一日一夜行三百餘里，此謂"強弩之末，勢不能穿魯縞者"也。故兵法忌之，曰"必蹶上將軍"。且北方之人不習水戰，又荊州之民附操者，逼兵勢耳，非心服也。今將軍誠能命猛將統兵數萬，與豫州協規同力，破操軍必矣。操軍敗，必北還，如此，則荊、吳之勢強，鼎足之形成矣。成敗之機，在於今日。』權大悅，即遣周瑜、程普、魯肅等水軍三萬與昭烈並力拒曹。進與操遇於赤壁，縱火燒其船艦，操軍大敗，死者強半，乃引軍北還。」〔清〕張鵬翮案：《綱目》書「曹操東下，孫權遣周瑜、魯肅等與劉備迎擊於赤壁，大破之，操引還。」赤壁之勝，吳人專有其功，今《綱目》於此乃書瑜、肅等與備迎擊破之，何哉？蓋當曹操東下之時，吳人震懼，謀欲迎操。雖有周瑜、魯肅定謀於內，然非昭烈、孔明左右感發於外，則亦必成功若是之捷，觀之柴桑之說則可見矣。《書法》如此，蓋亦推求其實而權其輕重耳，夫豈過哉！

〔註 32〕 〔清〕楊希閔案：《蜀志》及《通鑑輯覽》載：「十二月，孫權表劉備爲荊州牧。周瑜分南岸地以給備，備立營於油口（今日油河在荊州公安縣西），改名公安。」《通鑑輯覽》，爲清乾隆年間官修，原名《御批通鑑輯覽》，一百一十六卷，從上古編至明末。

〔註 33〕 〔清〕楊希閔案：《通鑑輯覽》載：「十二月，昭烈徇荊州，江南諸郡降之。表劉琦爲荊州刺史。引兵南徇武陵、長沙、桂陽、零陵，皆降之。以侯爲軍師中郎將，督諸郡賦稅，以充軍實。」

〔註 34〕 〔清〕楊希閔案：《蜀志》及《通鑑輯覽》載：「備以所給地少，自請孫權，求都督荊州。權以妹妻備。妹才捷剛猛，有諸兄風，侍婢百餘人，皆執刀侍立，備每入，心常懍懍。周瑜上疏請權留備，謂必非久屈爲人用者，不可割土地以資業之，權不從。備還，聞之嘆曰：『天下智謀之士，所見略同，前時孔明諫孤莫行，亦慮此也。』」

將四千人來迎，使討張魯。昭烈自將數萬人入蜀，侯與關羽鎮荊州。孫權聞昭烈西上，遣船迎妹，而夫人欲將備子禪去，張飛、趙雲勒兵截江，乃得禪還（參《通鑑輯覽》）。是年，孫權徙治秣陵〔註35〕。

壬辰漢孝獻帝建安十七年（西元212年）侯年三十二歲。

劉璋殺張松，敕關戍勿通昭烈。昭烈怒，斬璋將楊懷、高沛，進據涪城。是年，孫權築石頭城，改秣陵為建業。侯在荊州。

癸巳漢孝獻帝建安十八年（西元213年）侯年三十三歲。

昭烈舉兵向雒，劉璋諸將皆敗退，多降昭烈，遂圍雒城。曹操攻孫權，權率眾御之。相守月餘，操還。曹操自立為魏公，加九錫〔註36〕。自十三年至此，侯在荊州。

甲午漢孝獻帝建安十九年（西元214年）侯年三十四歲。

龐統中流矢卒。侯留關羽守荊州，自率張飛、趙雲溯流西上，克巴東。分遣趙雲從外水克江陽、犍為；張飛定巴西、德陽。張魯使馬超救璋，超降，遂圍成都，劉璋降。昭烈自領益州牧，以侯為軍師將軍、益州太守，署左將軍（府事），治成都〔註37〕。曹操弒皇后伏氏，滅其族及二皇子。

乙未漢孝獻帝建安二十年（西元215年）侯年三十五歲。

立曹女為皇后。孫權以昭烈既得益州，使諸葛瑾求荊州諸郡，昭烈不許，聞曹操將攻漢中，因與權和。分荊州，以湘水為界，長沙、江夏、桂陽以東屬權，南郡、零陵以西屬昭烈。曹操破漢中，張魯降。

丙申漢孝獻帝建安二十一年（西元216年）侯年三十六歲。

曹操自進爵為魏王。曹操殺瑯琊王熙。

〔註35〕秣陵，即今南京。孫權徙秣陵為建安十六年，十七年築石頭城，改秣陵為建業。

〔註36〕九錫，傳說為古代帝王尊禮大臣所給之九種器物。器物種類說法不一，不外乎加服、車馬、弓矢、斧鉞、秬鬯、虎賁、朱戶、樂則、納陛之類。

〔註37〕〔清〕楊希閔案：是歲，昭烈進圍雒城，龐統率眾攻城，中流矢卒。於是，侯留關羽守荊州，與張飛、趙雲將兵溯流克巴東，破巴郡，獲太守嚴顏。雒城潰，昭烈進圍成都，侯與飛、雲兵來會。馬超知張魯不足與計事，亦來降，城中震怖，劉璋遂開城出降。遷璋公安，入成都。自領益州牧，以侯為軍師將軍署左將軍府事（參《蜀志》及《通鑑輯覽》）。

丁酉漢孝獻帝建安二十二年（西元 217 年）侯年三十七歲。

昭烈進討漢中，遣陳武等絕馬鳴閣道，魏徐晃擊破之，急書發益州兵，侯以從事楊洪策，遂發兵。曹操設天子旌旗，出入警蹕。京兆金禕與少府耿紀、司直韋晃、太醫令吉本、本子邈、邈弟穆，謀挾天子以攻操。是歲，吳魯肅卒，侯為之發哀〔註38〕。

戊戌漢孝獻帝建安二十三年（西元 218 年）侯年三十八歲。

紀、晃、吉邈等眾潰，見殺、夷族。曹操自將擊昭烈，至長安。昭烈次於陽平關，與張郃、夏侯淵相拒。侯居守，足食足兵。

己亥漢孝獻帝建安二十四年（西元 219 年）侯年三十九歲。

昭烈自陽平南渡沔水，營於定軍山。夏侯淵來爭地，昭烈使黃忠乘高鼓噪攻之，斬淵，昭烈遂有漢中。群臣上表漢帝，請立為漢中王〔註39〕。是年，關羽自率眾攻曹仁於樊，仁使于禁、龐德屯樊北。八月大霖雨，漢水溢，禁等七軍皆沒。羽乘船攻之，斬龐德，囚于禁，遂拔襄陽，自許以南，往往遙應，羽威振華夏。孫權稱臣於操，操遣使勸權躡其後，權使呂蒙、陸遜襲取江陵。羽聞即走南還，西保麥城。潘璋與朱然斷羽走道，獲羽及其子平，皆遇害。陳群等勸操篡漢。

庚子漢孝獻帝建安二十五年（**魏曹丕黃初元年**，西元 220 年）侯年四十歲。

正月，曹操自長安還至洛陽，卒，子丕嗣。十月，曹丕篡漢，自稱帝，改元黃初。廢獻帝為山陽公。是歲，尚書令法正卒。

辛丑蜀漢昭烈帝章武元年（**魏曹丕黃初二年**，西元 221 年）侯年四十一歲。

曹丕篡漢，蜀中猶稱建安二十六年。及傳言漢帝已遇害，漢中王發喪制服，追謚曰孝愍帝。群臣上尊號，不許。侯進曰：「曹氏欺漢，天下無主。大

〔註38〕 〔清〕楊希閔案：子敬初說孫權，鼎足江東，以觀天下之釁，與武侯隆中之對不異。赤壁之役，亦賴子敬說權，同規協力。吳蜀之好，子敬實一關鍵，故其卒也，侯為之發哀。

〔註39〕 連年，昭烈出兵漢中，渡沔水，定漢川，進為漢中王。侯常鎮守成都，足食足兵（參《蜀志》）。

王劉氏苗裔，紹世而起，今即帝位，乃其宜也。」夏四月，漢中王即帝位於武擔之南。侯與博士許慈、議郎孟光建立禮儀。大赦，改元章武。以侯爲丞相，假節，錄尚書（事）。六月，立子禪爲皇太子〔註40〕。帝恥關羽之歿，留侯輔太子，自率軍東下。敕張飛率萬人自閬中會江州。飛臨發，爲帳下張達、范彊所害。張飛既卒，以侯領司隸校尉。孫權遣使稱臣於魏，魏封權爲吳王。劉封爲申儀所破，走還成都。既至，帝責其侵凌達，又不救羽。公慮封剛猛，易世之後，終難制御，勸因此除之。於是賜封死，使自裁（《蜀志·封傳》）〔註41〕。

壬寅蜀漢昭烈帝章武二年（魏曹丕黃初三年，吳孫權黃武元年，西元222年）侯年四十二歲。

二月，帝自秭歸率諸將進軍至猇亭（在荊州府宜都縣），爲陸遜所敗，由步道還魚腹，改名永安（即白帝城）。是歲，孫權受曹丕封爲吳王，改元黃武。魏因吳侍子不入，遂伐之。權遣鄭泉來聘，帝使太中大夫宗瑋報之，漢、吳復通。冬，詔侯營南北郊於成都。

癸卯蜀漢昭烈帝章武三年夏五月以後即後主建興元年（魏曹丕黃初四年，吳孫權黃武二年，西元223年）侯年四十三歲。

帝不豫。二月，侯自成都至永安〔註42〕。三月，帝病篤，托孤於侯，以

〔註40〕 據《三國志·先主傳》，立劉禪爲皇太子於是年五月。

〔註41〕 〔清〕楊希閔案：何學士士焯曰：「帝無他枝葉，後嗣庸弱，封地處疑逼，又嘗將兵。一朝作難，則禍生肘腋，國祚方危，故不得不因其罪速斷也。後代如潞王從珂事，可相參爲鑒。」閔案：賜封死在立太子之後（見《孟達與封書》），故知當在此年。孟達降魏後，以書勸封從降，中云：「自立阿斗爲太子以來，有識之人相爲寒心，恐左右必有間於漢中王矣。今足下在遠，尚可假息一時；若大軍遂進，足下失據而還，竊相爲危之，宜因此時早定良計。」封不從，此與韓信不從蒯通之言相似，故封臨死曰：「恨不從孟子度之言。」究之慮其易世之後終難制御，不足以服其心。其不聽孟達言而來歸，亦有一節可宥，昭烈所以爲之流涕也。

〔註42〕 〔清〕楊希閔案：《蜀志》載：「初，帝將東征，群臣多諫，一不從。大軍敗績，還住白帝，侯嘆曰：『法孝直若在，則能制主上，令不東行；就復東行，必不傾危矣。』侯與正雖好尚不同，以公義相取，每奇正之智術。正爲蜀郡太守、揚武將軍，外統都畿，內爲謀主。一餐之德，睚眥之怨，無不報復，擅殺毀己者數人。或謂侯曰：『正太縱橫，宜啓主公，抑其威福。』答曰：『主公之在公安也，北畏曹公之強，東憚孫權之逼，近則懼孫夫人變生肘腋；當

尚書李嚴爲副。遺詔敕後皇帝。臨終，呼魯王與語：「吾亡之後，汝兄弟父事丞相，令卿與丞相共事而已。」〔註43〕四月癸巳，帝崩於永安宮，年六十三。侯奉喪還成都，留李嚴鎮永安。五月，梓宮至成都，謚曰昭烈皇帝。太子禪即位，年十七，改元建興，封丞相亮爲武鄉侯，兼領益州牧，政事無巨細皆決於侯〔註44〕。會皇思夫人神柩自南郡迎至，侯議禮追謚，合葬惠陵。時益州大姓雍闓反，流太守張裔於吳；牂牁太守朱褒擁郡反；越嶲帥高定亦

斯之時，進退狼跋，法孝直爲之輔翼，令翻然翱翔，不可復制，如何禁止法正不得行其意耶？』閒案：孫盛引「楊幹亂行之戮」，以爲諸葛此言失政刑矣。此局外論事，易於固執，未審當局者之曲折也。正此時極得帝心，功亦卓卓，並非圖爲不軌，一二縱橫，公然舉發，豈非以尺寸槎木卉，棄連抱棟樑乎？先主東征，侯安有不諫止？必思法孝直者，機括各有所合也。「就復東行，必不傾危」，用兵應變，先主亦有所仗矣。此知用人尤不可以小瑕棄大瑜也。

〔註43〕〔清〕楊希閔案：《蜀志‧諸葛亮傳》載：「先主於永安病篤，召亮於成都，屬以後事，謂亮曰：『君才十倍曹丕，必能安國，終定大事。若嗣子可輔，輔之；如其不才，君可自取。』亮涕泣曰：『臣敢竭股肱之力，效忠貞之節，繼之以死！』先主又爲詔敕後主曰：『汝與丞相從事，事之如父。』」〔清〕張鵬翮案：《綱目》書「帝崩於永安，丞相亮受遺詔輔政」。自武、宣之末，書受遺詔，是後無聞焉。於是復書亮其人也，終《綱目》書受遺詔云。司馬懿受遺不書詔，不與焉（《書法》）。

〔註44〕〔清〕楊希閔案：《蜀志》載：「建興元年，封丞相武鄉侯（《十道記》：武鄉谷在南鄭縣，孔明受封之地），開府治事；頃之，又領益州牧；政事無巨細，皆決於侯。約官職，修法制。發教與群下曰：『夫參署者，集眾思廣忠益也。若遠小嫌，難相違覆，曠闕損矣。違覆而得中，猶棄敝蹻而獲珠玉。然人心苦不能盡，惟徐元直處茲不惑。又董幼宰參署七年，事有不至，至於十反，來相啓告。苟能慕元直之十反（一），幼宰之勤劬，有忠於國，則亮可少過矣。』侯常自校簿書，主簿楊顒（字子昭襄陽人）諫曰：『爲治有體，上下不可相侵。請爲明公以作家譬之：今有人，使奴執耕，婢典爨，雞司晨，犬吠盜，牛負重，馬涉遠；私業無曠，所求皆足，雍容高枕，飲食而已。忽一旦盡欲以身親其役，形疲神困，終無一成。豈其智之不如奴婢、雞狗哉？失爲家主之法也。是故古人稱"坐而論道，謂之王公；作而行之，謂之士大夫。"丙吉不問死人，陳平不知錢穀，彼誠達於位分之體也。今公躬校簿書，流汗終日，不亦勞乎？』侯謝之。及顒卒，垂泣三日。」閒案：集思廣益，凡臨政、爲學，皆當奉爲金科玉律。至躬校簿書，大臣不親細事，則當分別一有時勢，一有才器。蕭規曹隨，此時勢可因舊也；房謀杜斷，此才器可互資也。子產之治鄭，諸葛之治蜀，蕞爾小邦，固非一統之比。泝經喪亂，略無法守之遵，不爲綱舉目張，何以爲國。且二公才器游刃有餘，並不竭蹶。此楊子昭之諫，雖出於誠愛而不盡然，度外之事，未可質言，故諸葛謝之，亦不更相覆難也。

叛。侯以新遭大喪，未便加兵，惟遣龔祿住安上縣遙領郡從事〔註45〕。遣尚書郎鄧芝固好於吳，吳王孫權與和親通好，而與魏絕。魏華歆、王朗、陳群、許芝各有書與侯，欲使稱藩，侯皆不答，作《正議》以絕之，文載《北伐》〔註46〕。

甲辰蜀漢後主建興二年（魏曹丕黃初五年，吳孫權黃武三年，西元224年）侯年四十四歲。

是歲〔註47〕，侯務農殖穀，閉關息民。吳使張溫來聘，復使鄧芝答之。

乙巳蜀漢後主建興三年（魏曹丕黃初六年，吳孫權黃武四年，西元225年）侯年四十五歲。

春三月，侯率眾南征，詔賜侯金鈇鉞一具，曲蓋一，前後羽葆、鼓吹各一部，虎賁六十人。侯自安上由水路入越巂，別遣馬忠伐牂牁，李恢向益州，以犍爲太守廣漢王士爲益州太守。高定自旄牛、定筰、卑水多爲屯守，侯欲俟定軍到並討之，軍卑水。定部曲殺雍闓，推孟獲爲主。馬忠破牂牁，李恢破南中，至盤江與侯聲勢相連。五月，侯渡瀘水，所在戰捷。聞孟獲爲彝、漢所服，募生致之。使觀於營陣之間，七擒七縱，南中諸郡悉平，皆即其渠帥而用之，遂至滇池。改益州爲建寧郡，以李恢爲太守；分建寧、越巂地爲

〔註45〕 龔祿（西元195～225年），字德緒，巴西安漢人。
〔註46〕 〔清〕楊希閔案：《蜀志》裴注載：「是歲，魏司徒華歆、司空王朗、尚書令陳群、太史令許芝、謁者僕射諸葛璋各有書與亮，陳天命人事，欲使舉國稱藩。亮遂不報書，作《正議》曰：『昔在項羽，起不由德，雖處華夏，秉帝者之勢，卒就湯鑊，爲後永戒。魏不審鑒，今次之矣！免身爲幸，戒在子孫。而二三子各以耆艾之齒，承僞指而進書，有若崇、竦稱莽之功，亦將逼於元禍苟免者耶？昔世祖之創跡舊基，奮羸卒數千，摧莽強旅四十餘萬於昆陽之郊。夫據道討淫，不在眾寡。及至孟德，以其譎勝之力，舉數十萬之師，救張郃於陽平，勢窮慮悔，僅能自脫，辱其鋒銳之眾，遂喪漢中之地。深知神器不可妄獲，旋還未至，感毒而死。子桓淫逸，繼之以篡。縱使二三子多逞蘇、張詭靡之說，奉進驩兜滔天之辭，欲以誣毀唐帝、諷解禹、稷，所謂徒喪文藻、煩勞翰墨者矣，夫大人君子之所不爲也。又《軍誡》曰：「萬人必死，橫行天下。」昔軒轅氏整率（卒）數萬，制四方，定海內，況以數十萬之眾，據正道而臨有罪，可得干擬者哉！』」
〔註47〕 若據《華陽國志》載：「杜微，字國輔，涪人也，任安弟子。先帝定蜀，常稱聾，合戶不出。建興二年，侯領益州牧，選爲主簿，輿而致之，與書誘勸，欲使以德輔時。微固辭，疾篤，乃表諫議大夫，從其所志。」則「侯開府，領益州牧。事無巨細，咸決於侯」或可繫於是歲。

雲南郡，以呂凱爲太守；王伉爲永昌太守。移南中勁卒青羌萬餘人於蜀，爲五部，所當無前，號曰「飛軍」。出其金銀、丹漆、耕牛、戰馬給軍賦之用，國以富饒〔註48〕。冬十二月，侯還成都。

丙午蜀漢後主建興四年（**魏曹丕黃初七年，吳孫權黃武五年，西元 226年**）侯年四十六歲。

春，都護李嚴自永安還駐江州，築大城。侯治兵講武，以俟北征。五月，曹丕卒，子叡立。

丁未蜀漢後主建興五年（**魏曹叡太和元年，吳孫權黃武六年，西元 227年**）侯年四十七歲。

春三月，侯將北伐，上疏云云〔註49〕。以尚書南陽陳震爲中書令〔註50〕，治中張裔爲留府長史，與參軍蔣琬知留府事。屯漢中，營沔北陽平、石馬。是歲，侯子瞻生〔註51〕。

戊申蜀漢後主建興六年（**魏曹叡太和二年，吳孫權黃武七年，西元 228年**）侯年四十八歲。

侯揚聲由斜谷道取郿，使趙雲、鄧芝爲疑軍，據箕谷，身率諸軍攻祁山。

〔註48〕 〔清〕楊希閔案：《通鑑輯覽》載：「春三月，侯率眾南征，討雍闓。問計於參軍馬謖（字幼常，良弟），謖曰：『南中恃其險遠，不服久矣，今日破之，明日復反，若殄盡遺類以除後患，又非仁者之情也。用兵之道，攻心爲上，攻城爲下；心戰爲上，兵戰爲下。願公服其心而已。』侯納之。至南中，所在戰捷，由越巂入，斬雍闓等。孟獲素爲夷、漢所服，收餘眾相拒，募生致之。既得，使觀於營陣間，獲曰：『向者不知虛實，故敗。今只如此，即易勝耳。』乃縱使更戰，七縱七擒，而侯猶遣獲。獲止不去，曰：『公，天威也，南人不復反矣。』遂入滇池（漢益州治今雲南府晉寧州是），益州、永昌、牂牁、越巂四郡皆平，即其渠率而用之。或以諫侯，侯曰：『留外人則當留兵，留兵則無所食，一不易也；夷新傷破，父兄死喪，留外人而無兵，必成禍患，二不易也；又夷累有廢殺之罪，自嫌釁重，留外人終不相信，三不易也。今吾欲使不留兵，不運糧，而綱紀粗定，夷、漢粗安故耳。』於是，悉收其俊傑孟獲等以爲官屬，出其金銀、丹漆、耕牛、戰馬，以給軍國之用。終侯之世，夷不復反。」
〔註49〕 此即〈前出師表〉。
〔註50〕 據《三國志‧陳震傳》建興三年爲尚書，遷爲令；未見其任中書令事。
〔註51〕 案：建興十二年甲寅，侯在武功，與兄瑾書云：「瞻今年八歲。」又案：景耀元（六）年癸未，瞻戰死，年三十七，則知爲丁未年生。

南安、天水、安定三郡皆應，關中響震。前軍馬謖違侯節度，敗於街亭，侯收謖誅之。乃拔西縣千餘家還漢中。上疏請自貶三等。帝以侯爲右將軍，行丞相事〔註 52〕。十一月，侯聞孫權破曹休，魏兵東下，關中虛弱，復上表出師。曹眞使郝昭等守陳倉，侯出散關，圍陳倉，相拒二十餘日，糧盡而還。王雙來追，侯擊斬之，還漢中。

己酉蜀漢後主建興七年（魏曹叡太和三年，吳孫權黃龍元年，西元 229 年）侯年四十九歲。

春，侯遣陳式攻武都、陰平。魏郭淮率眾欲擊式，侯自出至建威，淮退遁，遂拔二郡。詔侯復爲丞相。夏四月，孫權稱帝，改元黃龍，遣使以並尊二帝來告。侯遣衛尉陳震往賀，權與震盟，共交分天下。冬，侯徙府營於南山下原上，築漢、樂二城。

庚戌蜀漢後主建興八年（魏曹叡太和四年，吳孫權黃龍二年，西元 230 年）侯年五十歲。

春，侯以參軍楊儀爲長史，加綏遠將軍；遷姜維護軍、征西將軍。秋，魏曹眞請由斜谷欲攻漢中，叡使司馬懿等溯漢水由西城、張郃由子午谷與眞會。侯聞之，次於城固、赤阪以待之。表進江州都護李嚴驃騎將軍，赴漢中。會大雨三十餘日，道絕，眞等皆還。侯使魏延入西羌，破郭淮於陽谿。侯留嚴漢中，署留府事。

辛亥蜀漢後主建興九年（魏曹叡太和五年，吳孫權黃龍三年，西元 231 年）侯年五十一歲。

春，侯復率諸軍圍攻祁山，始以木牛運糧。大敗司馬懿，獲甲首三千級、玄鎧五千領、角弩三千一百張。六月，侯承李平指，以糧盡退軍，斬其追將張郃〔註53〕。八月，侯表廢都護李平，徙梓潼郡。

〔註 52〕〔清〕張鵬翮案：《綱目》書「丞相亮伐魏，戰於街亭，敗績。詔貶亮右將軍，行丞相事。」《發明》載：「書『伐魏』，尊漢也。街亭之敗，馬謖爲之，書『敗績』矣。書貶亮，其不爲賢者諱何？亮自貶也。書曰『詔貶』，適所以昭平明之治，何諱焉？故自是止書『右將軍亮』。街亭之敗，違命者馬謖耳，而以『丞相亮』書之者，權歸主將也；貶官三等，自請者孔明耳，而以『丞相亮』書之者，命出於上也。惟孔明身任討伐之責，事幼主而無二心，是以所書如此。《綱目》亦豈私於孔明者哉！」

〔註 53〕〔清〕張鵬翮案：《綱目》書「亮敗魏司馬懿於鹵城，殺其將郃。」《發明》：

壬子蜀漢後主建興十年（**魏曹叡太和六年，吳孫權嘉禾元年，西元 232 年）侯年五十二歲。**

侯休士勸農，於黃沙作流馬、木牛畢。秋旱，侯教兵講武。

癸丑蜀漢後主建興十一年（**魏曹叡青龍元年，吳孫權嘉禾二年，西元 233 年）侯年五十三歲。**

冬，侯使諸軍運米集斜谷，治斜谷邸閣。是歲，南夷劉冑反，將軍馬忠破斬之。

甲寅蜀漢後主建興十二年（**魏曹叡青龍二年，吳孫權嘉禾三年，西元 234 年）侯年五十四歲。**

春二月，侯由斜谷出，始以流馬運。三月，山陽公薨於魏，魏人諡曰孝獻皇帝，葬禪陵〔註 54〕。四月，侯率師由斜谷伐魏，遣使約吳同時大舉。侯自郿軍於渭南，司馬懿引軍渡渭，背水為陣以拒之。侯屯五丈原。以前者糧運不繼，使己志不得伸，乃分兵屯田，為久駐之計。與懿相持百餘日，侯數挑戰，懿堅壁不出，乃遺懿巾幗婦人之服〔註 55〕。八月，丞相亮疾，卒於軍，年五十四〔註 56〕。遺命長史楊儀、司馬費禕、護軍姜維等為退軍節度。司馬懿追之，儀反旗鳴鼓，若將向懿者，懿懼不敢逼。入谷然後發喪，軍還成都〔註 57〕。葬漢中定軍山，冢足容棺，斂以時服〔註 58〕，諡曰忠

「司馬懿用兵如神，算無遺策，未易敵也。然每與丞相亮交鋒，動輒敗北，是以其徒有『畏蜀如虎』之譏，而陳壽乃以『將略非亮所長』貶之。今觀《綱目》書此，不曰『亮敗魏軍』，而曰『亮敗司馬懿』者，見其所對者勁敵而非脆敵。亮能勝之，則其將略果有大過人者，然則壽之妄肆譏評，其說不攻自破矣。世以成敗論人，若壽輩者非一，可勝嘆哉！」

〔註54〕 禪陵，一作禮陵。《後漢書‧孝獻帝紀》注引劉澄之《地記》曰：「以漢禪魏，故以名焉」，當是。

〔註55〕 〔清〕楊希閔案：《漢晉春秋》載：「先是，侯數挑戰，懿堅壁不出，乃遺懿巾幗婦人之服。懿亦表固請戰，使衛尉辛毗持節以制之。姜維曰：『辛佐治仗節而到，賊不復戰矣。』侯曰：『彼本無戰情，所以固請戰者，以示威於其眾耳。將在軍，君命有所不受，苟能制吾，豈千里而請戰耶？』」

〔註56〕 〔清〕張鵬翮案：侯與獻帝生同辛酉，歿同甲寅，固已相合。且帝以八月葬，而侯八月卒，不尤異哉？嗚呼！漢不亡則侯不死，侯死而漢乃真亡矣。

〔註57〕 〔明〕天一閣刻本《諸葛武侯文集》卷首案：《綱目》書「丞相諸葛亮卒於軍，長史楊儀引軍還」。《書法》曰：「凡書卒於軍，嘉死事也。故具官、爵、姓。亮自書『出屯漢中以圖中原』，至是凡五書伐魏：一書戰街亭，敗績；二書圍

武侯〔註59〕。〔註60〕

陳倉，斬其將；三書拔武都、陰平；四書敗司馬懿、殺張郃。於是書進軍、
書屯田，皆可紀也。唯街亭一敗，馬謖之罪耳。亮方爲足食計，而以『卒於
軍』書矣。《綱目》書『卒於軍』八，未有以丞相書者。書『丞相武鄉侯諸葛
亮卒於軍』，軍國之可痛深矣，此《綱目》所甚惜也。」《發明》曰：「嗚呼！
亮自經略中原，至是首尾僅八載，《綱目》五書伐魏：一戰街亭，一次城固，
一圍陳倉、祁山，一拔武都、陰平，一斬王雙，敗司馬懿、殺張郃，至於是
舉，進軍渭南，分兵屯田，懿雖引兵拒守，甘受巾幗婦人之服，勢已窮蹙，
而亮乃告終。天不祚漢，使之功業不就，謂之何哉！然亮受遺托孤之際，蓋
嘗以『竭股肱之力，效忠貞之節，繼之以死』爲告；至其出軍上表，又以『鞠
躬盡力，死而後已』爲言，由今觀之，可謂不失其言矣！書『卒於軍』，以見
歾於王事之實。其討賊之義，死而不屈，至今凜凜猶有生氣。其視曹、馬輩
欺孤弱寡，狐媚以取人家國者，曾犬彘之不若，世豈可以成敗論人物哉？不
有《綱目》特書屢書，表而出之，則孔明亦若人耳。噫！」

〔註58〕〔清〕楊希閔案：《蜀志》載：「軍退，司馬懿案行其營壘處所，曰：『天下奇
才也。』遺命葬漢中定軍山，因山爲墳，冢足容棺，斂以時服，不須器物。
自表後主曰：『成都有桑八百株，薄田十五頃，子弟衣食，自有餘饒。至於臣
在外任，別無調度，隨身衣食，悉仰於官，不別治生，以長尺寸。若臣死之
日，不使內有餘帛，外有贏財，以負陛下。』及卒，如其所言。」又參《蜀
志》：「是年，李平聞侯卒，發病死。平常冀當補復，策後人不能，故以激憤
也。廖立有罪，侯劾之，廢爲民，聞侯卒，垂泣嘆曰：『吾終爲左袵矣。』卒
死戍所。」

〔註59〕〔清〕楊希閔案：《張譜》載：「詔策曰：『惟君體資文武，明叡篤誠，受遺托
孤，匡輔朕躬，繼絕興微，志存靖亂，爰整六師，無歲不征，神武赫然，威
震八荒，將建殊功於季漢，參伊、周之巨勳。如何不吊，事臨垂克，遘疾隕
喪！朕用傷悼，肝心若裂。夫崇德序功，紀行命謚，所以光昭將來，刊載不
朽。今使使持節左中郎將杜瓊，贈君丞相武鄉侯印綬，謚君忠武侯。魂而有
靈，嘉茲寵榮。嗚呼哀哉！嗚呼哀哉！』」

〔註60〕炎興元年，詔爲故丞相亮立廟於沔陽。是秋，鍾會至漢川，祭侯之廟，令軍
士不得於侯墓所左右芻牧樵采。

二、諸葛亮的歷史評論資料統計圖表

三國時期

作者	年代	題目(註1)	視角	論旨	評價
劉曄	魏(?~?)	諸葛亮明於治而為相	○(註2)	善長治國	○
司馬懿	(179~251)	諸葛亮慮多決少	•	太過謹慎	X
曹叡	(205~239)	諸葛亮外慕立孤之名	◉	暴虐無道	X
張裔	蜀(?~230)	公賞不遺遠	○	大公無私	○
呂凱	(?~?)	諸葛丞相英才挺出	○	才器特佳	○
彭羕	(?~?)	足下當世伊呂	○	佐國良輔	○
鄧芝	(?~251)	諸葛亮亦一時之傑	○	時之俊傑	○
楊戲	(?~261)	贊諸葛丞相	◉	功業顯赫	○
陳震	(?~235)	諸葛丞相德威遠著	○	德威遠著	○
孫權	吳(182~252)				
張溫	(?~?)	諸葛亮達見計數	○	識見明理	○

〔註1〕 茲依王瑞功主編《諸葛亮研究集成》所標示。

〔註2〕 表中「○」，表示宏觀視角或褒譽評價；「•」，表示微觀視角、貶斥或毀評；「─」，表示互見或褒貶、譽參半的評價。茲依「○」，表示宏觀視角；「•」，表示微觀視角；「◉」，表示宏、微並觀的視角；「X」，表示貶毀評價；「─」，表示持平評價。

作者	年代	題目	視角	論旨	評價
張儼	（?~266）	諸葛亮與司馬懿論	⊙	亮優於懿	○

※魏3人，3篇（則）／蜀6人，6篇（則）／吳3人，3篇（則）：計12人，11篇。○視角7個，•視角1個，⊙視角3個：評價9個，X評價2個。

兩晉時期

作者	年代	題目	視角	論旨	評價
傅玄	西晉（217~278）	諸葛亮達治知變	○	謀相人傑	○
		諸葛亮誠一時之異人	○	才幹傑出	○
司馬炎	（236~290）	諸葛亮盡其心力	○	鞠躬盡瘁	○
樊建	（?~?）	聞惡必改	○	賞罰分明	○
袁準	（?~?）	諸葛公論	⊙	政軍才器俱佳	○
		又諸葛公論	•	治軍謹慎	○
張輔	（?~?）	樂葛優劣論	⊙	葛優於樂	○
常璩	東晉（約291~361）	諸葛亮雄姿英霸之能	○	才難抗天	⊕
習鑿齒	（?~384）	側周魯通諸葛論	○	諸葛優於周、魯	○
		論孔明誅馬謖	•	舉措失當	X
		諸葛忠武侯讚	•	大公無私	○
孫盛	（308~379）	諸葛氏之言	•	有失政刑	X
袁宏	（328~376）	孔明讚	⊙	功業卓著	○

※西晉5人7篇（則），東晉4人6篇（則）：計有9人13篇（則）。○視角6個，•視角4個，⊙視角3個：○評價10個，X評價2個，⊕評價1個。

諸葛亮民間造型之研究

南北朝時期

作者	年代	題目	視角	論旨	評價
裴松之	南朝宋（372～451）	曾謂孔明之不若霊長平	•	事主忠貞	○
		亮在渭濱魏人喪迹	•	兵勢逼敵	○
劉勰	梁（466～538）	諸葛孔明文論	•	文章詳約盡志	○
崔浩	北朝魏（？～450）	論諸葛武侯	•	陳壽評亮過譽	X

※南朝 2 人 3 篇（則），北朝 1 人 1 篇（則）：計有 3 人 4 篇（則）。•視角 4 個；○評價 3 個，X 評價 1 個。

隋唐時期

作者	年代	題目	視角	論旨	評價
王通	隋（？～？）	諸葛亮可興禮樂	•	才能卓越	○
李靖	唐（571～649）	武侯有所激而云	•	兵法極致	○
李世民	（599～649）	諸葛亮高穎為相公直論	•	為相平直	○
		昔諸葛亮小國之相（外二則）	•	刑法公正	○
王叡	（？～？）	孔明創蜀	○	將略英鑒	○
李翰	（？～？）	三名臣論	⊙	亮介於樂、管間	⊕
嚴從	開元初（？～？）	武侯所習則風后五圖	•	智習陣法	⊕
		孔明懷漢	⊙	功業卓著	○

※隋 1 人 1 篇（則），唐 5 人 7 篇（則）：計有 6 人 8 篇（則）。○視角 1 個，•視角 5 個，⊙視角 2 個；○評價 6 個，⊕評價 2 個。

兩宋時期

作者	年代	題目	視角	論旨	評價
蘇洵	北宋（1006～1066）	強弱	•	不明形勢	X
		諸葛孔明棄荊州而就西蜀	•	避蜀無能	X
契嵩	（1007～1072）	書《諸葛武侯傳》後	⊙	賢豪俊傑	⊕
司馬光	（1019～1086）	先主一旦得孔明	•	才能鼎時	○
徐積	（1028～1103）	武侯誠大丈夫	⊙	才德兼備	○
		武侯屯五丈原論	•	善於用兵	○
程頤	（1033～1107）	諸葛已近王佐（外四篇）	⊙	王佐心義	⊕
		周公孔明爲明哲君子	•	明哲君子	○
蘇軾	（1036～1101）	諸葛亮論	⊙	仁義詐力雜用	X
		《出師表》與《伊訓》《説命》相表裡	•	文章簡盡直至	○
		題三國名臣	○	巍然王佐	○
		諸葛武侯像贊	•	深不可測	○
蘇轍	（1039～1112）	三國論	○	非征伐將才	⊕
		論孔明遷李平徙廖立	•	至剛至公	○
劉安世	（1048～1125）	淮陰武侯不同論	⊙	亮優於信	○
秦觀	（1049～1100）	諸葛亮論	⊙	霸者之臣	X
李廌	（1059～1109）	諸葛亮之御張郃	•	誠信御兵	○

姓名	生卒	篇名／著作		說明	評價
楊　時	(1053~1135)	後世惟諸葛亮李靖為知兵	•	知兵御敵	○
李昭玘	(?~1126)	八陣論	⊙	獨能變化八陣	○
王　當	元祐中（?~?）	八陣之法	•	陣法變化如神	○
唐　庚	(1071~1121)	論「諸葛丞相為主寫《申》《韓》《管子》《六韜》各一道」	•	尊征下藥	○
		孫盛所見小	•	古之豪傑	○
		「建興五年丞相亮出屯漢中」議	•	伐魏有疑義	×
		改元建興論	•	改元不當	×
		諸葛亮不答王朗諸人書議	•	威武不屈	−
		梁益為自守之國	•	守益失策	×
		評諸葛亮「拔西縣千餘家」論	•	亮負於民	×
		「孔明不絕吳」論	•	王者正法	○
		論「蜀不置史」	•	蜀有置史	−
羅從彥	(1072~1135)	諸葛孔明可與權	○	材大可與權	○
何去非	(?~?)	蜀論	⊙	賢而黠數無方	⊕
惠　洪	大觀間（?~?）	諸葛亮劉伶陶潛李令伯文如肺腑中流出	○	文章情意超邁	○
胡　寅	(1098~1156)	諸葛孔明高遁獨出	⊙	才德岳於伊傅	○
	(1093~1151)	英雄俊傑識時務亦識天象	⊙	高瞻遠矚	○
		諸葛公何不諫玄德伐吳	•	伐吳非言能止	−
		諸葛公非貪為佐命宰相者	○	稱尊等相者	−

作者（年代）	主題			
	玄德孔明兼君臣師友之契	•	魚水交心	〇
	孔明納諫	•	真百世之師	〇
	孔明事幼主靡不盡道	〇	事主盡道	〇
	孔明不取魏延之計	•	明道正義者	〇
	孔明失於馬謖	•	賞罰分明	〇
	諸葛使民忘其敗	•	能引咎責己	〇
	諸葛勤勞躬親	〇	秉德鞠躬盡瘁	〇
	司馬懿畏孔明屯五丈原	•	將略非短	〇
	五丈原之師與赤壁之役等	•	天不假年而敗	〇
	諸葛亮儉約節適	⊙	賢德無愧伊周	〇
李季可 南宋（?~?）	諸葛事	⊙	功業卓著	〇
	孔明	⊙	功過於張良	〇
洪 邁 （1123~1202）	諸葛公	⊙	才德並美	〇
朱 熹 （1130~1200）	諸葛孔明大綱資質好	⊙	天資美未盡善	⊕
呂祖謙 （1137~1181）	諸葛亮治蜀之規模	⊙	治蜀規模弘遠	〇
陳 亮 （1143~1194）	諸葛亮	⊙	呂德高尚	〇
	子房賈生孔明魏徵同以學異端	⊙	天資目力高異	〇
	諸葛孔明論	⊙	伊周之徒	〇
	諸葛亮以大公之道整飭綱紀	•	綱紀公道	〇

人物	生卒年	篇名	符號	說明	評價
葉適	（1150～1223）	諸葛亮論	⊙	有三代君子資	○
		諸葛亮所行實用霸政	⊙	本王心行霸政	—
		諸葛亮以懇惻來眾智	•	用人懇惻	○
		諸葛亮以廖立攬事廢之	•	霸政餘務不安	X
		「非臣之明所能逆睹」全不是議論	•	仁智不足	X
		諸葛亮欲節制而後用之	•	才用止於其身	—
		諸葛亮之講水有未至者	•	講武伐魏有失	X
		秦漢以後方有有諸葛孔明	•	稱官人當詳議	—
王懋	（1151～1213）	袁郭論孔明	•	袁郭所論有失	○
項安世	（?～1208)	諸葛亮說	○	英霸略伊呂事	○
真德秀	（1178～1235)	孔明贊昭烈取荊益論	•	名正言順	○
		孔明不抑法正論	•	權衡使才	○
		孔明光致意於君子小人	○	豫陳君子輔政	○
戴少望	（?～1215)	蜀諸葛亮論	⊙	才德美於管樂	○
羅大經	（約1195～?)	馬謖	•	流涕斬謖過失	X
		吾心如秤	⊙	見於伊呂之間	○
		諸葛武侯	⊙	有伊尹風味	○
		諸葛亮成何事	⊙	有為世間作事	○
		杜陵論孔明	•	惜天不假年	○

姓名	生卒年	篇名／論題	符號	描述	評價
王柏	（1197～1274）	蜀先主托孤說	•	才足受禪	—
俞文豹	（?～?）	俞文豹論諸葛亮	⊙	未明大義	×
周密	（1232～1298）	三蘇不取孔明	•	孔明不可少取	—
錢時	（?～?）	孔明所學非古帝王之學	⊙	功多可紀春秋	⊕
		孔明公忠	○	惜天不假年	○
蘇籀	（?～?）	八陣圖說	•	陣法正奇神密	○
朱黼	（1140～1215）	武侯自比管樂論	⊙	伊尹之儀	○
郭允蹈	南宋末年（?～?）	昭烈敗績於猇亭論	•	非其志頗無奈	—
羅壁	（?～?）	司馬懿	⊙	亮謀正懿譎高	—
陳仁子	（?～?）	諸葛亮論	⊙	王佐才優管樂	○
尹起莘	（?～?）	孔明擇主而仕	⊙	出處正功業顯	○
		義聲充滿於天地之間	⊙	氣象正大凜然	○
		《綱目》不私孔明	•	事幼主無貳心	○
		諸葛亮孔明為漢討賊	•	寇賊以正僞名	—
		諸葛亮將略有大過人者	•	壽之安肆譏評	○
		諸葛亮不食其言	⊙	誠信盡力效忠	○
劉友益	（?～?）	《綱目》不爲賢者諱	•	賢者有失不諱	—
		軍國之可痛深矣	•	卒於軍嘉死事	○

作者	年代	題目	論旨	視角	評價
張栻	(1133~1180)	諸葛武侯像贊	識大仗義履正	○	○
郭大有	(?~?)	武侯受遺命贊	伊周篤棐忠愛	○	○

茲北宋 18 人 46 篇（則），南宋 24 人 48 篇（則）；計有 42 人 94 篇（則）。○視角 12 個，•視角 49 個，⊙視角 33 個；○評價 62 個，X 評價 13 個，⊕評價 6 個，－評價 13 個。

金元時期

作者	年代	題目	視角	論旨	評價
趙秉文	金 (1159~1232)	蜀漢正名論	⊙	有伊尹王佐才	○
胡三省	元 (1230~1302)	司馬懿力不能制亮	•	亮優於懿	○
	(1230~1302)	司馬懿不同戎事	•	懿憚於亮	○
		孔明不諫伐吳	•	主怒盛不可阻	－
胡一桂	(1247~?)	劉禪委任賢相	⊙	賢相功業甚偉	○
		孔明有王佐之才	⊙	王佐才道未盡	⊕
吳澄	(1249~1333)	學漢相之公心	⊙	有古聖人公心	○
陳櫟	(1252~1334)	蜀	⊙	時無人才能比	○
趙居信	(?~?)	《蜀漢本末》總論	⊙	歸然三代王佐	○
虞集	(1272~1348)	孔明悠然	•	悠然人所未聞	○
李京	(?~?)	武侯天下奇才論	•	生孔明懿膽寒	○
楊維楨	(1296~1370)	孔明自比管樂論	⊙	德爲伊傅流亞	○
		漢丞相諸葛忠武侯贊	○	伊周之遇未遇	○

作者	年代	題目	視角	論旨	評價
陳世隆	（？～？）	諸葛公垂置頗大	⊙	雄才大略	○

※全1人1篇（則），元9人14篇（則）：計有10人14篇（則）。○視角1個，‧視角5個，⊙視角8個；⊕評價12個，⊕評價1個，一評價1個。

明代時期

作者	年　代	題　目	視角	論　旨	評價
鐘績	元末明初（？～？）	陳壽為武侯佐	‧	史筆以私害公	一
宋濂	（1310～1381）	武侯論	⊙	慎伊呂之亞	○
		司馬懿畏孔明屯五丈原	‧	懿畏孔明	○
		漢丞相諸葛忠武侯贊	⊙	合先王之道	○
王禕	（1322～1373）	取天下者必先定其所守	⊙	失於棄荊益	⊕
方孝孺	（1357～1402）	孔明之學庶乎王道	⊙	孔明優於龐統	○
		諸葛孔明論	⊙	伊尹同公之亞	○
		諸葛武侯贊	○	伊呂流亞	○
薛瑄	（1389～1464）	書諸葛武侯《出師表》後	‧	重義輕利	○
于謙	（1398～1457）	八陣論	‧	奇正相生取勝	○
劉定之	（1409～1469）	劉璋可取	‧	伯仲伊呂	○
羅倫	（1431～1478）	孔明八陣本於八卦	‧	後世兵法最善	○
胡居仁	（1434～1484）	王猛不可比孔明	⊙	同日光明正大	○
		諸葛孔明司馬懿智勇相等	⊙	公平正氣勝懿	○

姓名	生卒	篇目		論點	
韋　懃	（1437~1522）	讚蜀漢志	•	劉備托孤失言	一
程敏政	（1445~1500）	孔明論	⊙	正言難入	○
李東陽	（1447~1516）	武侯斬馬謖郭汾陽赦渾瑊論	•	用謖過魏非過	⊕
蔡　清	（1453~1508）	孔明治蜀	•	嚴法治蜀相道	○
邵　寶	（1460~1527）	孔明之心如此	•	伊尹之儔	○
		論《宣大行皇帝遺詔》	•	賢可有尹之志	○
		孔明雖諫不能用	•	庶幾禮樂	○
李夢陽	（1475~1531）	撥亂反正其才殊	○	才可撥亂反正	○
崔　銑	（1479~1541）	諸葛公之相蜀	○	至誠上才濟國	○
張　吉	（?~?）	《綱目》「發明」辨	⊙	朱熹發明才是	○
周　琦	（?~?）	天不祚漢	○	天不假年	○
楊　慎	（1488~1559）	孔明爲後主寫《申》《韓》	•	對症下藥	○
		蜀取劉璋	•	舉措當不如此	○
		曹操欲用孔明	•	辭曹延用高士	○
		俞豹論諸葛	•	謬論大君子	○
丁　奉	（?~?）	孔明	⊙	王佐心儒者象	○
王維楨	（1507~1556）	蕭何孔明爲相	⊙	才不謝伊周	○
王立道	（?~?）	書孔明《出師表》後	•	佐蜀忠誠	○
		萬世相天下之法	⊙	王佐相道可法	○

作者	年代	篇名	符號	評語	記號
吳 嶔	（1517～1580）	武侯征南中論	•	智者爲計出此	○
王世貞	（1526～1590）	昭烈	•	取天下可以謀	○
		蕭何諸葛亮優劣辨	⊙	亮優於蕭何	○
		書蘇子瞻《諸葛亮論》後	•	一安庸人藝語	○
		書諸葛亮等傳後	⊙	天之巧於全賢	○
		書《馬謖傳》後	•	未能盡離儒者	⊕
李 贄	（1527～1602）	孔明爲後主寫《申》《韓》《管子》《六韜》	⊙	大聖人不能免	⊕
鄧元錫	（1527～1593）	《諸葛武侯傳》後論	○	功於管蕭之上	○
于慎行	（1551～1613）	孔明自比管樂論	○	品術伯仲伊呂	○
		孔明自出師論	○	勢孤出師失機	－
馮夢禎	（1546～1605）	武侯食少事煩論	•	天不假年	○
赫 瀛	（？～？）	飾文龍議武侯論	⊙	足將三代人物	○
袁 黃	（？～？）	先主君臣論	○	有伊周之志誠	○
		諸葛擇主論	•	虯驥鳳鳴菁林	○
		孔明費禕治蜀論	○	關防檢忽細微	⊕
		孔明有王佐才	○	道弗端於伊呂	－
		蜀漢三傑賢於漢初論	○	兼蕭張而駕馭	○
		孔明功不能獨成論	○	天不假年	○

姓名	生卒	篇名		說明	
王士騏	（？～？）	孔明與魯肅交	•	說權全在文蕭	一
		諸葛公七縱七擒振古未有	•	心戰振古未有	○
		陳壽實知武侯	•	知亮可比周公	○
		後主差強人意	•	後主憝惜之甚	○
		諸葛亮鄰才之心	•	有鄰才之心	○
		孔明與徐庶相知	•	相知能通物情	○
謝肇淛	（1567～1624）	武侯於滇威德最遠	•	聖而不可知	○
楊時偉	明末（？～？）	玄德孔明皆有堯舜之心	○	有堯舜之心	○
		忠武獨無遺憾	•	忠孝大節世美	○
		孔明將略益見所長	•	將略益見所長	○
		千古善擇者無如孔明	•	千古善擇者	○
		宋儒不以文中子之言許孔明論	•	雍容禮樂	○
胡應麟	（1551～1602）	諸葛亮論	⊙	人品才班三代	○
		論綴鄯侯於武鄉上不當	⊙	才在蕭張之上	○
		論諸葛不用魏延計	⊙	遠識不足爲憾	○
		讀《空同子》	⊙	天不假年	○
		讀杜甫詠懷古迹詩	•	伊呂伯仲之間	○
		諸葛氏分處三國并著忠誠	○	忠誠並著三國	○
		荊州天下重地	•	豪傑萬全之識	○

姓名	年代	篇名		說明	
沈兎	(?~1623)	武侯不用魏延危計論	⊙	謀事周知反相	⊕
趙南星	(1556~1627)	先主取益州	⊙	謀仁義之大者	○
陳繼儒	(1558~1648)	孔明兄弟分仕三國	⊙	比之伊尹食清	○
		孔明何嘗有失	⊙	舉措無失	○
鍾惺	(1572~1624)	讚《諸葛亮傳》	○	治國至通神明	○
		讚《劉彭廖李劉魏楊傳》	•	刑罰有未盡善	⊕
張溥	(1602~1641)	諸葛亮出師論	⊙	道雄王霸以行	○
		漢《諸葛亮集》題詞	⊙	諸葛王佐才	○
黃淳耀	(1605~1645)	諸葛亮論	⊙	能匡君謀國者	○
		馬謖論	⊙	用謀不得其當	X
薛榮	崇禎時（?~?）	孫權入孔明殼中	•	巧解權疑	○
吳從先	(?~?)	陳壽史論	⊙	才德文章並美	○
朱明鎬	(?~?)	論蜀漢「官不置史」	•	蜀漢官有置史	—
劉朝箴	(?~?)	武侯七擒孟獲論	•	英雄為根本計	○
張瑋	(?~?)	武侯謹慎論	•	明目知相天下	○
沈長卿	(?~?)	登武侯拜風台說	•	不恃神仙術	○
楊溥	(1372~1446)	武侯贊	○	志行皎如天日	○
王直	(1379~1462)	孔明贊	○	才資道德並美	○

作者	年代	題目	視角	論旨	評價
鄒智	(?~?)	諸葛武侯贊	○	卓有高致大義	○
王啓	(?~?)	忠武侯諸葛亮贊	○	伊呂爲伍	○
李楨	1592	武侯像贊	○	臥龍處王師出	○
劉惟德	(?~?)	武侯贊（二首）	○	才配伊尹周公	○
黃同軌	(?~?)	武侯贊	○	本伊呂之流	○
李柏	(1630~1700)(1624~1694)	武侯贊	○	稷契之友伊呂之流顏曾之亞	○

※計有 54 人 94 篇（則）。○視角 23 個，○視角 42 個，⊙視角 29 個；○評價 80 個，X 評價 1 個，⊕評價 7 個，一評價 6 個。

清代時期

作者	年代	題目	視角	論旨	評價
顧炎武	清(1613~1682)	主	•	漢帝非蜀主	一
魏禧介	(1616~1686)	三國論	⊙	君子取義續漢	一
王夫之	(1619~1692)	論諸葛兩路出兵	•	短於應變將略	X
		諸葛亮與魯肅	⊙	亮肅謀長慮遠	○
		先主信諸葛不如信關羽	•	懷心而不能言	⊕
		論楊顒諫諸葛亮	•	孤行志不得已	一
		武侯延蜀漢之祚	•	秉政延蜀漢祚	○
		諸葛亮諫後主「親賢臣遠小人」	•	諫親賢臣遠頗無奈	一

姓名（年代）	篇名	評語	內容	評
	論武侯用人	•	端嚴精密有失	⊕
	諸葛亮同以不從魏延計	•	以攻為守保蜀	○
	創業者不待助	•	諸葛成謀計晉	—
	論武侯遺令	•	武侯遺計周全	○
	諸葛亮志古而事難	•	志古事難	—
魏禧（1624～1681）	漢中王稱帝論	•	欽帝禪延漢祚	—
朱彝尊（1629～1709）	陳壽論	•	應變將略非長	—
毛宗崗（1632～？）	古今來賢相中第一奇人	○	過管樂兼伊呂	○
王士禎（1634～1711）	孔明之學	•	惟能見得靜宇	○
	至誠	○	古來至誠名臣	○
	徐世溥武侯辯	⊙	才德並美	○
田雯（1635～1704）	八陣圖	•	神奇偉異	○
	武鄉侯祠	⊙	管樂豈無餘憾	○
陳廷敬（1639～1712）	昭烈托孤諸葛亮論	○	其忠可比伊尹	○
李光地（1642～1718）	武侯有孟子家法	•	做得來儒家法	○
	武侯出處合於聖賢	•	出處合於聖賢	○
	武侯是個小周公	○	才大氣宏同周公	○
	武侯無一點黑暗處	⊙	八面光明洞達	○

	武侯一言一行毫不苟且	聞聖道興禮樂	·	○
	武侯自比管樂必當有見	以意爲之禮樂	·	○
	陳壽未貶武侯	聖人不遠勸進	⊙	⊕
	武侯與聖賢比	作用未遠伊呂	○	○
	留侯武侯論	皆漢之傑也	⊙	○
	孔明處事	識時務處事	·	○
	武侯有手段	取益畢竟幹理	·	⊕
	武侯「有疏處」解	做事密中有疏	·	⊕
	武侯廣於咨詢	廣咨詢天資高	·	○
	武侯得人力	得人力以治世	·	○
	昭烈取蜀武侯不設一謀	取蜀亦必有道	·	○
	武侯天資高	天資高有巧思	·	○
	諸葛武侯像贊	其道足俟後聖	○	○
愛新覺羅・玄燁 （1654～1722）	惟諸葛亮能如此	人臣典範	·	○
魏世傚 （1655～?）	諸葛武侯論	存則能使漢興	⊙	⊕
魏世儼 （?～?）	諸葛武侯論	爲心忠厚之至	·	○
朱璘 （?～?）	學同顏子論	學同顏稱王佐	·	○
	識時務論	識時務明大義	⊙	○

	篇名	内容		
	可與權論	善用權不離經	⊙	○
	會師取蜀論	謀師殺眈無傷	•	○
	不諫伐吳論	善全義與漢志	•	○
	平南中論	大謀近圖遠計	•	○
	出祁山論	兵舉義取天下	•	○
	鼎足說	鼎足非孔明志	•	○
	不禁抑法正說	君子使人器之	•	○
	木牛流馬說	智創運轉之計	•	○
	不知馬謖辯	事出可疑可缺	•	—
	不復要禮辯	大規模時未遑	•	○
何 焯（1661～1722）	諸葛亮「好爲《梁父吟》」解	曲文不同	•	—
	先主時但爲蕭何之任	負責內政	•	—
	諸葛亮眞王佐之才	其真王佐之才	○	○
	孔明雖養晦夙夜	勤王事詣政體	•	○
	諸葛公以審配不容許攸爲鑒	權以濟事	•	○
	丞相之澤數十年追思不忘	遺澤廣被	•	○
	丞相不速行赴利	王師義舉	•	○
	《後出師表》爲武侯作	表爲武侯所作	•	—

姓名	生卒年	篇名	記號	描述	
方苞	(1668～1749)	蜀漢後主論	•	後主任賢勿貳	○
王懋竑	(1668～1741)	諸葛之志可與日月爭光	○	志可比日月光	○
		《蜀志》餘論	•	勸敵琮未定論	─
藍鼎元	(1675～1733)	書《諸葛武侯傳》後	○	三代下第一人	○
		書《伐魏檄》後	•	伊周呂之徒	○
		再書《伐魏檄》後	•	心生忠孝節義	○
趙青藜	(？～？)	蜀漢後帝論	⊙	中材主聖臣相	○
		武侯論	•	王師務其不敗	○
全祖望	(1705～1755)	諸葛孔明入蜀論	•	失在不能棄荊	⊕
愛新覺羅·弘曆	(1711～1799)	蜀漢興亡論	○	賢人國家之寶	○
		諸葛武侯贊	○	大名星輝雲爛	○
王繁緒	(1713～1784)	《梁父吟》論	•	王佐思親之辭	○
		自比管樂論	○	一切聖賢眞派	○
		讀書觀大略論	○	帝王聖賢眞傳	○
		取荊州論	•	取荊王者之義	○
		祭風論	•	心誠天地立應	○
		取益州論	•	爲堂正王者師	○
		請立漢中王論	•	可與權無傾安	○
		不諫伐吳論	•	雖智忠密有疏	⊕

姓名	年代	篇名			
袁　枚	(1716~1798)	自校簿書論	●	純臣志行難道	○
		不出褒中論	●	天不假年	○
		木牛流馬論	●	聖賢聰明天授	○
		八卦陣圖論	●	聖賢當然之理	○
		《後主師表》辨	●	非亮作讁毀之	—
王鳴盛	(1722~1797)	劉後主可比齊桓論	◎	主用賢勝齊桓	○
		亮誅馬謖	●	用謖不得其當	X
		十二更下在者八萬	●	蜀強以不盡用	○
趙　翼	(1727~1814)	陳壽論諸葛亮	◎	能述諸葛亮	○
吳省欽	(1729~1803)	諸葛武侯南征道考	●	唐蒙劉尚故道	—
桂　馥	(1736~1805)	書《蜀志諸葛亮傳》後	●	托使能者制斂	○
		再書《諸葛亮傳》後	●	古歌曲自為詞	—
潘元音	(?~?)	劉先主辯	◎	伊周格天至誠	○
瞿　頡	(?~?)	諸葛武侯論	●	諸葛賢於周公	○
黃恩彤	(?~1883)	先主與諸葛亮已定生死之交	●	與賢亮完生死交	○
		皆諸葛一言之力	○	管樂何足云平	○
		後世仰仰諸葛若鸞鳳	●	志誠心若鸞鳳	○
		報先帝平諸臣	○	才德望之所與	○
		此伊尹之志也	○	此伊尹之志也	○

作者	年代	篇名		評語	
		丞相一出而三郡應之	○	不戰而人服也	○
		馬謖當斬	●	法明教所當教	○
		丞相眞大賢	○	大智愚眞大賢	○
		借懿以盛推諸葛	●	集雄心折奇才	○
		諸葛才藝亦不可及	●	才藝亦不可及	○
		德感鄰敵	●	丞相德感鄰敵	○
		陳氏推尊丞相之至	⊙	固三國一人也	○
		益以重丞相	●	遺澤廣被	○
		評陳壽《諸葛亮傳》	●	伊周何以加焉	○
李復心	（?～?）	家墓山川圖說	●	圖辨先賢芳迹	○
岳震川	（1755～1814）	讚《孟子》因及諸葛公論	○	輔昭烈若孟子	○
王森長	（?～?）	武侯論	⊙	治蜀如鄭子產	○
盛大士	（1771～?）	武侯不諫伐吳論	●	必有勝千里策	○
		蜀先主托孤論	●	漢宰亮如伊尹	○
孔昭焜	（?～?）	諸葛武侯自比管樂論	⊙	行事以伊呂推	○
王鼎豐	（?～?）	忠武侯論	⊙	合伊呂侔太公	○
劉紹攽	（?～?）	諸葛武侯擇婿論	●	賢人取德避色	○
		諸葛亮馬謖論	●	教不疑術疏過	×
		劉後主論	⊙	後主任賢之誠	○

作者	年代	篇名	視角	形象	評價
劉學山	（?~?）	武侯論	⊙	天下才性量高	○
劉熙載	（1813~1881）	孔明論	○	學而無愧伊呂	○
周壽昌	（1814~1884）	孔明論	•	武侯所載義也	○
黃以周	（1828~1899）	武侯經世之言	•	經世言有實用	○
李慈銘	（1829~1894）	論李邈被誅	•	後主明斷誅邈	○
申詳	（?~?）	諸葛武侯勸改劉琮論	⊙	亮有先幾之哲	○
李廷曦	（?~?）	《後出師表》非偽作	•	實有後表	—
張鵬翮	（1649~?）	定軍山諸葛墓辯	•	經天緯地人	○
羅景	（?~?）	諸葛武侯墓真偽辯	•	聖賢聰明天縱	○
尹會一	（1691~1748）	忠武侯像贊	○	儒者象王佐才	○
張澍	（1776~1847）	諸葛武侯像贊	○	管樂又何足數	○
呂兆麒	（?~?）	武侯像贊	○	漢宗臣非管樂	○
郝鳳義	（?~?）	題隆中草廬	○	此間神完性足	○
		忠武侯像贊	○	天民學王佐才	○
		諸葛忠武志贊	○	真洞絕千古哉	○
		諸葛武侯贊	○	相業謹慎俱自然	○

※計有 51 人 135 篇（則）。○視角 27 個，⊙視角 21 個；○評價 107 個，⊙評價 3 個，⊕評價 8 個，Ⅹ評價 17 個。

※總計 187 人 373 篇（則）。○視角 77 個，⊙視角 197 個，•視角 99 個。○評價 289 個，⊕評價 22 個，Ⅹ評價 25 個，—評價 37 個。